오염

KB075359

오염

초판 1쇄 인쇄 2022년 04월 13일
초판 1쇄 발행 2022년 04월 20일

지은이 서   소
펴낸이 류태연

펴낸곳 렛츠북
주소 서울시 마포구 양화로11길 42, 3층(서교동)
등록 2015년 05월 15일 제2018-000065호
전화 070-4786-4823 | **팩스** 070-7610-2823
이메일 letsbook2@naver.com | **홈페이지** http://www.letsbook21.co.kr
블로그 https://blog.naver.com/letsbook2 | **인스타그램** @letsbook2

ISBN 979-11-6054-545-6 03810

이 책은 저작권법에 따라 보호를 받는 저작물이므로 무단전재 및 복제를 금지하며,
이 책 내용의 전부 및 일부를 이용하려면 반드시 저작권자와 도서출판 렛츠북의
서면동의를 받아야 합니다.

• 잘못된 책은 구입하신 서점에서 바꾸어 드립니다.

한 　 소 　 녀 　 가
부 자 가 　 되 어 　 버 린

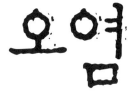

사 　 정 　 에 　 관 　 하 　 여

서 　 소 장편소설

차례

1부

1. 이윤슬

"저기… 이거 꼭 하고 있어야 되나요?"

거의 들릴락 말락, 아주 조그맣게 중얼거렸을 뿐인데,

"뭐?"

들려 버렸나 보다.

"이거… 포승줄이요…."

"지금 어디 소풍이라도 가는 줄 아나 보네."

내 말이 태평스럽게 들렸는지, 눈가에 기다란 흉터가 있는 형사놈이 짐짓 위악적인 체 흉터를 찡긋거리더니 절대 안 된다고 대거리를 했다. 너 같은 애들 많이 봤어, 수 쓰지 마, 하는 말을 박정하게 덧붙이는 것도 잊지 않는다. 딱히 태평한 마음을 품은 건 아니었는데. 다른 건 몰라도 포승줄만큼은 피하고 싶었을 따름이었다. 이 결박은 너무… 구체적인 모멸을 선사한다. 묶여 본 사람들은 알겠지만.

문득 치받치는 울음에 나는 수갑이 채워진 양손 위로 고개를 팍 묻는다. 눈물은 나올 듯 말 듯하더니 결국 나오지 않고 점성 떨어진 눈알만 벌겋게 부볐다. 이틀 새 하도 울어서 눈물이 바싹 말라 버렸기 때문인지, 아니면 '범죄용의자 호송전용 차량'이라는 필생에 떠올려 본 적이 없는 기이한 사물에 적재되어 '구속 여부'를 심사받기 위해 법원으로 향하고 있다- 라는 불가해한 사실을 믿을 수 없었기 때문이었는지는 알 수 없지만, 아무래도 후자는 아닌 듯하다. 현실감이 느껴지지 않을 때면 시시로 묵직한 수갑이 손목을 짓누르며 현실을 일깨워 주었으므로.

"언제 도착해요? 아직 많이 멀었나요?"

"때 되면 도착하겠지. 입 다물고 가자."

형사놈이 말한다.

"아직 삼십 분쯤 더 가야 해요."

어린 여경이 말한다.

나는 지금 영장실질심사를 받으러 가는 중이다.

유치장에 있는 동안 얼핏 들었던 소리에 따르면, 그들 사이에서도 의견이 꽤나 갈렸던 모양이다. 얘는 뭐, 주범도 아니고 정말로 모르고 그랬던 것 같은데 구속까지 해야겠느냐, 아니다 사안이 사안이고 시국이 시국이지 않으냐 하는 소리들. 형사들의 설득에도 불구하고 초심적 패기와 정의감이 하늘을 찌를 듯했던 초임검사는 결국 구속영장을 청구했다. 조사를 받는 내내 우락한 얼굴로 거칠게 다그치던 마약단속반 형사들도 그 순간만큼은 사뭇 측은한 표정으로 나를 바라봤더랬다. 이틀간 유치장에 함께 있던 여자가 니, 구치소 가면 똥구멍 검사해야 되는 거 아냐? 모리제?, 라고 말하며 낄낄 상스럽게 웃던 모습이 떠오른다.

이제, 삼십 분쯤이 흐르고 나면 나는 법원에 도착할 것이고, 그다음엔 영명하신 판사님의 결단이 있을 것이며, 그의 결심에 따라 구치소, 그러니까 감옥이라는 아득한 공간에 갇히게 될지도 모른다는 생각을 하니 이번에는 정말로 왈칵 눈물이 돌았다. 울기만 하면 수작을 부린다며 꽥꽥거리는 형사 놈 앞에서 눈물을 보이고 싶지 않아 눈을 깜박이지 않으려 애를 써 보았지만 그럴 수는 없었다. 눈을 깜박이지 않을 수 있는 사람은 없다.

눈을 감자 이미 다 말라 버린 줄 알았던 눈물 한 방울이 콧방울을 타고 툭 떨어진다. 무섭죠. 너무 걱정 말아요. 내가 봐도 구속까진 아닌 것 같은데…. 어린 여경이 내 쪽으로 자리를 옮기더니 등을 쓰다듬는다. 야, 그런 거 해 주지 마. 형사놈이 또 불퉁하게 나서며 심술을 부린다. 왜 그래요, 윤슬 씨 사연 다 알면서 불쌍하게. 나는 단지 무서웠을 뿐, 별로 내가 불쌍하다고 생각하지는 않았는데, 그녀로 인해 나는 불쌍해진다.

　낡고 축축한 포승줄에서 쿰쿰한 냄새가 올라왔다. 얼마나 많은 범죄자가 이 줄에 묶였을까. 쿰쿰한 냄새에는 어떤 함의가 있는 것 같았다.

*

　마음을 여는 것은 언제나 좋은 결과를 가져다줘.

　나는 이 말을 믿었다. 아주 중요한 가치로 삼았다. 무언가를 생각하거나 행동할 때, 또는 누군가를 상대할 때 이 말을 우선순위의 높은 지점에 두고 따르기를 기꺼워했다. 혹시 잘못 생각하는 게 아닐까, 그런 의심이 들 때쯤 책에서 같은 말을 만났다. 무려 무라카미 하루키쯤 되는 작가의 책에서. 토씨 하나 틀리지 않고 같은 말이 쓰여 있었으므로 확신은 굳건해졌다. 그리하여 나는 이 말을, 이 사상을 지척에 두고 앙망했으나,

그것은 아주 난폭한 개소리였다. 나는 이 기만적인 상념을 함부로 믿는 바람에 몹시 가열한 모욕을 당해야 했다. 찢기고 부수어져 마침내 완전히 망가지는 기분을 알아야만 했다. 마음을 숨겨야 한다. 필사적으로 숨기고 온전히 마음을 여는 일 따위는 기필코 하지 말아야 한다. 아무리 가까운 사람에게도 그러지 말아야 한다. 그 일을 겪은 후로, 나는 그와 같이 생각하게 되었다.

그 일에 대해 말하자면… 여기서 그 일이라 함은 내가 겪은 '그 일'을 말하는 것이 아니라 '그 일'에 대해 어떤 언니에게 말을 했던 '그날의 일'을 말하는 것이다. 내가 자꾸 '그 일'이라든가 '그날의 일'이라든가 이런 말을 많이 해서 헷갈릴 수도 있겠지만 대충 넘어가 주길 바란다. '그 일'이 되었든 '그날의 일'이 되었든, 시시콜콜하게 말하고 싶진 않지만 어쩔 수 없이 지칭해야만 하는 심상하지 못한 사건이 누구에게나 하나쯤은 있을 것이므로.

그 일은 내가 고2 때 벌어졌다. 교회에서 문학의 밤 행사를 한다며 부산하던 어느 겨울날이었다. 그날은 교회에 사람들이 무척 많았다. 원래 그 교회에 속해 있던 이들은 모두 모였고 그렇지 않던 사람들도 거기에 있었다. 문학의 밤을 하기 몇 주 전부터 피자나 치킨 같은 먹을거리가 공짜라고 쓰인 전

단지를 돌리며 홍보를 했는데, 지금으로부터 십오 년 전은 피자나 치킨 따위로도 동네 학생들의 마음을 충분히 선동할 수 있었던 낭만적인 시절이기도 했으며, 시 낭송이니, 연극이니, 밴드 공연이니 그런 걸 하겠다며 무대에 선 그 동네에 이름난 선남선녀들의 얼굴을 대놓고 구경할 수 있는 연중 유일한 날이기도 하였으므로 사람들이 북적였다.

나는 문학의 밤에서 시 낭송을 맡게 되었다. 출연자 대기실이나 무대에 등장이나 퇴장을 하는 별도의 통로 같은 건 없었다. 역할을 마친 사람은 암막 커튼 뒤에 숨어 벽에 찰싹 붙은 채로 사람들을 가로질러 퇴장해야 했는데 오래되고 볼품없는 동네 교회 예배당을 임시로 단을 세워 무대처럼 꾸민 것이라 어쩔 수가 없었다. 나도 마찬가지로 시 낭송을 마친 뒤, 미술조 애들이 엉성하고 조잡하게 그려 세운 세트 뒤편을 지나 암막 커튼을 풀썩이며 빠져나와야 했다. 나는 다른 애들처럼 민첩하게 빠져나오지 못했던 모양인지 내가 움직이며 암막 커튼이 풀썩일 때마다 와하하 웃는 소리가 났다. 지금 무대 위에 있는 애가 아니라 암막 커튼을 굼뜬 동작으로 유달리 덜그럭거리는 내가 주인공이 되어 버린 것 같아 어쩐지 미안한 마음이 들었지만, 태어나서 처음 무대에 선다는 흥분에 정신이 없었으므로 거기까지 고려하긴 어려웠다.

내가 시 낭송하는 걸 보겠다며 구경 온 친구들이 나를 발견하고는 팔을 휘저었다. 남이 써 준 시를 바들바들 새끼 염소 같은 소리로 읊은 게 전부인데 뭐 그리 대단한 일을 해냈다고 케이크에 장미꽃까지 사 들고 온 친구들을 보고 조금 울컥했다. 역시 마음을 열고 친구들을 대했더니 내게 이런 행복한 일이 생기나 보다 했다. 어우 야아, 뭐 이런 걸 다 사 왔어. 나 어땠어? 떨지 않았어? 하나도 안 떨었어. 야야, 니가 젤 이쁘더라. 수민가 걔는 뭐 별로 예쁘지도 않더만. 우리 이따가 사진 찍자. 나 디카 가져옴. 나와 친구들이 수런거리고 있는데, 문득 앞에 앉아 있던 남자애들이 자꾸 느끼한 시선을 흘끔거리며 난입을 시도했다. 그들이 고개를 돌렸을 때 포착한 인상을 말하자면, 일단 면상 전반적으로 건드리면 누런 고름을 팍 뿜어낼 것 같은 여드름이 두툴두툴했고, 이목구비가 마른오징어처럼 옹졸하고 짭짤하게 생겨 나와 친구들 모두 그들을 보자마자 흡, 소리를 내며 입을 틀어막아야 했다. 당시 불량한 아이들 사이에서 유행하던 천격스러운 복색- 쫄쫄이 티셔츠에 똥 싼 바지를 나부끼고 있었는데 짝퉁이었는지 어딘가 모르게 유행에서 좀 빗겨나 있었다. 시종 발을 달달 떨었는데 그때 눈에 들어온 몇 가닥 기다랗게 숭숭 자란 발가락 털과 허연 각질이 자못 흉악했다. 몸에선 담배에 절어 붙은 냄새가 진동했고 술 냄새도 많이 났다. 가끔 교회에 몰래 들어와 술을 마시거나 남녀 뒤엉켜 잠을 자고 가는 무리가 있다는 이야기를 들었는데 왠지 그 치들인 것 같았다. 옆면이 붉은 구식 성경책 위에 그들이 올려 둔 빨간색 말보로 담뱃갑과 분홍색 일회용 라이터, 술이 올라 불콰한 그들의 얼굴이 뒤섞여 일견 재능 없는 화가의 실패한 그라데이션 작품 같았다.

"야, 니 어디 학교냐? 너 말고. 그래 너. 이쁜 애."

방금 나더러 예쁘다고 했던 마른오징어가 혀 꼬인 소리로 말을 걸어 왔다. 나와 친구는 대답하지 않았다.

"존나 비싸게 구네. 좆같이 생겨 가지고."

방금 나더러 예쁘다고 했던 마른오징어가 문득 좆같이 생겼다고 말을 바꾸더니 고개를 팩 돌렸다. 저들끼리 무어라 쑥덕거리며 낄낄대는데 간간이 들리는 말이나 욕설이 무척 패악스러워 심리치료가 시급해 보였다. 나와 친구는 구태여 불쾌해 하기도 번거로워 그냥 자리를 멀찍이 옮겼다. 우리는 금세 그 치들을 잊고 마저 수런거렸다. 그러는 사이 연극하는 애들이 마지막 대사를 외쳤다. "주님! 돌아온 이 탕자를 다시 받아 주세요! 그래 주실 거죠?" 그 말을 마치자 조명이 꺼졌고 목사님이 단상에 올라 "아들아, 내가 너를 사랑하노라, 기다렸노라" 어쩌고 하는 대사를 영탄조로 읊은 뒤 문학의 밤의 끝났음을 선포하는 기도를 올렸다. 기도할 때는 박수를 치면 안 되는데 사람들이 박수를 그냥 팍팍 쳤다.

불이 켜지자 회장 애가 광고를 하기 위해 마이크를 잡고 무어라 힘껏 말을 했는데 그러거나 말거나 사람들이 엉덩이를 털며 일어나는 통에 웅성웅성 장내가 소란했다. 와중에 새로 온 사람들의 이름과 핸드폰 번호를 따내는 집사님들의 움직임이 신속했다. 나는 친구들과 밖으로 나가 사진을 몇 방 찍고 애들을 배웅했다. 꽃과 케이크까지 사 온 친구들을 한 명 한 명 집 앞까지 바래다주고 싶은 마음이었지만 교회 입구에서 헤어졌다. 나는 남아서 뒷정리를 해야 했다.

친구들을 보내고 예배당으로 돌아왔다. 남자애들이 무대를 해체하고 있었고 여자애들은 바닥에 널브러진 전단지며 사람들이 버리고 간 쓰레기 조각을 줍고 쓸고 있었다. 뭐야 이윤슬. 왜 이제 와, 너도 빨리해. 미안, 미안. 빗자루 없어? 응. 없어. 그냥 봉투 들고 손으로 주워. 어… 알았어. 나는 여자애들과 재잘거리며 쓰레기를 줍는 둥 마는 둥 했고 남자애들은 힘자랑이 하고 싶었는지 그냥 두 손으로 들고 옮겨도 충분해 보이는 박스들을 굳이 어깨에 짊어지고 이쪽저쪽 발발거렸다. 쓰레기를 줍고 있는데 누가 성경책을 찢어 딱지를 몇십 개나 접어 버려 놓은 것을 발견하고는 별 미친놈 많다는 생각을 했다.

어지간히 쓸고 닦고, 뒤로 밀어 둔 예배당 장의자를 원래 자리에 돌려놓고 나니 꽤 늦은 시각이었다. 아빠와 엄마가 빨리 들어오라는 문자를 번갈아 보내며 채근을 시작했다. 적당히 정리된 참에 눈치를 보아 빠져나가려 했는데 고생이 많다며, 간식 좀 먹고 하라며 집사님들이 떡볶이와 순대를 사 왔다. 시 낭송을 할 때 트림이라도 나올까 봐 온종일 아무것도 먹지 않았다는 사실을 차치하더라도, 고2 소녀에겐 심야의 떡볶이와 순대가 선사할 미감을 거부할 도리는 없었다. 문학의 밤을 함께 준비한 애들과 깔깔대며 배가 찢어지게 떡볶이를 먹고 나니 시간은 밤 열두 시를 훌쩍 넘어 있었다. 아빠한테서 십 분 안에 들어오지 않으면 책가방을 태워 버리겠다는 문자가 왔다. 교회에서 집까지는 걸어서 삼십 분, 자전거로 씽씽 달려야 십 분 안에 도착할 수 있는 거리였다. 미안, 나 먼저 가 봐야 할 것 같아. 아빠 난리 났다. 어어. 얼른 들어가 누나. 오늘 고생 많았어. 응, 규남아. 미안한데 누나 자전거 좀 빌려 주라. 누나가 다음에 떡볶이 사 줄게. 오 진짜? 누나랑 나만? 데이트인겨? 음, 너 하는 거 봐서. 누나 먼저 간다. 말을 마치고 예배당을 나서는데 뒤에서 애들이 '오올- 황규남- 윤슬 언니랑- 오오올-' 하는 소리가 들려 잠시 웃었다.

나는 교회 밖으로 뛰어나와 허겁지겁 규남이의 자전거를 찾았다. 초록색 자전거. 초록색, 초록색. 아, 거기 있었군. 999랬지? 마음이 급해서인지 비밀번호를 잘 맞추지 못했다. 아이씨, 이거 왜 안 풀려. 빨리 가야 하는데… 가만있어 봐, 지금 내가 맞춰 놓은 게 666이야 999야? 자물쇠를 들고 허둥대는 동안 누군가 다가오고 있는 것을 나는 전혀 감지하지 못했다.

*

정신이 들었을 때 나는 계단을 오르고 있었다. 나의 의지에 의한 것은 아니었다. 누군가에 의해 계단 위로 끌려가고 있었다. 뒷목과 쇄골 언저리에서 간질간질한 느낌이 났다. 손을 뻗어 긁고 싶었지만, 나를 끌고 가던 이들이 양쪽 팔을 꽉 붙들고 있었으므로 불가했다. 꾸덕한 액체가 목덜미에 툭툭 떨어졌을 때, 간지러운 느낌의 정체를 알 수 있었다. 피. 피 냄새와 함께 입에서 비릿한 쇠 맛이 돌았다. 그걸 감각할 만큼 정신이 들자 뒤통수가 지끈거렸고 그때 기억할 수 있었다. 나는 규남이의 자전거에 묶인 자물쇠를 풀던 중 뭔가에 호되게 후려 맞았다.

2층인지 3층인지를 끌려 올라가 마침내 도착한 곳은 당구장이었다. 놈들이 나를 당구대 위에 패대기쳤다. 두 명이었다. 마스크와 모자를 쓰고 있었지만 금세 누군지 알 수 있었다. 익숙한 실루엣. 그보다 더 익숙한 냄새. 아까 내게 좆같이 생겼다고 말한 남자애들이었다. 놈들은 내 목을 움켜 옥죄고 입을 틀어막았다. 나는 흐느끼며 움읍거렸다.

"살려 줄 테니까 살려 달라고 말하지 마. 입 열면 이걸로 대가리 찍어 버린다."

"사… 살려 주세요… 제발 살려 주세요….'"

"이 씨발년이 말하지 말라니까!"

놈들 중 한 명이 윽박질을 하며 주먹으로 머리며 광대며 코 언저리를 쾅쾅 내리쳤는데 까무러칠 것 같은 느낌이 들면서도 그런 느낌이 들 때쯤 한 대를 더 얻어맞으면서 정신을 차리고 말았다. 형용하기 어려운 위태와 고립을 느꼈고, 지금 이 터무니없는 상황을 겪고 있는 사람은 내가 아니라는 인지의 부조화와 내게 이런 일이 일어날 리 없다는 부정과 부인, 방금 교회 청소를 마친 내게 내려진 이해할 수 없는 신의 처사에 대한 원망과 그의 부재를 함께 느꼈다. 그럼에도 나는 마음속 깊이 여리고를 무너뜨린 하나님, 물 위를 걷고 뛰는 예수님 살려 주십시오, 살려 주세요, 간절히 외쳐 보았으나 아무 일도 일어나지 않았다. 소리 따윈 지를 수 없었다. 당구 공으로 대가리를 찍어 버리겠다는 놈들의 말은 몹시 실재적으로 들렸다. 빨간 공. 피에 흠뻑 젖는 일이 생겨도 그런 기색쯤은 얼마든지 감출 수 있다고 자부하는 듯한 시뻘건 공을 놈들이 눈앞에서 왔다 갔다 흔들었다. 용도가 본의와 달라진 모든 물건은 위험하다. 한 번도 만져 본 적 없는 당구공이었지만 대강 보기에도 저런 물건에 머리를 맞으면 곧장 터져 나갈 것 같은 묵직함이 느껴졌다. 당구공에 머리가 터져 나가는 상상은, 당구공에 얼굴을 맞아 뭉그러지는 바람에 부모님이 이윤슬이라는 사체를 알아보지 못한다는 구체적인 상상으로 발전했다. 아주 약간 남은 이성이 내게 경고했다. 자극을 하다간 정말 죽을 수도 있다고. 당구공에 맞아 죽고 싶진 않았다. 원하는 시간과 장소에서 죽는 사람이 흔치 않다는 건 알고 있지만, 그래도 이렇게는 죽고 싶진 않았다. 놈들이 상념을 찢으며 움츠린 내 팔과 다리를 헤프게 잡아당겼다. 악독한 손길에 몸 이곳저곳이 할퀴어 피가 배어 나왔다. 고통과 수치감에 눈물이, 비명이 마구 터져 나왔다. 놈들이 목을 움켜쥐어 비명이 나오지 못하도록 막았다. 뭘 쳐 울어. 그러게 왜 아까 그딴 눈빛으로 쳐다봤어, 기분 좆같게. 야, 됐고 그냥 빨리하자. 나의 절규는 놈들이 낄낄대는 소리에 묻히고 삭제되었다. 아무래도 안 되겠다. 도망을 시도한다. 그러다 잡혀 당장 당구공에 맞아 죽더라도 수치를 당할 순 없다. 있는 힘을 다해 악다구니를 쳤다. 놈들이 또다시 주먹으로 얼굴을 쾅쾅 내리쳤고, 나는 축 늘어지고 말았다.

투명한 비커에 담긴 투명한 멸균 증류수, 거기에 놓인 약액이 사방으로 번져 나가듯 나의 몸에 시커멓고 불쾌한 치감이 사납게 전사되었다. 놈들이 가하는 격심한 압력에 의해 몸이 짓이겨질 때마다 뇌중과 신경절의 마디마디와 오장과 육부에 오염의 감각은 가파르게 새겨졌다. 이 오염은 어떠한 화학적 기법을 동원해도 이전으로는 되돌릴 수 없을 것이라는 확신이 든다. 아무래도 이건 되돌릴 수가 없다. 속절없다. 가망이 없다. 엄마. 아빠. 규남아. 하나님. 예수님. 성모 마리아님. 부처님. 조상님. 귀신님. 악마님… 누구든 나타나서 제발 나 좀 살려 주소서….

'그 일'이 끝나고, 놈들은 알아들을 수 없는 말과 욕을 한참 퍼부었는데 결국 말하고 다니면 죽인다는 소리였다. 겁에 질린 얼굴로 고개를 끄덕이자, 야비한 동작으로 내 주변을 물티슈로 닦기 시작했다. 내가 기억하는 가장 끔찍한 감각은 오염을 당할 때보다도 놈들이 들이댄 차가운 물티슈가 살에 닿는 그 순간의 감각이었다. 그들이 떠났고 나는 당구대 위에 휑뎅그렁하게 남겨졌다.

썩은 바나나처럼 시들하게 매달린 형광등에서 잔광이 희미하게 명멸하고 있었다. 나는 그때 내게 염력 같은 게 있어서 형광등을 픽-하고 터뜨릴 수 있었으면, 터져 나간 형광등이 툭-하고 떨어져 내 경동맥을 정확히 푹- 찔러 주었으면 하는 생각을 했다. 되돌릴 수 없다면 끝내고 싶었다. 물론 염력 같은 게 있었으면 애당초 이런 일을 겪지 않았을 테지만 거기까지 생각이 닿진 않았다. 당구대에 누운 그대로 소변을 지렸다. 방광이 자극을 받아서인지 오염의 흔적을 내 몸에서 조금이라도 밀어내 보고자 하는 의지의 발현이었는지는 모르겠지만, 아무튼 나는 견디기 어려운 요의를 느꼈다. 그다음엔 정신을 잃었다.

2. 우선영

먼저 말해 두고 싶은 것은, 우선영은 자신이 악인이 아니라고 굳게 믿고 있다는 점이다.

오후 한 시, 선영은 어린이집에서 아이를 데리고 집으로 가던 참이었다. 선영이 사는 아파트 입구에 경찰차 두 대가 단속적인 불빛을 번쩍이며 서 있고, 무슨 일인지 구경하기 위한 사람들이 경찰차 주변에 와글와글 모여 야단이었다.

"무슨 일이에요? 누구 집에 도둑이라도 들었나요?"

분리수거 할 때나 한두 번 마주친, 수줍게 고개만 까딱 인사를 나누던 이웃에게 선영이 묻는다. 이웃은 평소 그녀들의 관계보다 훨씬 알은체 반색을 하며 한바탕 말한다.

"어머. 우진이 엄마. 아니 글쎄 602호가 마약을 했다나 봐요. 마약수사대에서 나와서 602호에 사는 여자 아느냐고 찾는데 혹시 아세요? 어떤 여잔지 아휴, 아파트값 떨어지게 생겼네."

602호는, 선영의 집이었다.

그리고 그 집에 여자는, 선영뿐이다.

쿵쿵. 심장이 귀 바로 밑에서 뛰는 듯했다. 쿵쿵, 오스스 소름이 사지로 뻗어 나가며, 쿵쿵. 몸에 있는 모든 땀구멍에서, 쿵쿵, 동시에 식은땀이 쭉 솟는 기분이었다. 쿵쿵. 나? 내가 왜? 뭐 마약? 처방을 잘못했나? 쿵쿵. 그럴 리는 없는데. 설마 그것 때문인가? 그건 범죄가 아니라고 했는데? 쿵쿵. 나는… 일단 잡혀가는 건가? 그럼 애는? 우리 우진이는? 쿵쿵. 남편, 남편이 필요해. 선영은 남편에게 전화를 걸었다.

"오빠."

"선영아."

남편의 목소리가 이상하다. 평소 선영이 좋아하던 울림 깊고 다정한 목소리가 아니었다. 남편은 바람 빠져 비실대는 풍선처럼 푸석이는 소리로 선영의 이름을 그저 읽었다. 이어서 한숨을 토해 내는 소리가 들린다. 남편은 아무리 복잡한 마음이어도 선영 앞에서는 한숨을 쉬지 않았다. 선영이 한숨 소리를 싫어한다는 걸 알게 된 뒤부터는 절대로 그런 소리를 내지 않았다. 한숨 소리가 길게 한 번 더 들렸고, 부지직하는 소리가 나더니 남편이 아닌 다른 사람의 목소리가 들려온다.

"우선영 씨 맞습니까."

"네… 맞는데요. 누구세요?"

"어디신가요?"

"아니, 누구냐고요!"

"강동서 마약수사대 조희원 경위입니다. 지금 어디세요?"

"예? 아니 마약수사대에서 저를 왜….."

"지금 어디냐고 세 번째 여쭙는데요. 창피당하고 싶지 않으면 집으로 빨리 오시죠. 아니면 전화기 추적해서 저희가 계신 곳으로 가겠습니다."

"집 앞… 인데 올라갈게요….."

선영은 사람들을 밀치고 나와 아파트 입구 도어록 앞에 선다. 발바닥 밑이 불쑥 꺼졌다가 솟기를 반복한다. 유리 벽 뒤로 비친 사람들의 모습이 조금씩 왜곡되어 보인다. 범죄자가 나왔으니 이제 우리 아파트값이 어쩌고 하는 집단 성토가 윙윙 귓가에 울린다. 말도 안 되는 소문을 만들어 내고 있으리라. 간만에 찾아온 씹을 거리를 씹고, 또 씹고, 온전히 흐무러진 뒤에도 질겅질겅 빨아대며 기어이 그 대상을 광폭한 괴물로 만들어 내고 말리라. 아찔하다. 다리가 자꾸만 풀려 주저앉고 싶었으나 주저앉아 버리면 왠지 사람들이 이 사달의 주인공이 자신이라고 생각할까 봐 선영은 어금니를 바득 깨물며 버틴다. 아니라며. 아니라며. 글쎄 그거 범죄 아니라며. 엄마 뭐해? 있어 봐. 비밀번호가 뭐였더라. 근데 그거 범죄 아니라고 누가 말을 해 줬더라. 아무도 안 했었나?

아무도 그런 말을 안 했던가?

우진이가 까치발을 들어 도어록의 비밀번호를 푼다. 선영은 비틀거리며 602호, 그녀의 집으로 향한다. 와중에 우진이의 손만큼은 꼭 쥐고 놓지 않는다. 어쩌면 우진이가 선영의 손을 꼭 쥐고 놓지 않았던 걸지도 모른다. 엘리베이터를 어떻게 타는 거였더라. 기억이 나지 않는다. 계단을 걸어서 올라간다. 올라가는 걸음을 이을 때마다 내 손으로 내 무덤을 파내는 기분이다. 집이 가까워질수록 그런 기분은 고조된다. 우진이가 왜 엘리베이터를 타지 않느냐고 칭얼거린다. 미안해. 엄마가 엘리베이터 타는 법을 잊어먹었어. 비틀거리다 계단 난간에 팔을 긁힌다. 깊게 베였는지 금세 피가 맺히더니 이윽고 팔 전체로 번져 나간다. 아픔은 느껴지지 않는다. 엄마, 팔에서 피 많이 나. 이거 피 아니야. 케첩이야. 아까 우진이가 핫도그 먹을 때 엄마한테 묻힌 거야. 엄마 팔 보지 마, 케첩 묻어.

*

　대학을 졸업할 즈음부터, 선영은 PEET, 그러니까 약대 편입 시험을 준비하기 시작했다. 처음 일 년 동안은 혼자서 공부를 했는데 성적은 의욕만큼 쭉쭉 오르는 듯하더니 돌연 딱 멈춰 버렸다. 한 번 멈춘 점수는 꿈쩍을 하지 않았다. 잠을 줄이고 공부를 해도, 교재를 바꿔 보아도, 한 과목이 오르면 한 과목이 떨어지는 괴현상이 자꾸만 나타나며 선영은 점점 위축되었다. 비싼 학원 수강료 때문에 동영상 강의로 어떻게든 해결해 보려 했는데 점수가 멈춘 지 석 달쯤 지나자 견디기 어려운 초조에 시달리게 되었다. 나는 왜 이걸 한다고 했을까. 돌이켜보면 별다른 고민 없이 한 선택이었다. 사실 뭐, 다들 그러지 않나. 오직 이것만이 나의 자아를 실현할 수 있을 것이다, 라는 완고한 사명을 갖고 전공이라든가 직업에 투철하기에는 선영을 비롯한 또래의 청춘들은 아직 많이 어리고 경험이 부족하므로 보통은 어쩌다 보니, 그러니까 그냥 친구를 따라서(그리고 그 친구는 나를 따라서), 아니면 티브이에 나온 누군가가 그날따라 멋져 보였다거나, 잠깐 아르바이트나 하다가 말 생각이었는데 그대로 주저앉았다든가 하는 식으로 우연인지 필연인지가 애매한 인과에 의해 함부로 선택을 하고, 그 선택에 따라 삶을 이어 간다. 선영도 마찬가지였다. 여자를 받아 주는 회사는 별로 없다는, 누군가 괜한 심통으로 싸질러 놓은 취업카페 게시판 글 따위에 겁을 집어먹어서, 어려서부터 공부라면 곧잘 했으니 이 까짓것도 그러려니, 조금 하다 보면 되겠거니 하는 가벼운 심정으로, 그냥 같은 과 언니들이 많이 준비하길래.

　가벼운 심정으로 시작했으니 마찬가지의 심정으로 그만두면 되지 않을까. 그럴 순 없었다. 히죽거리며 방에 입장했다가 문제를 풀지 못하면 방에서 탈출하지 못하고 죽는다는 사실을 뒤늦게 알아차리고 경악하는 공포영화 속 진부한 캐릭터처럼, 선영은 여기에 몇 년 들이부었다가 실패하면… 구직 적령을 놓쳐 취직도 못 하고 인생이 망가질 수도 있다는 사실을 일 년이라는 시간에 걸쳐 깨닫고는 당혹했다. 비로소 자신의 한계와 진짜 어른들의 세계를 감각한 선영은 점차 위축되다 마침내 쪼그라들어 사라지기 직전이었다. 스무 걸음쯤 걷다 보면 하나씩 나오는 약국. 동네 국밥집보다도 작은 겨우 그 약국. 종일 시계만 보다가 타이레놀 두어 개 팔고 퇴근하는 것 같던 겨우 그 약사. 겨우 그 약사가 되기 위해 전국의 얼마나 많은 수재들이, 얼마나 어려운 공부를, 얼마나 오랜 시간 동안 하고 있을지에 대해 떠올리면 느닷없이 두려웠다. 다만 약사뿐일까. 세상에 그럴듯한 직업이라는 걸 쟁취하려면 전부 다, 하나도 빠짐없이 그런 과정을 거쳐야만 한다는 사실을 처절히 경험하고 있었다.

하지만 그때의 선영은 아무리 마음을 다잡으려 애를 써도 집중이 되지 않았다. 창밖을 내다보며 정신을 나태하게 방기하거나 엎드려 자는 시간이 자꾸만 늘었다. 공부를 하다 문득 정신을 차려 보면 같은 곳을 반복해서 읽고 있었다. 알록달록한 포스트잇에 적어 붙여 둔 메모들은 본연의 기능을 상실했다. 치매 환자들이 하는 색종이 공부처럼 벽면을 어지럽게 덮은 포스트잇은 공부하는 척, 자아를 속이는 역할로만 기능했다. 선영은 치매가 아니었으므로 군이 그렇게 다채로운 색상으로 벽면을 꾸미며 두뇌를 자극할 필요가 없었다. 고시원의 적막에 이따금 숨이 막혔다. 부정한 감정이 선영을 휘감고 잠식하고 있음을 느꼈다. 문제집 표지에 활짝 웃고 있는 저자의 이빨을 검게 칠하고 있는 자신을 발견했을 때, 선영은 결심을 굳히고 고시원을 나왔다.

선영은 부모님을 찾아가 무릎을 꿇고 학원비를 읍소했다. 거, 학원비가 얼마니. 80만 원이요. 그 정돈 해 줄 수 있어. 저… 한 달에요…. 아버지는 잠시 말이 없다가 뭐 그런 일로 무릎까지 꿇냐며, 걱정 말고 공부나 열심히 하라고 말해 주었다. 아버지가 그 말을 하는 동안 팔짱을 단단히 끼고 앉은 엄마의 얼굴이 굳어지고, 또 꺼멓게 변하는 걸 보았다. 꼭… 학원을 가야 붙는 거니? 엄마는 그런 말을 하진 않았지만, 선영은 분명히 그 말을 들은 것 같았다. 그리고 외면했다. 미안해 엄마. 꼭 붙을게.

서울로 돌아온 선영은 머리를 숏컷으로 바싹 자른 뒤 PEET 학원에 등록을 했다. 선영이 머리를 자르는 내내 입을 일그리고 흐느끼는 바람에 미용사는 이 여자가 대단한 실연을 당했나 보다고 생각하며 거침없는 손길로 머리카락을 쳐 냈다.

*

선영과 건우는 학원에서 서로를 처음 보았다. 선영은 PEET 학원 강의실의 창가 쪽 앞에서 두 번째 줄에 앉았고 건우는 문가 쪽 맨 뒷자리에 앉았다. 서로 약속한 것도 아닌데 첫 수업 날 앉은 자리 그대로 사람들이 앉기 시작해서 그리되었다.

선영과 건우는 함께 수업을 듣는 두 달 동안 한마디도 나눈 적이 없었다. 그 일은 비가 많이 오는 날로부터 시작되었다. 예보에는 분명 화창이라고 했는데 문득 비가 툭툭 떨어지기 시작하더니 이윽고 강사의 말소리가 들리지 않을 만큼 어마어마하게 쏟아졌다. 이런 비라면 스콜이겠지. 하지만 스콜이 아니었는지 수업이 거의 끝나가는데도 그칠 기미가 없어 보였다. 수업이 끝나자 더러는 근처 편의점에서 빈약한 비닐우산을 사서는 쓰나 마나 하게 비를 맞으며 뛰어가기도 했고,

더러는 사람들을 모아 택시를 잡아타기도 했다. 남자애들은 대부분 그냥 비를 맞으며 지하철역까지 뛰어갔다. 건우도 비를 맞으며 뛰어갔다. 택시를 잡아탈까. 돈 아까운데… 우산을 사서 쓸까. 그냥 뛰어갈까. 책 젖으면 안 되는데…. 이리저리 궁리하며 수험서들을 가방에 집어넣고 있는데 가방걸이에 웬 우산이 하나 걸려 있는 걸 보았다. 원래 걸려 있던 건가? 누가 놓고 간 건가? 가방보다 안쪽에 걸려 있으니까 원래부터 있던 것 같기는 한데. 분명 가방을 걸 때는 우산 같은 게 없었다. 선영은 고개를 갸웃하며 우산을 펼쳐 보았다. 고장 난 곳은 없어 보였다. 잠시 고민을 하던 선영은 깨끗하게 쓰고 돌려주지 뭐, 라고 중얼거리며 우산을 들고 강의실을 나섰다.

　한 달쯤 뒤 누군가 선영에게 다가와 말을 걸었다. 건우였다. 선영은 그날 기분이 몹시 좋지 않았다. 얼마 전 봤던 모의고사 결과가 만족스럽지 못했기 때문이었다. 학원에 다니면서 점수는 다시 오르기 시작했는데 한 달 전부터 합격권에서 약간 못 미친 점수에서 또다시 딱 멈춰 버렸다. 물리 때문이었다. 자꾸만 물리를 망쳤다. 일반화학이나 유기화학 같은 화학과목은 자신이 있었는데 물리추론은 도무지 이해가 가지 않았다. 모의고사 사흘 전부터 핫식스로 버텨 가며 잠도 안 자고 물리만 팠는데 이번에도 점수가 구렸다. 눈물이 나올 것 같았다. 강사 새끼 말이 존나 빨라서 그런 거 같아. 아, 짜증나. 엄마, 아빠 미안해. 물리 과목의 틀린 문제들을 눈물을 삼키며 노트에 베껴 쓰는 중이었다. 의도치 않게 떨어진 눈물 한 방울이 활짝 웃고 있는 수험서 저자 사진의 정수리에 고였다.

"저…."

"네?"

선영이 돌아보지 않은 채 대답했다.

"저… 그게, 저는 임건우라고 하는데요…. 얼마 전 우산 빌려 가셨잖아요. 그거 보답받으려고 왔습니다. 저 커피 한 잔만 사 주세요."

"예?"

선영은 그제야 뒤를 돌아보았다. 임건우라는 놈이 몸을 배배 꼬며 말하고 있었다. 얼마 전? 우산? 뭐더라.

"우산이요?"

"아 그때… 5월 14일 날이요. 비 많이 왔던 날 있잖아요."

뭐? 우산? 아아. 그거, 그거. 까만 우산. 생각났다. 이 병신 같은 게 한 달 전 그걸 들고 와서 나한테 보답 어쩌고 하는 거야? 하필 지금? 짜증이 솟구쳤다. 지갑을 열어 만 원짜리 한 장을 꺼냈다. 빌어먹을. 5천 원짜리가 없다.

"아, 그 우산 그쪽 거였나요? 미안해요. 말도 없이 써서. 미리 말을 하시지. 그런데 한 달 만에 나타나 내가 우산 주인이니 보답을 해 달라니 어쩌니 하는 건 좀 웃기네요. 어쨌든 이거 갖고 가서 커피 사 드세요. 두 잔 사 드세요. 그리고 앞으로 말 걸지 말아 주세요."

예상과 다른 독살스러운 핀잔을 들은 건우는 만 원짜리 지폐를 쥐고 쭈물거리다 좀 더 말을 걸어 볼 염을 내지 못하고 결국 주춤주춤 사라졌다. 잠시 뒤에 다시 돌아와서는 만 원과 쪽지, 스타벅스 선불카드를 선영의 책상 위에 슬며시 놓고 문가 쪽 맨 뒷자리, 건우의 자리로 도망갔다.

그 주 주말, 선영은 평소 자신을 흠모하던 대학교 동아리 선배를 만났다. 그 선배로부터 딱히 고백을 받은 건 아니었지만 선영의 생일이나 크리스마스, 화이트데이를 비롯한 각종 '데이'라든가 잘 알지도 못하는 동아리 선배의 부고나 결혼 등 어떻게든 건수를 찾아 '선영아, 오늘 날씨가 마치 선영이처럼… 이러쿵저러쿵' 하며 연락을 시도해 오는 것으로 보아 흠모가 분명하다고 선영은 생각했다. 하지만 그 선배는 도무지 선영의 스타일이 아닌 데다가 툭하면 아는 체, 잘난 체를 해 대서 평소 거의 상종을 하지 않던 차였다. 액취증이 있는지 가까이 가면 암내도 났다. 다만, 물리만큼은 잘했다. 물리학과에서 과톱을 했었더랬나. 하여간 동아리 내에서 물리로 유명했다. 선영은 없는 애교를 끌어모아 그에게 알랑거렸고,

암내 선배는 선영의 아양을 받는 순간, 어머니의 생일을 기념하기 위해 예정된 가족 식사를 포함한 그 주 주말의 모든 스케줄을 즉각 취소하고 선영아, 물리하면 또 나잖니. 내가 원포인트 특강을 해 주지, 라고 말했다. 주말 내내 암내 선배로부터 물리를 배웠다. 선배가 책장을 넘기거나 펜을 든다고 팔을 들썩일 때마다 지끈거리는 암내가 얼굴에 끼얹어지는 바람에 중간중간 혼절할 뻔했지만, 끝까지 견뎌 내며 들었고 얼마간 이해할 수 있었다. 그런 노력을 기울였음에도 그다음 주 모의고사 결과는 또다시 처참했다. 선영은 시험지에 작대기를 직직 그으며 울먹이고 있었다.

"저기….."

건우인가 하는 그놈이 또 찾아와서 말을 걸었다. 선영은 자신의 시험지에 그어진 빨간 작대기들이 창피해 잽싸게 몸을 웅크렸다. 무언갈 훔치다 들킨 사람처럼 가슴이 마구 방망이질 쳤는데 동시에 내가 왜 놀라고 왜 숨어야 하지, 하는 생각이 들며 짜증이 훅 솟았다.

"아, 씨발! 진짜! 저한테 말 좀 안 걸면 안 돼요? 또 왜요. 스타벅스 카드 그거 때문에요? 그거 아예 건드리지도 않았으니까 가져가세요. 그리고 저한테! 말 좀 걸지 마세요, 제발!"

사람들이 쳐다볼까 봐 제대로 소리를 치지도 못하고 말하듯 소리쳤는지, 소리치듯 말했는지 하여간 애매한 소리를 운

율적으로 내지르고는 책상에 엎드려 엉엉 울었다. 아무도 모르게 울고 싶었는데 들켜 버렸다는 게 또 처량 맞은 기분을 느끼게 해서 눈물이 더 나왔다. 그날 건우가 남기고 간 쪽지와 카드는 서랍 어디에 쑤셔 넣고 말았었다. 엎드린 채로 건우가 준 것들을 서랍에서 꺼내어 옆 책상 위에 툭 하고 던져 놓았다.

"아니요, 그게 아니라. 아유… 우시네… 저… 커피 사 달라는 게 아니고요, 혹시 물리 때문에 고생이시면 저랑 같이 스터디 하실래요? 저는 물리는 잘하는데 화학이 약해서…."

"예? 물리요?"

선영은 건우가 내민 시험지를 낚아채 살펴보았다. 어머, 거의 다 맞았네. 다 틀려 놓고 동그라미를 치는, 하루 이틀이면 들통날 거짓말을 하는 건 아니겠지. 선영은 자신의 물리 시험지와 건우의 시험지, 건우의 얼굴과 내던진 스타벅스 카드를 번갈아 보며 우물우물 말을 건넸다.

"아니… 저기… 씨발이라고 해서 죄송해요. 요즘 물리 때문에 너무 스트레스를 받아서…."

선영은 문득 상스러운 욕을 했다가, 울다가, 사과를 하며 물리에 관심을 보이는 자신이 어떻게 보일지에 대해 약간 걱정하며 말했다.

"아뇨, 아니에요. 그럴 수도 있죠. 저도 화학 채점하면서 싯

오염 35

팔 싯팔 했는 걸요. 하하."

그가 머쓱하게 웃으며 화학시험지를 보여 주었다. 선영의 물리 점수와 같았다. 선영이 건우를 올려다보며 피식 웃었다. 그걸 보고 건우가 따라 웃었다. 서로 마주 보며 웃었다. 선영은 웃으며 생각했다. 남자로서 관심이 있는 것은 전혀 아니고, 나는 지금 그저 물리쟁이가 필요할 따름이니 착각하지는 않았으면 좋겠다, 라고.

"이 쪽지는."

"네."

"시험 끝나고 펴 볼게요. 그때까지 잘 갖고 있을게요. 괜찮죠?"

"네, 물론이죠. 그럼 우리 스터디 날짜랑 장소를 잡아 볼까요?"

모두 집으로 돌아간 텅 빈 강의실에서 그들은 날짜를 잡는다며, 누구 교수의 강의가 별로라는 이야기를 나누며 작게 소란을 피웠다. 그때 창밖으로 부슬부슬 비가 내리기 시작했다. 둘은 동시에 가방걸이를 쳐다보다가 눈이 마주치고는, 또다시 웃었다.

"잠깐만 기다리세요."

건우가 우산을 사 오겠다며 뛰쳐나갔다. 그가 세찬 걸음을 옮길 때마다 슬리퍼가 발바닥에 붙었다가 바닥을 내리치면서 나는 땅땅하는 소리가 크게 들리다가 이내 멀어졌다. 어쩌면 괜찮은 놈일지도 몰라, 라고 선영은 잠시 생각을 했다가 고개를 푹 수그렸다. 어머 안 돼. 지금은 시험이 우선이다. 시험 외의 것들은 조금도 생각하고 싶지 않다. 벌써 일 년 반이라는 아득한 시간과 돈을 쏟아부었다. 마음이 물러지면 안 돼. 별안간 부모님이 떠올라 목구멍이 또 부듯했다. 그즈음 선영은 너무 자주 울어서 고민이었다. 울면 배고파서 공부할 때 방해되는데.

3. 이윤슬

삼십 분. 법원까지 삼십 분이 남았다고 했다. 마지막이 될지도 모른다는 생각이 들자 문득 창밖이 보고 싶어졌다. 잡혀가는 사람들이라면 으레 그럴 것 같은, 조금 진부한 감상일수도 있겠지만 어쩐지 꼭 그래야만 할 것 같았다. 따끈하게 퍼지는 햇살에 살갗을 데우고 마음을 데우고, 바깥의 방분한 정취를 머릿속에 새겨 두고 싶었다. 창가 쪽으로 몸을 움직였다. 형사놈이 갑자기 버둥거리는 내게 험상궂은 표정을 지었다가 그저 창밖을 보고 싶어 할 뿐이라는 걸 알았는지 이번에는 딱히 군말하지 않고 슬며시 비켜 주었다. 때마침 길이 막히는지 호송차는 가다 서다를 반복하며 느리게 움직이고 있었다.

저쪽 골목 어귀에서 학교를 마치고 집으로 돌아가는 초등학생 몇 명이 신발주머니를 통통 차며 걸어 나오고 있었다. 푸하하. 귀여워. 나도 어릴 때 저거 많이 했는데. 저들끼리 무슨 재밌는 이야기를 나누는지는 모르겠지만 시종 웃어대는 것이 좋아 보였다. 너희들은 커서 나처럼 되지 않았으면 해. 나처럼이 뭐냐고? 수갑 차고 포승줄에 묶인 사람. 아니지, 아니지. 이런 울적한 생각을 할 때가 아니지. 좀 더 유익한 단어를 떠올려 보자. 이를테면 그래, '봄'. 봄 여름 가을 겨울, 두루 사시를 두고, 자연이 우리에게 내리는 혜택에는 제한이 없는데 그중에도 그 혜택을 가장 아름답게 낸다는… 그 '봄'. - 이양하, 「신록예찬」 中에서 봄이라는 단어를 떠올려 본 지 무척 오래되었는데 생각해 보니 지금은 봄이다. 차창 밖으로 하늘 청량한 가운데 제각각 구름 뭉치들이 재밌는 모양으로 성글게 떠 있고 그 틈으로는 살진 봄볕이 드리웠다. 거리에는 벚꽃이 움트며 부풀고 있었다. 다음 주면 만개할 것 같았다. 나는 올해 만개한 벚꽃을 볼 수 있을까. 판사님, 부디 그랬으면 좋겠습니다. 참새들이 짹짹거리는 소리가 호송 차량의 두꺼운 유리창을 뚫고 아주 조금 스며들었다. 그 소리를 기억해 두려 애를 썼다. 지상 위로 다니는 지하철이 쿠궁쿠궁 심장 뛰는 듯한 소리를 내며 지나갔고, 나는 손가락을 쿠궁 소리에 맞춰 톡톡 두드리며 도시의 맥박을 외웠다. 사람들의 옷도 얇아진 듯하다. 각자의 호주머니에 손을 찔러 넣고 다니던 연인들이 이제는 주머니에서 손을 꺼내 맞잡고 있었다. 음. 그런데 저기는 남자가 좀 아깝다. 보도블록 틈새로 핀 민들레가 바람의 방향에 따라 이리저리 휘청였다. 민들레가 봄꽃이었던가? 사계절 내내 봤던 것 같은데… 조경회사 직원들이 겨우내 가로수에 둘러놓았던 볏짚을 풀자 깜짝 놀란 나무들이 부끄러운 듯 가지를 우수수 떨었다. 또 다른 커플이 전동킥보드를 타고 가고 있었다. 왜 죄 커플만 보이는 거지. 여하튼 여자가 앞에 남자가 뒤에 밀착하여 붙은 게 뱀이 먹이를 숨지게 하는 모양새 같았는데, 저거 둘이서 타는 거 불법 아닌가. 불법 커플이 내게 손가락을 뻗으며 어머, 저 여자 잡혀가나 봐, 로 추정되는 입 모양을 했는데 그것까지 포함해 아름다운 세속의 활기를 그윽하게 바라보며 생각에 잠기는 사이 나는 얼마간 나른하고 고요해질 수 있었다. 포승을 하고 수갑을 찬 채로도 나른해질 수 있는 거였구나.

"참, 윤슬 씨. 신변 정리는 하신 거죠? 영장실질심사에서 구속으로 결정 나면 곧바로 구치소에 수감되는데…."

고요를 박살 내며 여경이 말했다.

"예? 아니요… 그걸 지금 말하면 어떡해요…. 저 체포되고 바로 핸드폰 뺏긴 채로 유치장에만 있었잖아요."

"경사님. 취조할 때 말씀 안 하셨어요?"

여경이 형사놈을 바라보며 말했다.

"어? 어… 아니, 우리 쪽으로 잡혀 오는 애들은 보통 정리할 신변 그딴 게 없었으니까… 깜박했다야."

"아니, 아무리 그래도 그렇지 그런 거는 얘기를 해 주셔야죠. 구치소에 가면 며칠은 정신없을 텐데."

배려를 하는 건지 구치소를 반드시 가게 될 것이라고 저주를 하는 건지. 친절한 줄로만 알았던 여경이 갑자기 헛소리를 지껄인다.

"저… 전화 한 통만 쓰게 해 주세요."

"그래요. 경사님, 아직 시간 좀 있죠?"

"어? 어… 한 삼십 분?"

"근처 카페에 잠깐 세워 주세요. 제가 커피 좀 사 올게요. 윤슬 씨. 이걸로 통화하세요."

"아, 네."

…

"윤슬 씨. 전화 안 하고 뭐 하세요. 시간도 얼마 없는데."

…

"윤슬 씨?"

"엄마 번호는 아는데… 엄마한테는 말 못 해요…."

"하- 아니 어차피 구속되면 모를 수가 없는데요. 그냥 전화하세요. 오피스텔에서 잡혀 왔다면서요. 뭐 보증금도 돌려받고, 짐도 빼고 해야 할 거 아냐."

어차피 구속이라니. 이 여자가 진짜.

그런데 전화할 곳이 엄마 말고는 정말 하나도 없었다. 그즈음 내가 연락을 주고받던 모든 이가 몽땅 잡혀가 버렸으므로. 그때 돌연 잠이 왔다. 그냥 잠이 아니라 '그 졸음'이 쏟아졌다. 기면이 시작되려 하고 있었다. 생각해 보니 약을 못 먹은 지 사흘이나 되었다. 어쩌지, 지금 기저귀 안 차고 있는데… 라는 생각을 마지막으로 나는 수갑을 찬 채 앞으로 고꾸라져 버렸다.

*

주 야 비.

주는 주간 근무, 야는 야간 근무, 비는 비번을 의미한다. 기면증이 생긴 뒤로 나는 야간에 할 수 있는 일만 찾아다녔다. 밤에는 기면이 거의 오지 않았다. 처음엔 편의점이나 피시방 같은 곳을 전전했는데, '그 일'이 있은 후부터는 사람을 일상적으로 마주하기가 아무래도 어려웠다. 노력하면 간단한 대화 정도는 할 수 있었지만, 접객은 불가했다.

혹시 공장 야간근무조라면 할 수 있을까 해서 거기에 기웃거린 적도 있었는데 일 년을 못 채우고 그만두었다. 나는 공장이라는 곳이 〈모던 타임즈〉에 나오는 찰리 채플린처럼 가만히 서서 컨베이어벨트에 흘려 내려오는 기계 뭉치가 되었든 플라스틱 뭉치가 되었든, 여하튼 뚱땅뚱땅 조립을 해서 다시 컨베이어벨트에 흘려보내기만 하면 되는 줄 알았는데 아니었다. 여공의 세계는 일종의 군체와 같았다. 그러니까 벌이나 개미 같은 집단 지성체. 여왕개미와 일개미, 전투개미가 있었는데 군체는 여왕개미의 알량한 의지에 지극히 충실해야 했다. 입사한 지 얼마 안 된 나 같은 졸때기는 당연히, 수년 동안 일개미 계급을 벗어날 수 없었다. 당연한 말이지만 일개미가 되는 건 무척 싫은 일이었는데, 일이 많아 싫었다기보다는 일개미가 해야 하는 것이 하루에도 몇 번씩 여왕을 찾아가 아양을 떨며 당신의 권세가 여전히 유효함을 증명해야 하는 일이라는 게 싫었다. 때때로 여왕개미가 두 명, 또는 세 명이 될 때도 있었는데, 그럴 때면 누구의 수하가 될 것인지 선택을 강요받았고 잘못된 선택을 한 군체는 처절한 응징을 당했다. 처절한 응징이라 함은, 이를테면 부식으로 초코우유와 흰 우유, 단팥빵과 식빵이 나왔는데 초코우유와 단팥빵을 다 뺏기고 흰 우유와 식빵만 먹어야 한다든가 하는 종류의 것들이었다. 이렇게 말하면 실소를 터뜨릴지도 모르지만, 눈앞에서 초코우유와 단팥빵이 하나둘 사라지는 걸 보고만 있는 것은 생각보다 대단한 상실감을 야기한다. 물론 내 경우에는 그걸 못 먹었다고 삐쳐서 그만둔 건 아니었고 사람과 섞이기 싫어서 공장에 들어간 것인데 집단 지성체에 속하여 본격적인 감정 소모를 요구받는 일을 겪다 보니 출근만 했다 하면 자꾸만 숨이 밭아지고 견디기가 어려워서였다. 일 년은 채우고 퇴직금을 받고 싶었는데 실패해서 아쉬웠다.

그러던 중 계족산 콜이라는 택시회사에서 주야간 교대 근무 상담원을 채용한다는 공고를 보았다. 상담원이 힘든 직업이라는 건 알고 있었지만, 사람과 직접 얼굴을 마주하지 않는 일이라면 할 수 있을 것 같았다. 나는 면접에서 오직 야간 근무만 할 수도 있느냐고 물었다. 기면증 때문에 낮에는 갑자기 고꾸라져 잘 수도 있다는 말은 하지 않았고 그냥 자격증 공부 같은 걸 해야 한다고만 말했다. 처음엔 근무표를 짜기가 곤란하다며 거절했으나 야간은 모두 기피하는 시간대였으므로 자기들끼리 쑥덕쑥덕하더니 '야야야야 비비'인데 야간 수당은 없는, 나에게만 적용되는 치사한 근무표를 만들어 주었다. 그리하여 나는 밤 열 시부터 다음 날 오전 여덟 시까지 배차 상담을 하고, 구내식당에서 중화풍 야끼교자와 취나물소고기밥과 양념장이라는 이름이 붙어 있지만 실상은 몇 번을 재탕했는지 알 수 없는 말라비틀어진 만두 튀김에 출처 불명의 잡초를 섞어 지은 밥과 낡은 깨를 뿌린 양조간장으로 구성된 거지 같은 조식을 밥값을 아끼기 위해 꾸역꾸역 다 먹은 뒤 퇴근하는 일상을 살고 있다.

낮에 자고 밤에 깨어 있는 것에는 이미 익숙해져 있던 터라 '야야야야 비비'라는 근무표는 내게 그다지 어렵다고 할 만한 것은 아니었다. 다만 편의점과 피시방에서 이미 여러 번 경험했듯이, 밤에 깨어 있는 사람들은 대체로 취해 있었고 취한 사람들은 대체로 험악했으며 그 험악한 사람들이 대면하지 않고 수화기 너머에 숨을 수 있게 되자 거의 사람의 격이라는 것은 찾아볼 수 없는 수준으로 변했다. 딩동. 콜이 들어왔다.

-네. 계족산 콜입니다.

-여기 신탄진 역인데요, 덕암동 주민센터로 갑니다.

-네. 배차 가능한지 확인하고 문자 드리겠습니다. 그런데 지금 갑자기 비가 와서 이미 배차가 거의 다 되었어요. 조금 오래 기다리셔야 할 수도….

-예? 아이 씹….

뚝.

꼭 이렇게 욕을 할 듯 말 듯 맥없이 질금대는 놈들이 있다. 욕을 할 거면 제대로 해야 녹음을 해 두는데. 사무실에 앉아 웹 소설이나 읽다가 선선히 퇴근하려 했는데 아무래도 긴장이 필요한 하루가 될 듯하다. 오후 내내 비를 품은 기색이라곤 전혀 찾아볼 수 없는 뭉게구름만 잔잔히 흐르며 내내 쾌청하더니 예보도 없이 느닷없는 비가 쏟아졌다. 이렇게 기상청으로부터 뒤통수를 맞는 날이면 택시를 타려는 사람들도, 택시 기사들도 허둥댔다. 자글자글 떨어지던 비는 이내 쏴- 소리를 낼 만큼 거세고 매서워졌다.

비가 추적거릴수록 사람들의 조바심과 짜증은 배가되었다. 괜찮다가도 '○○바 ○○○○ 차량이 오 분 거리에서 이동 중입니다'라는 문자를 받는 시간이 길어지거나, 마침내 그 문자를 받지 못한 사람들은 갑질이니 을질이니 병질이니 하는 뉴스 기사에서나 들어 볼 법한 폭언과 증오를 마치 당위라는 듯, 우리 콜센터 배차 상담원들에게 쏟아 냈다. 딩동. 그러거나 말거나, 콜은 계속된다.

  -네. 계족산 콜입니다.

  -여부세요? 야이 씨부랄 왜 늦게 받고 지랄이야!

  -….

  -야. 택시 보내 부아. 당장.

  -손님. 어딘지 말씀을 하셔야 차를 알아봐 드리죠.

라고 말은 했지만, 이놈은 틀렸다. 만취다. 주소를 똑바로 말할 수 없을 것이다. 오 년의 경험이 말하고 있다. 그냥 끊어도 문제없을 놈이라고. 기억도 못 할 것이라고. 괜히 기분 잡치는 대화 나누지 말고 끊어 버리라고.

-이 씹…

뚝.

　계족산 콜은 대전시의 지원을 받고 있는 회사였기 때문에
고객이 컴플레인을 하면 그것은 그대로 시청에 접수되고 민
원이 되었다. 민원이 많아지면 시로부터 받는 지원이 박탈될
수 있었고, 따라서 회사는 컴플레인을 받지 않으려는 이런저
런 노력들을 하고 있었다. 여기서 '이런저런 노력'이라는 것
은, 결국 진상들로부터 욕이나 성희롱을 당해도 그냥 참으라
는 주문에 다름없다. 시청 대중교통과에서 항의 전화가 오는
날이면 사장이 콜센터에 들어와 그야말로 발광을 하고 돌아
갔다. 관료들은 오직 택시 이용 승객과 중소기업 사장만을 보
살폈고 나라의 어설픈 보살핌은 우리 상담원들을 더욱 격심
한 을로, 을 중의 을 중의 을의 신분으로 몰아넣고 있었다. 상
담원의 인권 문제에 관한 여론이 지난 몇 년 동안 드문드문
거론되자 계족산 콜에도 폭언을 할 경우 상담원이 전화를 끊
을 수 있다든가 고발이 될 수도 있다든가 하는 안내메시지가
심어지긴 했다. 하지만 그런 내용에 관심을 갖는 사람은 없었
고 그 메시지가 다 들릴 때까지 우리가 전화를 받지 않으면
그 또한 민원의 대상이 되었다. 아 글쎄, 콜센터가 전화를 안
받는다니까요, 라는.

고작 대전 외곽과 신탄진 인근만을 돌아다니는 소규모 택시회사 계족산 콜의 배차 관제프로그램에 녹음 기능 따위를 기대하긴 어려웠다. 통화가 이상하게 진행된다 싶으면 스스로 해결하는 수밖에 없었다. 이를테면 헤드셋에 핸드폰을 가까이 붙이고 녹음을 하는 방법. 상대방이 욕이나 성희롱을 하면 그걸 녹음한 다음에 끊어야 민원이 들어와도 시에 소명을 할 수 있었으므로 상담원들은 나름의 방책을 준비하여 근무했다. 물론 사장이 발광을 하든 말든 파이팅 넘치게 갈 길 가시는 오십 대 아주머님들이 있긴 했지만, 나처럼 어린 축에 속하는 사람들은 그럴 수가 없어서 초소형 녹음기를 사다가 헤드셋에 테이프로 둘둘 감아 놓고 일을 했다. 초소형은 개뿔, 뉴스 기사나 지나가다 눈에 들어오는 책들을 보면 요즘 4차 산업혁명이 어쩌고 하는 게 유행인 것 같은데 녹음기를 더 작게 만드는 기술 같은 건 아직도 개발이 어려운지 녹음기를 붙여 놓은 헤드셋은 무게가 꽤 되었고, 그걸 쓰면 머리가 지끈거리고 귓바퀴가 아려 수시로 벗었다 끼웠다 하며 일을 해야 했다. 일을 마치고 귓가를 만져 보면 거칠게 감긴 테이프 자국에 귀가 이지러져 있어 한참을 주물러 주어야 했다.

딩동. 전화가 다시 걸려 왔다. 아까 그놈이다. 녹음은 하지 않을 생각이다. 같이 욕이나 퍼붓고 끊어야지. 혓바닥이 꽈배기처럼 배배 꼬인 소리를 내는 것으로 보아 그리해도 별 탈이 없을 듯하다.

　-네. 계족산 콜입니다.

　-야 이 미친년아. 누가 전화 함부로 끊으래?

　-욕하지 마라, 이 새끼야. 누군 욕할 줄 몰라서 안 하는 줄
아냐?

　-허허허. 이런 미친년이. 너는 에미 애비도 없냐? 내가 시
팔 나이가 환갑인데 니 애비가 전화해도 이렇게 받을 거냐?
어?

　-나 애비 없는데.

　-뭐?

　-나 애비 없다고 이 새끼야!

　뚝.

　아버지가 돌아가신 건 칠 년 전이다. 칠 년이 지난 지금도
아버지에 대해 말하거나 생각하는 건 내게 무척 어려운 일이
다. 아버지는, 순전히 나 때문에 돌아가신 거나 다름없었으니
까. 그렇다고 내가 아버지를 죽였다는 말은 전혀 아니고. 아
니지, 내가 아버지를 죽인 게 맞았던가? 아버지가 나로 인해
돌아가셨다는 말이 과연 과도한 자책인지 아닌지 한번 들어
봐 주었으면 한다. 판단은 알아서 하되 다만 그걸 내게 말하
지 않아 주었으면 한다. 부디. 제발.

4. 황규남

규남은 조실부모했다. 중학교 때 교통사고로 두 분이 함께 돌아가셨다. 그때부터는 의정부에 있는 외할머니와 둘이 살았다. 돈이 없는 건 아니었다. 부모님은 돌아가시기 전에 과수원을 크게 운영하고 있었고 사고보험금으로 받은 돈도 꽤 되었으니까. 부모님이 남긴 과수원은 할머니가 경영할 수 없어서 모두 처분하고 현금으로 바꿔 두었다. 규남의 아버지는 부인이 두 명이었다. 배다른 형이 하나 있었는데 사업을 한다며 광주로 간 뒤로는 소식이 끊겼다. 부모님이 남긴 돈이 얼마인지, 그리고 배다른 형이 얼마를 가져갔는지 궁금했지만, 그 당시 규남은 '상속법에 따라 아버지의 직계비속인 자신이 상속 1순위이며…' 같은 법 상식을 따지고 들 만한 수준이 못 되었으므로 알 수 없었다.

규남의 외조모에 대해 말하자면, 그리 좋은 부양자는 아니었다고 볼 수 있다. 콜라텍인지 카바레인지 그런 곳을 다니며 할아버지들을 만나는 것 같았다. 한때 할머니에게 반한 어떤 할아버지가 규남을 돌봐 준 적이 있었는데, 그다지 건전하다고 볼 수 없는 자신의 외할머니에게 빠져 얼마 남지 않은 황혼에 모처럼 찾아온 뜨거운 감정을 소모하기엔 아까운 사람이라고 규남은 생각했다. 할아버지는 규남의 집에 찾아와 밥을 해 먹이기도 했고, 규남이 오락실에 갈 때 따라가 주기도 했다. 규남이 오락기를 붙들고 '잇' '에잇' 거리다 죽어 버리면 할아버지는 말없이 백 원짜리를 하나씩 꺼내 건넸다. 할아버지의 동전에선 퀴퀴한 냄새가 났다. 할아버지는 몇 시간이고 규남의 옆에 앉아 그걸 했다. 규남이 오락에 흠뻑 빠져 있다가 고개를 돌렸을 때, 앉는 부분이 다 터진 동그란 레자 의자에 할아버지가 오도카니 앉아 있는 걸 보고는 문득 "할아버지, 우리 집에서 같이 살면 안 돼요?"라고 물은 적이 있었다. 할아버지는 상긋 웃더니 고개를 가만히 저었다. 그 뒤에도 여러 번 물어보았으나 할아버지는 그때마다 고개를 저었다. 할아버지는 끝까지 자신의 이름을 말해 주지 않았다. 그리고 어느 날부턴가 규남의 집에 찾아오지 않았다. 규남은 그 할아버지를 계속해서 만날 수 있었더라면, 아니, 이름이라도 알아서 언젠가 찾아갈 수 있기만 했더라면 자신의 인생이 이렇게까지 황폐해지지는 않았을 것이라고 언제나 짐작했다.

　규남의 외조모는, 규남을 팽개쳐 두긴 했으나 용돈만큼은 두둑하게 주었다. 어차피 다 규남의 돈이긴 했지만. 친구들 앞에서 허세를 부리기엔 충분한 용돈이었으므로 규남은 모자란 사랑을 그런 허세로 채워 나갔다.

　버려진 규남은 사나웠다. 버려진 모든 것들은 원래 사납다. 규남은 '뭘 꼬라봐, 눈 안 깔어?'라는 말을 웅변적으로 자주 했다. 마법의 주문 같은 말이었다. 이 말을 하면 다들 고개를 숙였다. 복도를 걷다가 눈빛이 괜히 기분이 나쁜 애를 만나면 뭘 꼬라봐 주문을 외고는 그냥 뺨을 올려 질렀다. 한 대 맞으면 다들 나동그라졌다. 마치 영화처럼. 비쩍 마른 미남 배우의 가냘픈 주먹 한 방에 수십의 악당들이 공중제비를 돌며 툭툭 날아가는 것처럼. 규남은 중학교 때 자신이 싸움을 잘한다고 생각했는데, 실상은 규남이 일진 애들에게 이것저것 잘 사 주니까 걔들이 규남과 어울려 준 것이고 일진들과 어울려 다니는 규남과 시비가 붙지 않으려 애들이 피해 주었을 뿐이었으나 규남은 그걸 알지 못했다.

　공부 따위에 관심이 없던 규남은 중학교를 졸업하고 고등학교를 가지 않으려 했다. 하지만 고등학교에 가지 않으면 용돈을 끊어 버리겠다는 할머니의 말에 성덕공고라는, 인근에서 꼴통 학교로 유명한 고등학교에 입학을 했다. 고등학교를 반드시 보내려는 할머니의 속셈은 대략 알고 있었다. 규남을 학교에 잡아 둬야 안심하고 돌아다닐 수 있기 때문이었으리라. 근데 뭐, 학교도 재밌는 곳이니까. 나 정도면 가자마자 일진이겠지. 규남은 그런 생각을 하며 교실 문을 박차고 들어섰다.

하지만 고등학교는 중학교 때와는 사정이 달랐다. 입학 초기에 기선을 제압하려 적당한 녀석을 하나 골라 그 앞에 우뚝 섰다. '뭘 꼬라봐, 눈 안 깔어?'를 시전하고, 이제 선빵을 날려 볼까, 라는 생각을 할 틈도 없이 그놈이 읽고 있던 만화책으로 휘두른 빰 싸대기를 시작으로 글자 그대로 묵사발이 되도록 처맞았다. 늘씬 두들겨 맞은 것까지는 아, 사실 내가 그날 컨디션이 어쩌고 하며 변명할 수도 있겠으나 다 맞고 나서 "눈 착하게 뜨고 다녀라"라는 녀석의 말에 순간 눈을 찔끔거리며 옹색하게 내리깔았다는 것과 그걸 애들이 다 봤다는 게 큰 문제였다. 규남이 진학한 고등학교에는 규남과 같은 중학교 출신이 거의 없었고, 있어도 규남과 어울리던 일진 출신이 아니어서 규남은 기댈 곳이 없었다. 심각한 문제는 한 가지가 더 있었는데 규남을 두들겨 팬 녀석이 일진과는 전혀 거리가 먼 놈이었다는 점이다. 걔는 일진 그런 일에는 관심도 없고 공부에도 관심 없고 그냥 만화책을 많이 좋아하던 녀석이었다. 규남은 거기에 또 충격을 받았다. 일진 출신도 아닌 게, 한 방이면 나가떨어질 줄 알았는데. 어어? 이 새끼 이거 왜 이렇게 힘이 세지? 내가 약한 건가?

규남은 오로지 일진이 되느냐 마느냐 하는 문제에만 천착하며 일진이 되기 위해 분투했지만 이미 개수하기는 쉽지 않은 상황이었다. 그 녀석한테 얻어맞은 후 학교에선 '좆찐따 황규남'으로 찍혔고 서서히 서열을 정리하고 일진을 형성하던 애들은 급이 떨어질까 봐 '좆찐따 황규남'을 상대해 주지 않았다. 돈으로 꾀기도 쉽지 않았다. 고등학생이 된 애들은 담배를 몇 갑 준다거나, 매점에서 햄버거를 쏜다거나, 피시방에서 게임 시간을 충전해 주는 정도로는 어림도 없었다. 할머니가 넉넉한 용돈을 주긴 했지만 그만큼 많이 주진 않았다. 몇 달 동안은 시비가 붙지 않도록 조용히 학교를 다니며 돈을 모았다. 그간 파악한 바로는, 성덕공고는 중학교 때처럼 일진 그룹이 마구잡이식으로 산재되어 있지 않고 북두칠성이라는 불량 서클의 통제 아래 정연히 관리되고 있었다. 규남은 북두칠성의 일원이 되고 싶었다. 북두칠성 멤버였던 2학년 선배를 찾아가 서클에 가입할 수 있느냐고 물어봤는데 그 선배는 규남의 몸을 몇 번 만져 보고 뒤로 돌아, 다시 뒤로 돌아 하더니 느닷없이 따귀를 때리며 꺼지라고 말했다.

5월이 되었을 즈음, 마침내 1학년 대가리가 정해졌다. 성현규. 저게 과연 고등학생인지 사십 대 아저씨인지 분간할 수 없는 외모에 사과를 한 손으로 우그러뜨릴 수 있는 괴력을 가진 놈이었다. 성현규는 북두칠성의 멤버였다. 규남은 성현규에게 즉각 들러붙었다. 몇 달간 모은 돈으로 청룡쇼바가 달린 중고 오토바이를 한 대 사 줬다. 성현규가 규남을 꽉 끌어안으며 말했다. 야 너 나랑 같이 북두칠성 할래? 그리하여, 싸움을 잘하는 건 아니지만 얼굴이 반반해서 여고와의 대면식 때 유용할 것 같지 않겠습니까, 라는 성현규의 지극한 아룀을 통해 규남은 그토록 선망하던 성덕공고의 제일 서클 북두칠성에 가입할 수 있었다.

규남이 북두칠성의 멤버가 되었다는 소문이 퍼지자 애들의 대우가 달라졌다. 주문이… '뭘 꼬라봐, 눈 안깔어?' 마법이 다시 통한다! 비행의 스케일이 커졌다. 거덜이를 했다. 모자를 돌려 돈을 거둬들이고 안 내면 팼다. 매주 화요일마다 북두칠성의 집회에 참석했다. 오토바이를 타고 고가 다리 밑에 모여 드럼통에 불을 피우고 술판을 벌이며 시시덕거렸다. 일진 오빠들을 사모하는 중삐리 여자애들이 흘끔거린다. 담배를 한 보루 증여한다. 중삐리들의 환호가 터진다. 쇼바를 잔뜩 올려 화가 나 보이는 오토바이에 여자애들을 태우고 새벽을 달렸다. 북두칠성 애들과 오토바이를 훔쳐 팔았다. 그 돈으로 나이트클럽에 가서 누나들과 놀았다. 그중에 한 명을 꼬서서 잤다. 어쩌면 그 반대일 수도 있다. 첫 섹스는 실패였다. 삽입도 하기 전에 누나의 손길 한 번에 맥없이 사정해 버렸다. 누나가 괜찮다며 엉덩이를 토닥여 줄 때는 왠지 모를 뭉클함과 창피함에 눈이 뜨끈했다. 학교에 가선 두 시간을 했더니 여자가 뻗었다는 둥, 뒤로도 해 봤다는 둥 정력왕인 척 말했고 규남은 반 최초의 성 경험자로서, 추앙되었다.

규남은 세상이 쉬워 보였다. 규남을 팽개쳐 두는 세상이, 한 번도 품어 주지 않았던 세상이 미웠지만 무섭진 않았다. 북두칠성의 멤버로 남아 있는 한 아무도 규남을 건드릴 수 없을 것 같았다. 아드레날린이 넘치는 나날들이었다.

*

윤슬을 처음 본 건 그해 여름이었다. 가출한 애들이 교회 여름 수련회를 따라다니면 한 철 적당히 먹고 잘 수 있다길래 규남도 따라갔다. 규남은 집에서 담배를 피우건 소리를 크게 틀어 놓고 야동을 보건 할머니가 신경을 쓰지 않았기 때문에 딱히 가출을 할 필요는 없었지만, 그냥 애들이 간다길래 따라갔다. 교회라는 곳에 대한 규남의 첫인상을 말하자면, 생각보다 괜찮은 기분을 선사했다고 말할 수 있다. 처음엔 아줌마나 아저씨들이 손을 잡으며 기도를 해 준다거나 사랑한다고 말하거나 하는 것들이 민망하여 환장할 느낌이었지만, 그게 아주 싫다거나 불쾌하거나 하진 않았다. 누군가가 손을 잡아 주는 기분이 나쁘지 않았다. 규남은 마지막으로 누가 내 손을 잡아 준 게 언제였던가 떠올려 보았다. 할아버지의 얼굴이 기억날 듯 나지 않았다. 출발하기 전 교회에서 먹은 밥이 굉장히 맛있었다. 오랜만에 버스를 타고 교외로 나가는 기분도 근사했다.

버스에서 내리자 시골교회의 목사라는 사람이 농부들과 딱히 구별되지 않는 복색으로 나와 학생들을 마중했다. 허름한 교회였는데 의자는 없고 낡은 모노륨 장판이 대충 깔린 예배당만 하나 있었다. 에어컨은 없었고 천장과 벽에 달린 선풍기 몇 개가 비실비실 회전하며 그다지 의미 없는 바람을 만들어 내고 있었고, 아줌마와 아저씨들이 바닥에 엎드려 걸레질을 하고 있었다. 고등부 회장이라는 형이 너는 이쪽, 너는 저쪽 하며 짐을 풀 곳을 안내해 줬다. 짐을 풀 때 약간의 신경전이 있었다. 규남의 무리 말고도 규남 같은 애들이 좀 있었다. 딱 봐도 노는 애들인데 자꾸 규남 쪽을 힐끔거리길래 같이 야려 줬다. 그때 교사 명찰을 달고 있는 형이 다가와 선험적 중재를 했다. 담배는 저쪽 멀리 가서 피우고, 불 안 나게 꽁초 조심하고, 서로 싸우지 말고, 욕하지 말고. 싸우면 북두칠성 출신인 형아가 혼내 줄 거니까 맛있는 거 먹고 재밌게 놀다 가라고. 규남 패거리는 북두칠성이라는 말을 듣자마자 허리를 140도로 팍 수그리고 "안녕하십니까, 선배님!" 하며 인사를 했는데, 그 바람에 그곳에 있던 모든 사람이 그들을 쳐다보게 되었고 그때 규남은 윤슬과 눈이 마주쳤다. 윤슬이 규남이들을 보고 상긋 웃었다. 웃겨서 웃은 것이었는데 규남은 자신을 보고 웃는다고 생각했다. 규남은 자신이 입고 온 티셔츠 등판에 그려진 손가락 욕과 I SEX YOU라는 글자를 어떻게 가리면 좋을지 궁리했다.

짐을 풀자마자 했던 것은 젠장, 예배였다. 애들은 꾸벅 졸다 포기하고 아예 벽에 기대 잠들었고 그러할 때 규남은 자신과 사투를 벌이고 있었다. 점심을 먹은 지 얼마 안 돼서 그런 건지, 맨바닥에 오랜 시간 쪼그려 앉아서 그런 건지 자꾸만 배가 부글거렸다. 자리도 하필 무리의 중앙 쪽이어서 이동이 곤란했다. 배가 아프다는 생각을 하자 더욱 신경이 집중되며 장이 난동을 부렸고 화장실에 갈까 생각을 했으나 일어나는 순간 터져 나올 것 같아 참고 있었다. 마침내 규남은 '뿌웅' 하는 압력 높은 소리를 내어 버렸는데 대각선에 앉아 있던 윤슬이 들었는지 규남과 눈이 마주쳤을 때, 잠시 입가를 씰룩하더니 갑자기 자지러졌다. 윤슬이 입을 틀어막고 팔을 깨물며 끅끅 웃는데 정말이지 창피해서 죽을 것 같다는 생각을 하다 항문에 힘이 풀린 규남은 '북-박박' 하며 몇 번을 더 뀌어 버렸고 그때는 그곳에 있던 모든 자가 그 소리를 들었으며 전도사님이라는 자는 별안간 예배를 신속히 마무리하더니 "화장실 급한 사람 다녀오세요"라고 말했다. 규남과 같이 온 성현규가 무구한 얼굴로 "이 새끼 이거 황규남이 아니라 완전 방귀남이 네!"라고 외쳤을 때 모두가 와르르 웃었고 규남은 북두칠성 화요모임 장소에 있는 드럼통에 성현규를 넣어 시멘트로 단단히 밀봉한 후 중랑천에 흘려보내는 상상을 떠올렸다.

예배가 끝나고 조별로 모여 저녁에 있을 조 대항 콩트대회를 위해 콩트를 짰다. 규남은 윤슬과 같은 조였다. 규남은 방귀 사건으로 윤슬에게 잘 보이긴 이미 다 틀렸다는 생각을 하며 심드렁하게 구경만 하다가 정말이지 산으로 가는 콩트 구성을 보더니 난데없이 성질을 부리며 적극 동참했다. 아이씨, 그렇게 하면 안 웃기다니까. 1인 7역을 해 가며 콩트를 가르치는 규남을 보고 윤슬이 "야 너 잘한다. 진짜 웃기다"라고 말했다. 규남의 얼굴이 붉어졌다. 저쪽에선 성현규가 여자애들에게 둘러싸여 이런저런 분장을 테스트받고 있었다.

콩트 짜기가 끝나고 수박을 한껏 먹은 뒤 물놀이를 했다. 남자애들이 박력을 과시하기 위해 여자애들을 들어다 물에 빠뜨렸는데 윤슬도 거기에 포함되었다. 이 바보 같은 누나는 물놀이를 한다는데 멍청하게도 흰 티셔츠를 입고 왔고 물에 빠진 윤슬의 속옷이 비치는 걸 본 규남은 괴성을 지르며 달려가 윤슬을 물에서 건져 내었다. 윤슬이 고맙다고 규남의 귓가에 대고 속삭이자 ―실제로는 꽤 먼 거리에서 말을 했다― 애들이 오오올 하며 놀려댔다. 규남의 기분이 점차 좋아지고 있었다.

집사님이라는 사람들은 애들의 배를 터뜨려 죽일 작정이었는지 물놀이가 끝나자마자 옥수수와 감자를 먹었고 이어서 저녁밥으로 닭볶음탕을 해 줬다. 얼큰한 국물을 밥에 옮겨 담고 슥슥 비벼 크게 한술 퍼먹었다. 밭에서 방금 따 온 상추에 감자와 닭다리살을 발라내어 쌈을 싸서 입에 넣고는 으적으적 씹었다. 닭고기와 함께 거칠게 으깨 넣은 마늘이 경쾌하게 씹혔을 때는 거의 황홀했다. 저녁을 먹은 뒤 화장실에서 요란한 변을 보며 담배를 피웠고, 문득 윤슬을 의식하며 벅벅 그악스러운 양치를 하고 독한 냄새가 나는 스킨로션을 손바닥에 듬뿍 끼얹어 얼굴에 문질렀다. 성현규에게도 양치를 시켰다. 그때부터 교회 애들이 규남을 슬금슬금 방귀남이라고 놀리기 시작했는데, 규남은 기분이 나쁘지 않았다. 아 좆까, 아하지 마. 빙글빙글 웃으며 가볍게 애들을 타박할 따름이었다.

다시 예배 시간이 되었고 그때는 규남 무리뿐만 아니라 모두가 잤다. 윤슬도, 회장도, 교사형도 모두 졸았다. 예배가 끝나자 퉁타라 탕탕하면서 밴드하는 애들이 연주를 시작했다. 음악은 신이 나고 좋았는데 자꾸 뭘 품고 날아오르라는 가사

여서 애들 만화 가사 같아 차마 따라 부르진 못했다. 윤슬이 박수를 치며 따라 하길래 박수는 따라쳤다. 노래가 끝나자 불을 끄더니 기도를 하라고 했다. 그때는 조금 무서웠다. 순한 웃음을 짓던 집사님이며 교사들이며 애들이며 하여간 모두가 엎드리더니 웅얼웅얼로 시작하여 이내 소리를 지르고 데굴데굴 구르고 가슴을 치며 울부짖었다. 뭐… 뭐지, 이 오컬트적 소란은. 멀뚱히 구경하던 중 윤슬과 눈이 마주쳤다. 윤슬은 그들처럼 구르고 울고불고하지 않고 있었다. 규남을 바라보던 윤슬이 문득 다가오더니 규남의 손을 잡았다. 그리고 천천히, 이렇게 말했다. "하나님. 우리 규남이도 예뻐해 주세요. 아멘". 그 말을 들은 규남에게 난데없는 감정이 솟구쳤다. 윤슬의 손등에 머리를 파묻고 울기 시작했다. 어어, 왜 이러는 거지? 왜 눈물이 나지? 내가 예쁨을 받아 본 적이 그렇게도 없었나. 서러움에서 시작된 감정은 규남에게 퇴적되어 있던 여러 기억을 휘저었다. 엄마와 아빠에 대한 그리움과 사실은 나도 그저 예쁨을 받고 싶었을 뿐이라는 고백과 괴롭혔던 애들에 대한 송구함을 상기하게 했다. 툭툭 떨어지던 눈물은 이윽고 통곡으로 변했다. 앙앙거리며 어린애처럼 우는 규남을 보고는 집사님이라고 불리던 아줌마와 아저씨들이 다가와 등에 손을 얹었다. 그들의 손은 불덩이를 쥐고 있는 것처럼 뜨거웠다. 그들이 규남의 등을 뜨거운 손길로 쓰다듬자, 세상을 향했던 이유 모를 분노와 누군가로부터 멸시를 받았던 일과 누군가를 멸시를 했던 일과 때리고 돈을 빼앗았던 일들이 좀 더 선명하게 떠올랐다. 부끄러웠고, 뉘우치고 싶었고, 사랑받고 싶었고, 사랑하고 싶었다는 말과 마음이 범람하며 자꾸만 눈물이 솟았다.

기도 시간이 끝나자, 모두 밖으로 나가라고 했다. 밖에 나와 보니 교사형들이 불을 피우고 있었다. 모닥불이라기엔 지나치게 컸다. 큰불은 점점 더 거세지고 있었다. 누군가 기름을 끼얹자 불은 거의 달 끄트머리까지 닿을 듯했다. 이걸 뭐라고 그러더라. 그… 캠프파이어! 영화에서나 보던 거대한 화염이 활활 타오르며 사춘기 소년과 소녀들의 마음을 부추기고 있었다. 전도사님이라는 자가 기타를 들고 서서 퉁기기 시작했다. 싹트네. 싹터요. 내 마음에 사랑이. 누나들 몇이 나와 포크댄스를 가르쳐 주었다. 와 씨, 존나 오글거려. 포크댄스래, 크큭. 성현규가 말했다. 하지만 십 분도 지나지 않아 성현규는 이쪽과 저쪽, 남자와 여자, 동생들과 집사님, 시시로 파트너를 바꿔 가며 춤을 췄다. 성현규의 입이 함지박만 하게 커졌고 땀을 뻘뻘 흘렸다. 푸하하, 미친새끼. 오글거린다며. 규남이 성현규와 파트너가 되었을 때 말했다. 규남과 윤슬이 파트너가 되었다. 방금까지 잘 되던 발동작이 별안간 꼬이기 시작했다. 비틀거리는 규남을 윤슬이 꼭 붙들어 주었다.

그날 밤, 규남은 거의 잠을 자지 못했다. 낡은 매트에 엎드려 누워 돈을 빼앗고 때렸던 애들의 이름과 금액을 기억나는 대로 종이에 적었다. 적는 동안 많이 미안해서 어떻게 사과를 해야 할지에 대해서도 고민했다. 편지를… 써 볼까. 아 씨발 오글거려. 사과를 한다고 해도, 돈을 돌려주거나 때린 만큼 얻어맞는다 해도 자신이 저지른 나쁜 일들은 결코 작아지거나 없어지지는 않을 것이라는 생각을 하는 규남은 진실한 참회의 구심에 거의 근접해 있었다. 콧속을 비집고 올라오는 오래된 인견이불의 퀴퀴한 냄새가 어디선가 맡아 본 것 같다고, 규남은 생각했다. 할아버지의 얼굴이 기억날 것 같다고, 규남은 생각했다.

그해 여름, 규남과 현규는 북두칠성을 탈퇴했다. 바지에 핏물이 밸 만큼 매를 맞았지만 탈퇴식이 끝나고 윤슬과 교사형이 규남과 현규를 데리고 떡볶이를 그야말로 배 터지게 먹여 주었으므로 아픔을 잊을 수 있었다. 엉덩이는 모르겠고 혓바닥이 얼얼했다.

*

그날은 규남이 교회 애들과 밤새워 놀았던 날이었다. 그러니까, 문학의 밤이 있던 날 밤. 윤슬을 보내고 남은 애들끼리 학생들을 받아 주는 국밥집에서 소주를 마시고 피시방에 가서 스타크래프트를 했다. 회장 형과 같은 편을 먹었더니 다 이겼다. 회장 형은 뭐든 잘했다. 축구도, 농구도, 게임도, 포크댄스도, 심지어 술도 잘 마셔서 교회 회장을 하려면 잡기에도 능란해야 하나 보다는 생각을 했다. 집에는 걸어갔다. 오토바이 같은 건 팔아 버렸고 자전거는 윤슬이 빌려 갔으므로 걸어갈 수밖에 없었다. 집에 도착해 샤워를 하고 침대에 얼굴을 묻으니 새벽 다섯 시였다. 윤슬에게 집에 잘 들어갔냐는 문자를 보냈고, 십 분 뒤 혹시 깨웠으면 미안하다는 문자를 보냈으며, 다시 십 분 뒤 떡볶이는 종로에 가서 먹자는 문자를 보내고 잠이 들었다.

다음 날, 오후가 다 되어 느지막이 일어났는데 전화가 여러 통 와 있었다. 회장 형이었다. 어제 마지막으로 윤슬을 본 사람은 지금 바로 경찰서로 가 달라는 연락이었다.

 -마지막으로 윤슬 본 사람

 그게 무슨 뜻이야 형. 뭐야. 뭔데, 마지막이라니. 누나가 왜. 나도 몰라, 일단 빨리 가 봐.
 형사가 자극적인 낱말을 피하느라 그랬던 건지 몰라도 자꾸 변죽만 울리며 에둘러 말하는 바람에 규남의 속이 터졌다. 요는 윤슬이 '그 일'을 당했다는 사실이었다. 형사가 옷차림과 인상착의를 말하며 봤냐고 물었는데 못 봤다고 말을 했다. 애들에게도 못 봤다고 말하라는 문자를 돌렸다. 경찰이 찾기 전에 먼저 찾아야 한다. 어떤 새끼들인지 알 것 같았다. 껄렁대는 몇 놈을 보긴 했는데 그중 유독 후까시를 잡던 두 놈. 북두칠성 형들을 찾아가 도움을 청했다. 그들은 탈퇴식을 했는데 왜 찾아왔냐며 규남을 마구 때렸다. 규남은 얻어맞으며 100만 원을 내밀었다. 얼굴에 여드름이 두툴두툴하고요, 보이런던 짝퉁 쫄티 입은 놈 좀 찾아 주세요.

몇 시간 뒤, 노래방에서 놈들을 봤다는 전화를 받았다. 그걸 전해 준 녀석은 기다리라며, 형들과 같이 가자고 말했지만 규남은 듣지 않았다.

5. 우선영

집은 난장판이 되어 있었다. 네댓 명의 형사와 순경들이 서랍을 뒤집어 쏟는 것도 모자라 변기 수조와 냉장고까지 수고롭게 뒤져대고 있었고 남편은 소파에 앉아 손을 떨며 담배를 피우고 있었다. 아니, 집에서 담배를 피우면 어떡해. 저기 아저씨. 집안에 신발을 신고 들어오시면 어떡해요. 혀 밑에 축축이 고인 말은, 나오지 못하고 삼켜지고 말았다. 남편이 망연한 얼굴로 선영을 바라보다가 우진이의 눈을 가리고 밖으로 나갔다. 형사 한 명이 우뚝 다가서더니 선영의 손목에 수갑을 채우며 말했다.

"자, 우선영 씨. 정신 차리시고. 잘 들으세요. 우선영 씨를 약사법 위반 교사 및 사기 교사 혐의로 체포합니다. 에… 또, 우- 선영 씨는 묵비권을 행사할 권리가 있고요, 지금부터 하는 진술은 법정에서 불리하게 작용될 수가 있어요. 변호인의 조력을 받을 권리가 있고 변호인을 선임할 돈이 없으면 국선 변호인이 선임될 겁니다. 다 듣고 이해하셨죠? 대답하세요."

"예?"

"아이 씨, 바쁜데. 자, 다시 말할 테니 이번엔 잘 듣고 대답하세요. 자꾸 못 들은 척하면 녹화를 하겠습니다. 아시겠어요?"

그 경위인지 하는 사람이 말을 하는 동안 뒤에서 후배로 보이는 듯한 형사들이 웃으며 채근하였다. 아이 형님, 우리가 다 들었는데 뭘 두 번씩 얘기해 줘요. 야, 그러다 괜히 민원 들어오면 피곤하다니까. 아니, 얼마 전에 클럽에서 캔디 팔다 잡힌 애 있잖아. 내가 걔를 잡고 분명히 미란다를 했거든. 근데 그놈이 법정에서 못 들었다고 우기는 바람에 소명하느라 무지 고생했다니깐. 그래, 그렇다니까. 니들도 웬만하면 녹음이나 녹화해 가면서 일해. 잘못 걸리면 존나게 골치가 아파요.

*

알고 보니 건우는, 물리 왕이었다.

아인슈타인이며 슈뢰딩거였다. 쌍둥이 역설을 어찌나 쉽

고, 또 달콤지게 설명하는지. 건우가 엉거주춤 허리를 기울여 자기 얼굴을 선영의 얼굴 옆에 딱 붙이고 설명을 하는 동안, 꿈틀거릴 때마다 묘한 향기를 뿜어내는 건우의 목울대를 몰래 흘끔거리며 아무도 모르게 수줍어했다. 쪽지는 아직 펼쳐 보지 않았다. 관심이 없어서라기보다는 쪽지를 펼치면 건우를 좋아하는 마음이 걷잡을 수 없이 커질까 봐 읽지 못했다.

"건우 씨. 물리를 이렇게 잘하시는데, 그냥 물리 쪽으로 가시지 왜 PEET를 준비하세요?"

초코 웨하스를 하나 집어먹으며 말했다. 건우는 대답을 하지 않고 어떻게 하면 선영에게 축소도립실상과 확대정립허상을 쉽게 설명할 수 있을지 곰곰이 생각하고 있었다. 새끼. 집중하는 모습 멋있어. 늦은 오후, 카페의 통창으로 스며드는 햇살에 기대어 골똘히 생각에 잠긴 건우를 곰곰이 바라보며 선영은 웨하스 하나를 다시 집어 입에 넣고는 곰곰이 녹여 먹었다. 그때 건우는 선영을 슬그머니 곁눈질로 바라보며 미소를 머금었는데 선영은 그걸 보지 못했다.

PEET 스터디를 시작한 지는 석 달이 조금 넘었고 시험은 두 달 앞으로 다가왔다. 그즈음 건우와 선영, 두 사람 모두 모의고사 성적은 안정적으로 나오는 편이었다. 선영은 시험이 끝나면 건우에게 영화 보여 달라고 해야지 하는 생각으로 버티고 있었고 건우는 아무 생각이 없었다. 깔끔하게 차였다고 생각하는 듯했다. 그게 더 선영을 애마르게 했다.

그맘때쯤, 건우가 문제풀이 스터디를 모집하자는 제안을 했다. 네댓 명 정도 사람을 모아서 시간을 재어 가며 문제를 풀고 채점을 한 뒤 공통으로 틀린 문제는 다 같이 공부를 하자는, 그런 계획이었다. 선영도 필요하다고 느끼고는 있었는데 시도를 못 하고 있던 참이었다. 선영은 혼자 공부를 하고 있을 때 만났던 스터디 그룹, 불량한 태도에 공격적인 발언을 일삼으며 분위기를 망치던 빌런들과의 혹독한 추억이 떠올라 잠시 머뭇거렸지만 건우와 함께라면 괜찮을 것 같아 하겠다고 했다. 건우는 같은 반 사람 중에 수업에 빠지지 않고 꾸준히 나오는 사람들의 명단을 말했다. 이름은 모르고 2분단 셋째 줄 랄프로렌 모자녀, 건우 앞에 앞에 앉은 티니위니 에코백녀, 선영의 옆자리에 앉은 아버님 ―자녀가 있는지의 여부는 알 수 없었으나 나이가 지긋해 보여 그냥 아버님으로 통칭했다― 그리고 건우와 담배 친구를 하던 김성오 씨 정도. 선영도 대체로 기억나는 이들이라 동의했다.

"자, 시작."

건우의 구령에 다들 고개를 파묻고 문제를 풀기 시작했다. 시험 컨디션에 맞춰 몸을 만들기 위해 그들은 일주일에 네 번, 학원 앞 카페에 아침 여덟 시에 모였다. 각자 공부를 하다가 아홉 시가 되면 시간에 맞춰 문제를 풀었다. 점심도 시험 시간에 맞춰 육십오 분 만에 먹었고 식사를 마친 뒤에는 적당히 낮잠을 자는 연습까지 했다. 너무 깊이 잠들어도 안 됐고, 잠을 안 자도 안 됐다. 시험은 오전 아홉 시에 시작해서 오후 세 시 반에 끝났다. 모의시험이 끝날 때까지 서로 한마디도 하지 않았다. 각자 외로이 시험 치르는 연습을 하기 위한 것이었으므로, 그렇게 했다. 서로 말을 하지 않을 것이면서도 우리가 모인 이유는, 모의시험 연습을 할 때면 오후 한 시쯤에 라이, 냅다 집어치우고 그냥 도망치고 싶다는 맹렬한 유혹에 시달리게 되는데 그러지 못하도록 감시하기 위함이었다. 지난 이 년간의 수험 생활 중 가장 고통스러운 나날이었으나 고통스러울수록 합격의 확신은 더해져 갔다.

이와 같은 고난의 행군을 모두가 따라올 수 있었던 것은 아니었다. 랄프로렌 모자녀가 어느 날 갑자기 단체대화방을 나간 뒤로 연락이 안 됐다. 몇 달 뒤에 랄프로렌 모자녀가 '건우 씨랑 사귀시나요?'라는 문자를 선영에게만 보낸 적이 있는데 그걸 보고 선영은 랄프로렌 모자녀가 왜 갑자기 스터디에서 탈퇴했는지를 알 수 있었다. 김성오는 따라오긴 했는데 모의고사 성적이 한 번도 합격권에 들지 못했다.

지옥 같은 두 달이 지나고 8월이 되었다. 시험은 무사히 마쳤다. 스터디 멤버들과 가채점을 해 본 결과 김성오를 제외한 나머지는 대체로 합격권의 점수를 받아 왔다. 아버님도 점수가 좋았지만 본인은 만족스럽지 않은 듯했다. 아버님은 나이가 많았기 때문에 서류를 통과하려면 합격권 점수보다 월등히 높아야 했다. 좋은 점수였지만 월등히 높은 점수는 아니라며 울상을 지었다.

결과는, 김성오를 제외한 나머지 모두 합격이었다. 김성오는 자신의 불합격을 예견했는지 시험이 끝난 뒤 면접과 자기소개서 스터디를 할 때부터는 모임에 나오지 않았다. 그래도 건우와는 꾸준히 연락을 주고받는 듯했다. 티니위너녀도 합격을 했는데 그녀는 마음에 드는 학교가 아니라며 일 년 더 공부를 해 보겠다고 입학하지 않았다. 티니위너녀가 그간 보였던 끈기로 추정컨대 그녀는 더 좋은 학교에 충분히 입학할 수 있어 보였다. 아버님도 지방의 어느 약대에 합격했다. 선영과 건우는 서울에 있는 서로 다른 학교에 각각 붙었다. 서로의 소식을 공유하고 축하할 사람에게는 축하를 위로할 사람에게는 위로를 전했다. 아버님이 지방에 내려가기 전 조촐한 환송회를 가졌다. 거기서 아버님은 자신의 이력을 밝혔는데 나이는 마흔 살이었으며 제약회사를 다녔다고 했다. 예쁜 아내가 있었다면서 사진을 보여 주었다. 합격해서 아내가 좋아하겠다는 말을 하자 '있었다'라고 한 번 더 강조했다.

"사별했어요. 혈액암으로."

"…."

아버님이 그 자리에 있던 학생들로서는 경험하기 어려운 이야기를 시작하는 바람에 모두 말을 잇지 못했다.

"처음엔 그냥 슬프다, 보고 싶다 이런 마음이었는데 시간이 갈수록 그… 환지통, 환지통 같은 느낌. 분명히 있어야 하는데 없어서 당혹스러운 느낌…. 점점 무기력해져서 의욕 없이 내몰리듯 출근을 하고 퇴근을 하다가… 나중엔 배고프고 밥해 먹고 변을 보고 잠을 자는, 살기 위해 해내야 하는 당연한 일상들까지 죄스러운 기분이 드는 거예요. 그렇게 지내다가 아무래도 더 이상 '보통 사람인 척'하는 상태 유지를 할 수 없겠다 싶어서 회사를 그만뒀어요."

"그리고 바로 PEET 준비하신 거예요?"

티니위니녀가 물었다.

"아뇨. 캄보디아에 갔어요."

"오…."

그는 캄보디아에서 몇 개월간 봉사활동을 했다고 말했다. 처음부터 봉사를 할 생각은 없었고 그저 두어 달 쉬면서 마음을 추스르고 돌아오려 했는데, 캄보디아에는 귀여운 아이들이 너무 많았고, 귀여운 아이들은 자꾸만 보고 싶어졌으며, 자꾸 보고 싶은 귀여운 아이들이 대부분 구걸을 하며 살아간다는 사실에 마음이 부대껴 봉사활동을 시작했다고 했다. 거기서 선영이 "아버님 맞네. 캄보디아 아이들의 아버님…"이라고 말을 했는데, 분위기가 너무 눅눅하여 조금 웃어 보자고 한 말이었으나 아무도 웃어 주지 않아 선영은 조금 위축되었고 괜히 건우를 한 번 째려보았다. 아버님은 거기서 아예 눌러살까 생각을 하다가 부모님의 성화에 못 이겨 한국으로 돌아왔다고 했다. 돌아와서도 직장을 구한다거나 적응을 하지 못하고 방황하던 중, 문득 무언가에 몰두하고 싶다는 마음이 솟아 PEET를 시작했다고 했다.

"그런데 왜 PEET를 하셨어요?"

"나중에 다시 캄보디아에 가서 봉사활동을 하고 싶었는데… 사실, 의전에 갈 자신은 좀 없었고, 약사가 돼서 의료봉사를 하고 싶었어요. 뭐, 약사면허증이 없는 제약회사원으로서의 서러웠던 경험도 한몫했고…."

"그럼 국시 통과하면 바로 캄보디아로 가실 거예요?"

"아뇨, 아뇨. 에이, 나도 먹고살 돈은 조금 벌어 놓고 가야죠. 국시 통과하면 퇴직금으로 형님네 병원에 약국을 열려고요. 돈이 모이면 캄보디아에서 뭐라도 해 볼까 생각 중이에요. 아이고, 내 이야기한다고 분위기 너무 싸해졌다. 다른 얘기해요, 다른 얘기."

"아… 형님이 의사셨구나…."

"뭐야, 금수저셨네."

"어유 아네요. 아주 작은 병원이에요. 형님도 빚투성이에요. 대출 이자 내고 원금 조금 갚고 나면 엔간한 직장인 월급만도 못할걸요."

아버님의 말을 통해 그의 인생을 구경하는 동안 선영은 그가 정말이지 영화 같은 인생, 진짜 삶을 살아 본 단단한 사람 같다는 생각에 부러움과 부끄러움을 동시에 느꼈다. 하지만 그의 인생에 자신을 대입해 보고는 이내 고개를 저었다. 나는 절대로 저렇게 사정 많은 삶을 살진 않으리라. 평범한 삶, 굳건하게 반복되는 일상, 내일 봅시다, 내일 봐요 하는 아늑한 지루감, 권태. 나는 그게 갖고 싶어서 그래서 그 개고생을 해 가며 PEET 공부를 했는걸. 다만 선영은 아버님의 인생이 다시 한번 평범이라는 궤도에 오를 수 있기를. 나이 많은 조교가 되었든 나이 어린 교수가 되었든 새로운 학교에서 새로운 사랑도 찾게 될 수 있기를 짧게나마 진심을 담아 기원했다.

그들은 어려운 시험을 통과하여 약대에 편입한 재원들이었지만 언제나 그렇듯, 산을 하나 넘으면 어김없이 야멸찬 고비가 새롭게 나타나듯, 편입한 학교에서는 몇 년쯤 뒤처진 처지로서 부족한 전공지식을 보충하기 위해 몹시 바쁜 나날을 보내야 했다. 김성오는 결국 PEET를 포기하고 학교로 돌아갔다. 건우와는 꾸준히 연락을 이어 나가며 가끔 둘이 따로 만

나기도 하는 것 같았다.

*

　건우 새끼가 고백을 하지 않는 바람에 선영은 일 년이나 건우 주변을 맴돌다가 결국 먼저 고백을 해 버렸다. 건우와 아귀찜을 먹으러 간 자리에서 선영은 건우의 쪽지를 펼쳐 읽은 뒤 "대답은 예스야"라고 재채기하듯 말했다. 선영의 재채기 같은 고백에 깜짝 놀라 진짜 재채기를 한 건우는 먹던 아귀찜이 목에 꽉 걸려 버렸고 선영은 한참을 쿨럭거리는 건우에게 오버하지 말라며 장난스레 말을 던졌다가 커허억, 괴이한 소리와 더불어 얼굴에 있는 모든 구멍에서 액체를 쏟으며 자지러지는 건우를 보고는 그제야 상황의 심각함을 깨닫고 앰뷸런스를 불렀다. "가느다란 콩나물 실꼬리가 식도와 기도 사이에서 갈 곳을 정하지 못한 채 애달피 걸려 있는 듯합니다", 문학적 소양이 풍부해 보이는 응급실 레지던트 청년이 말했다. 레지던트 청년은 말을 마친 뒤 청진기를 휘날리며 기탄없이 사라졌고, 가느다란 콩나물 실꼬리는 앳된 인턴 의사가 달달달 떨며 놀리는 핀셋 손길에 의해 건져 낼 수 있었다. 인턴 의사가 엉뚱한 곳을 대담하게 찌를 때마다 건우가 웩웩하며 침을 많이 흘렸다. 선영은 건우의 침을 닦아 주며 나는 죽을 때

까지 이 장면을 잊지 못할 것 같고, 그래서 아주 행복하다는
생각을 했다.

6. 이윤슬

"판사님께서 입정하십니다. 정숙하시고 모두 자리에서 일어나 주십시오."

사람들이 와르르 일어났다가 판사가 자리에 앉자 다시 와르르 앉았다. 나는 포승에 묶인 채로 피의자석에 앉았다. 나를 데려온 형사들은 방청석에 앉았다. 판사가 안경을 들어 올리고 가늘게 뜬 눈으로 서류를 살폈다.

"자, 이름이… 이… 윤슬 씨? 맞습니까?"

숨이 막힐 듯 먹먹한 법정의 적요를 뚫고 판사의 목소리가 울렸다. 이어서 속기사가 자판을 토닥이는 소리가 잔잔히 뒤따랐다. 법정에는 나무 냄새가 가득했는데 어쩐지 전연 싱그럽지 않고 냉정하며 선득했다. 지나칠 정도로 매끈하게 닦인 책상과 판사석에 반사되어 뿌려지는 빛도 그러했다.

"네….."

"피의자. 안 들리니까 크게 말하세요. 알겠습니까?"

피의자. 실로 참담한 인칭대명사다. - 이상, 『실화』中에서

"피의자!"

"네? 네!"

"집중하시고요, 이름, 이윤슬. 생년월일 1988년 1월 12일. 맞지요? 주소지 불러 보세요."

"네? 대… 대전시 대덕구…… 번지요."

"피의자 이윤슬은 2020년 2월 3일, 우선영과 함께 청주의 …에서 …의 …을 한 적이 있습니까?"

*

깨어났을 때, 나는 여전히 당구대 위였고 창밖은 어둑했으며 정적이 무시무시했다. 스위치를 찾아 켜자 오염 현장의 너절함과 수치가 일거에 드러나는 바람에 눈을 질끈 감아 버렸다. 실눈을 떠서 사물의 위치만 대강 파악하고 곧바로 불을 껐다. 사건의 세부를 기억하고 싶지 않았으나 기억하고 싶지 않다는 생각을 하자마자 선명하면서도 커다란 부피로, 각인되고 말았다. 사실 별로 기대는 하지 않았다. 시간이 조금 흐르자 어둠이 눈에 익기 시작했다. 널브러져 있던 치마를 주워

입어 보려 시도했다가 불가능하다는 것을 깨닫고 가방에 구겨 넣었다. 파카로 다리를 감싸 묶고 한 걸음 내디뎠으나 다리가 후들거려 제대로 걸을 수가 없었다. 당구 큐대를 하나 집어 들었다. 지팡이 삼아 맹인처럼 주변을 툭툭 쳐 가며 걸음을 옮겼다. 파카만 묶어 두른 걸음이 수치스러웠으나 도리가 없었다. 당구장을 나와, 끌려 올라갔던 계단을 지나, 건물 밖으로 나왔다. 집으로 가는 방향을 알 수 없었다. 골똘히 생각하면 알 수도 있었겠지만 그런 집중을 일으킬 만한 사정이 아니었다. 지갑과 핸드폰은 놈들이 가져갔는지 잃어버렸는지 가방에 없었다. 다시 터덜터덜 걸음을 이었다. 얼마를 걸었는지 분명하진 않은데 하여간 무척 오래 걸었다는 기억만큼은 선연하다. 한겨울 새벽, 칼날 같은 바람이 다리를, 얼굴을, 팔뚝을 베고 지나갔다. 실제로 베인 기분이 들어 인상을 썼다. 어쩌면 정말로 베여 상처가 났었을지도 모른다. 와중에 졸음이 와서 곤란했다. 아무 데나 누워 잠들고 다시 일어나지 못했으면 하는 마음이 간절했다. 마침내 파출소를 발견했다. 이 도시는 간밤에 아무 일도 없었습니다. 이곳의 치안은 견고합니다. 안심하십시오. 그러한 의견을 개진하고 싶은 듯 안온한 빛을 뿌리고 있는 파출소와 포스터 속에서 찡긋 웃고 있는 포돌이, 포순이에게 괜스레 모진 원망이 들었다. 파출소 문을 열고 들어서자 아찔할 만큼 포근한 공기가 몸을 휘감았다.

어… 도와… 주세요. 사발면을 먹던 순경들의 눈이 휘둥그레졌다.

신원을 밝히니 이미 실종신고가 되어 있었던 모양이다. 부모님이 곧 올 것이라고 했다. 순경 언니가 바지를 빌려주어 입고, 핫초코를 얻어 마시며 부모님을 기다렸다. 조금씩 몸의 감각이 돌아오자 발가락이 아려 왔다. 오줌에 젖은 신발과 양말을 벗었다. 쥐어짜자 오줌물이 떨어졌다. 큼, 이게 무슨 냄새야. 나이 많은 순경이 말했다. 이윽고 파출소에 들어온 아빠와 엄마는, 경찰의 말을 듣고는 주저앉았다. 나는 또다시 정신을 잃었고, 깨어났을 땐 병원이었다.

다시 깨어났을 때 처음 들었던 생각은,

나는, 이제, 이전과는, 다른 사람이 되었다는, 되어 버렸다는, 확신.

나는, 파괴, 되었다는, 확인.

친구들과 수런거린다든가, 깔깔 웃는다든가, 어떤 좋은 일이 생기길 바라며 신에게 기도를 올린다거나, 포크댄스를 춘다거나, 시 낭송을 하는 일 따위는, 없을 것이라는, 굳은 믿음.

파쇄 당한 영혼, 영혼의 부스러기들을, 훼손된 잔해들을, 하염없이 굽어보다가, 조각을, 맞춰 보지만, 끈덕지게 맞춰 보

지만, 결코, 맞춰지지 않을 것이라는, 완고한 예감

만 하루 정도 잠들어 있었다고 했다. 안정제와 수면제를 그만큼 잘 수 있도록 놓아 달라고 엄마가 요구했다길래 엄마에게 잘했다고 말해 줬다. 형사를 찾았다. 부디, 내가 그런 일을 당했다는 사실이 알려지지 않게 수사해 달라고. 그놈들의 얼굴을, 용모를 정확히 기억하고 있으니 제발 교회 사람들에게 이런저런 질문을 하지 말아 달라고. 내 물음에 그들이 당황했다.

"왜요? 벌써… 다 말하고 다니셨나요?"

"아니이, 언제 깨어날지 알 수도 없고… 기억을 못 할 수도 있는데 저희가 수사를 안 할 순 없잖아요. 초동수사가 제일 중요한 건데…."

반박할 말을 찾지 못해 눈을 감았다.

"그래서, 잡았나요?"

"저… 그게….

그들은 이어서 놀라운 사실들을 내게 말해 주었다. 범인들은 이미 잡혔으며 지금은 병원에 있다고 했다.

"병원이요? 왜죠?"

"황, 규남이라고 알죠?"

"네…. 규남이가 왜요?"

"그 친구가… 그놈들을 찔렀어요."

"예? 카… 칼 같은 걸로요?"

"그… 칼은 아니고. 드라이버로 그놈들의 거기… 그러니까 성기를… 찔렀습니다. 규남이라는 학생도 지금 병원에 있고 요."

"규… 규남이는 왜요?"

"그놈들을 찌르면서 몸싸움이 있었는데, 그때 노래방 마이 크로 심하게 맞았나 봐요. 지금쯤 수술은 끝났을 텐데… 회복 하는 대로 구속이 될 겁니다. 그… 드라이버로 사람을 찔렀기 때문에… 일단 살인 미수로 영장이…."

"엄마."

엄마는 경찰들 뒤에서 주먹으로 입을 틀어막고 온몸의 체 액을 다 짜내고 말아야 그칠 것 같은, 힘겨운 표정으로 읍읍 소리를 내며 서 있었다. 대화는 불가해 보였다.

"엄마아… 울지 마…. 아빠는?"

"저… 그게… 지금 경찰서에 계십니다."

형사가 엄마를 대신해 말했다. 아빠 이야기가 나오자 엄마 는 주저앉아 버렸다.

"아버님께서 망치를 들고… 교회에 가서서 기물을 파손… 그러니까 소동이 좀 있었어요. 아무도 다치지 않았고, 교회에 서 처벌을 원치 않으시니 조만간 나오실 겁니다."

모든 사람을 물렸다. 엄마는 나가라고 해도 알아들을 상황이 아니어서 그냥 두었다. 규남에 대해 생각했다. 드라이버로 성기를 뚫어 버렸다니. 역시 용도가 본의와 달라진 모든 물건은 위험한 것이었다. 딱히 놈들에 대한 복수를 떠올렸던 건 아니지만, 아니 오히려 놈들에 대해 떠오르는 생각 자체를 외면하기 위해 애를 쓰는 중이었지만, 규남이가 놈들의 성기를 뚫어 버렸다는 형사의 말을 들었을 때 나는 파괴된 영혼 조각이 저절로 몇 개쯤은 맞춰지는 기분이 들어 묘했다. 죽지는 않았다니, 낡고 더러운 드라이버에 서식하던 수상한 세균 따위가 아니, 세균님들께서 그놈들을 오염하고 파상풍을 일으켜 거기가 썩어 들어가고, 이윽고 절단되고, 절단되었음에도 상처가 낫지 않아 부패하고, 구더기에 파먹히고, 시름시름 앓다가 온몸의 구멍이란 구멍에서 썩은 피를 쏟으며 죽어 버렸으면 좋겠다는 상상을 반복해서 했다. 그런 상상을 아주 여러 번, 그리고 세세히 했다. 규남에게 머리를 찧으며 고맙다는 말이 하고 싶었다. 규남에게 압살당한 그놈들의 성 기능이 과연 항구적인 상실을 맞이하였는지에 대해, 형사들에게 나중에라도 알아봐 달라고 해야겠다. 그러면서도 나 때문에 범죄자, 그것도 살인 미수라는 중범죄자가 되어 감옥에 갇힐 규남을 생각하니 그에 대한 부담이 이루 말할 수 없을 지경이었다.

몇 주 병원에 있으며 상담 치료를 받았다. 형사들에게 추궁을 당하듯 진술을 했고, 부모님을 위로했으며, 규남이 입원한 병원에 가서 규남을 위로했다. 누구를 위무하고 싶지도, 위무받고 싶지도 않았지만 어쩔 수 없었다. 괜찮다는 말을 하지 않으면 곧 돌아가실 것처럼 엄마와 아빠가 비통해했으므로. 규남은, 마이크로 얼굴을 심하게 얻어맞았다고 했는데 두 번의 큰 수술을 받았으나 결국 왼쪽 눈을 실명했다고 들었다. 규남을 찾아갔을 때 얼굴에 사선으로 붕대를 감고 있는 모습을 보고 오열을 했다. 미안하다고 싹싹 빌었다. 복수를 해 줘서 고맙다고도 했다. 그다음엔, 규남에게 소리를 질렀다. 왜 그랬냐고. 네가 왜 나서냐고. 네가 뭔데 내 일로 네 인생을 망가뜨렸냐고. 나는 네 여자친구도 아니고 부인도 아니고 네가 복수를 해 줬다고 해서 그렇게 되어 줄 마음도 절대로 없다고 빽빽 소리를 질렀다. 규남이 괜찮다고 했다. 내가 누나로부터 받은 게 있어서 괜찮아, 라고 했다.

"누나. 그리고 그 개새끼들 내가 진짜 있는 힘을 다해서 거기를, 그러니까 그 알 있잖아. 아이 씨, 유식한 말로 뭐라 그러지, 아무튼 그 알 거기를 완전히 으깨 놓았으니 아마 앞으로 그런 짓 못 할 거야. 영원히 남자 구실 못 하는 병신으로 살 거야."

규남이 웃으며 말했다. 나도 조금 웃었던 것 같다.

*

　퇴원을 한 뒤 우리 가족은 의정부에서 강원도로 이사를 갔다. 거기서 나도, 아빠도, 엄마도, 서로를 일으키기 위해 애를 썼다. 세 사람이 기댄 모양으로 좀 더 튼튼한 사람 인자를 만들기 위해 노력했다. 그렇게 세워진 우리는 견고할 것이라고 믿었다. 나는 '그 일'이 내 인생에 있었던, 그리고 앞으로 있을 모든 사건 중 가장 나쁜 것이라고, 이와 비슷한 크기의 고통을 두 번씩 겪는 가열한 삶을 살 확률은 수학적으로도 낮지 않겠냐고 생각하며 마음을 보듬었다. 내가 겪은 그 일은 아빠와 엄마의 지극한 살핌과 이런 일을 겪은 사람을 치료하는 데 익숙하다며 연방 자부하는 어떤 아줌마 의사와 나눈 몇 개월 간의 상담 치료와 나처럼 영혼이 부서진 사람들의 영혼을 이어 붙이기 위해 수많은 과학자들이 특별히 개발했다는 약제들과 무의미하여 의미 있는 시간을 갖는 일과 악당들이 잔혹한 보복을 당하는 장면이 많은 소설을 읽는 일과 친구들이 마음을 담아 보내온 간곡한 편지들과 법에 따라 그 새끼들에게 내려진 처분, 그러니까 살인 미수, 성폭행, 특수 강도 ─지갑과 핸드폰은 역시 놈들이 가져갔었다─ 죄로 받은 오 년간 소년교도소 송치라는 형벌과 법과는 별개로 규남에 의해 가해진 극렬한 린치로 극복할 수 있었다,

고 생각했는데 그것은 아주 심각한 착각이었다. '그 일'이 아니라 '그날의 일'에 의해, 나와 우리 가족은 완전한 파멸을 맞고 말았다.

*

강원도에서 한 일의 대부분은 산책과 독서였다. 고성이라는 작은 마을이었는데 조금 낡았지만 바다를 면한 풍치 좋은 집으로 이사를 갔다. 사실은 많이 낡아서 바람이 많이 부는 날이면 삭은 시멘트 조각 같은 게 부서져 떨어질까 봐 집 앞을 다닐 때 머리 부분을 늘 신경 쓰며 다녀야 했지만 아무튼, 창문을 내다보면 곧바로 바다가 보이는 집이었다. 해가 저물고 어둑해진 바다에 등대가 내쏘는 빛이 닿아 부서질 때면, 바다는 손을 뻗어 훑어 내면 묻어날 것처럼 무수히 반짝였다. 반짝임은 등대가 회전할 때마다 새침하게 사라지고, 나는 다시 빛무리가 돌아오길 기다리며 시간을 보냈다. 비가 오는 날에는 창문을 활짝 열고 들이치는 비를 맞으며 바다를 내다보는 걸 좋아했다. 비를 맞은 바다가 얼마간 싱거워지듯 내게 새겨진 참혹한 기억도 얼마간 희미해지는 상상을 떠올리며 나는 비 맞기를 기꺼워했다. 비가 많이 쏟아지는 날이면 바깥으로 달려나가 본격적으로 비를 맞고 싶을 때도 있었는데 그런 짓을 하면 엄마와 아빠가 나의 정신 상태에 관해 우려를 심각하게 할까 봐 그렇게 하지는 못했다. 엄마와 아빠는 고성 시내에 카페를 차렸다.

생각하지 말자는 생각을 떨쳐 내는 게 가장 힘들었는데 이를 위해 나는 우울증약을 먹고 한숨 깊이 잠이 들었다가 깨어나면 땀이 솟을 때까지 바닷가를 걸은 뒤 엄마가 있는 카페에 가서 책을 읽는 것으로 몸과 마음을 피로하게 만들었다. 장사가 잘 안되는지 카페는 노상 적막했다. 거기서 무라카미 하루키의 책을 많이 읽었다. 기묘하고 뒤틀린 그의 이야기를 읽으며 위로를 많이 받았던 것 같다. 특히 *마음을 여는 것은 언제나 좋은 결과를 가져다줘.* 라는 문장을 만났을 때는 대학에 가겠다며 소년원에서 공부를 시작했다는 규남이와 나와는 조금 다르지만 어쨌든 쉬 가늠하기 어려워 보이는 자신의 고통을 털어놓으며 나를 일으키기 위해 애써 주었던 상담 선생님과 내게 핫초코를 타 주었던 여순경, 내가 잘 지내는지 걱정이 된다며 강원도에 한 번 찾아오기까지 했던 그녀와 잊을 만하면 때를 맞춰 번갈아 내게 손편지를 보내 주고 있는 친구들이 떠올랐고 그 잘고 고운 마음들에 나는 또 얼마간 '그 일'을 망각할 수 있었다.

자꾸자꾸 읽다 보니 쓰고 싶다는 생각이 들어 부모님께 대학교에 가고 싶다는 말을 했다. 국문과나 문예창작과에 가서 글을 배우고 싶다고 했다. 대학에 가고 싶다는 말을 했을 때 엄마와 아빠는 펑펑 울며 내 손을 꼭 쥐더니 고개를 한참 끄덕였다. 나도 엄마와 아빠처럼 손을 꼭 쥐고 고개를 끄덕끄덕하며 울었다. 무언가 하고 싶다는 마음이 들었을 때 나는 회복되고 있는 것일지도 모른다는 생각을 했다. 엄마와 아빠도 그런 마음에서 내 손을 꼭 쥔 것 같았다. 검정고시와 수능을 봤고 강원도에 있는 한 대학교의 문예창작과에 입학하게 되었다.

다니게 된 학교는 집에서 통학할 거리가 도무지 아니어서 기숙사에 들어가겠다고 부모님께 말을 했다. 그때 나는 스물두 살이었고 '그 일'로부터는 삼 년이 지나 있었다. 시간이 약이라는 말이 정말이어서 시간이 지남에 따라 내가 그 기억을 별것 아닌 것으로 인식한다거나 그놈들에 대한 분노가 잠재워진다면 그건 조금 억울한 일인 것 같았는데, 또 그 일을 마냥 반추하며 괴로워하는 것도 억울한 일 같아서 나는 복잡한 심경이었다. 내 심경과 별개로 기억 세포의 사멸과 신규 생성은 제멋대로 이루어지고 있었고 그 덕에 약간은, 세포가 희석된 만큼 나쁜 기억도 얼마간 희석이 된 것 같았다. 기숙사에서 지낼 수 있을 것 같았다. 사람을 만날 수 있을 것도 같았다. 또래 아이들을 만나 보고 싶다는 마음이 들었다. 보통 사람처럼 살아 보고 싶었다. 이미 한 번 파괴되었으므로 아주 보통의 삶을 살 수는 없겠지만, 언제까지고 파열된 채로 남아 있고 싶지 않았다. 부모님은 절대로 안 된다며, 학교 근처로 이사를 가겠다고 난리를 부렸지만 만류했다. 고성에 온 삼 년 동안 부모님의 수입이 마땅치 못했다는 걸 알고 있었다. 이사를 하려면 이제 조금 자리를 잡을락 말락 하는 카페를 또 헐 값에 내놔야 할 것이다. 더 이상 부모님이 나 때문에 재산을 깎아 먹지 않았으면 했다. 통금 열 시, 보안이 철저한 여자 기숙사이고, 어쩌면 고성군 간성읍보다 치안이 나을 수도 있다며 부모님을 설득했다.

처음 학교에 갔을 때는 배타적인 태세를 유지하며 그들을 관찰했다. 당연한 일이겠지만, 특히 남자들을 경계했다. 어떻게 하면 튀지 않고 자연스레 멀리할 수 있을까에 대해 신경을 많이 썼는데 괜한 걱정이었다. 문예창작과 학생들은 대체로 자신만의 세계가 확고했고 그 세계를 유영하는 것 외에는 딱히 관심이 없어 보였다. 그들은 스무 살 청춘의 통속적인 모습과는 조금 다른 분위기를 자아냈다. 나도 그들에 대한 관심을 회수하고 나만의 세계를 유영하며 소설을 통해 신이 되었다. 누군가를 죽이고 살리고, 행복을 주거나 빼앗거나 하며 나쁜 기억을 감각減却하고 그 자리를 소설에 관한 심상으로 채워 나갔다.

"아이 씨… 이게 무슨 말이야…."

나는 평론이라는 장르에 꽤 불만이 많은 편이었는데, 작가가 과연 그런 것까지 의도한 게 맞는지, 암만 생각해도 무리하고 과장된 해석을 부여하는 것 같아 평론을 읽기도, 쓰기도 싫어했다. 특히 '의미의 자기장을 연다'라든가, '감정의 벡터'와 같은 표현에서는 '이쪽 세계를 이해할 지적 수준을 갖추지 못했다면 함부로 넘보지 말고 거기에 머물러 있을 것'이라는 계급 구분과 우월의식이 느껴져 불쾌한 감정까지 들기도 했다. 그때는 사전에도 없는 '쇄말'이라는 단어가 시뜻하여 혼자 웅얼대던 참이었다.

"아, 그거요? 매우 작은, 하찮은, 뭐 그런 뜻이에요."

옆자리에 앉아 있던 여자가 말했다.

"아… 네. 알려 주셔서 고맙습니다."

"웃기죠? 거 왜, 법조계에서 부러 국어사전에도 없는 일본식 한자어를 쓰면서 보통 사람들 못 알아먹게 만드는 그런 거 있잖아요. 비슷한 거라고 생각해요. 무식하면 침범금지. 뭐 이런 마인드? 소설작법 강의 때는 무조건 죽도록 재밌게 쓰라고 난리를 치면서. 그죠? 아, 나는 한재원이에요. 2학년이고 회사를 다니다 입학해서 나이는 스물여덟."

재원 언니와는 평론 수업에서 알게 되었다. 과에서 제일 나이가 많은 축에 속했는데, 말하는 것도 시원시원하고 글도 참

맛깔나게 잘 썼다. 언니도 기숙사에서 지낸다는 걸 알게 된 뒤로는 자주 만나서 책도 읽고, 글도 같이 쓰고 그렇게 지냈다. 나는 언니가 쓸데없는 말 따위를 하지 않아서 좋았다. 이것저것 캐묻지도 않았고 필요한 말을 단정하게 잘했다. 그러다가 한 번씩 툭툭 던지는 촌철 같은 농담에 내가 많이 웃었었다. 조금씩 친해지던 나와 언니는 이따금 서로의 방에 찾아가 와인을 마시며 밤새 이야기하기도 했다. 나는 대체로 듣는 쪽이었다. 마지막 기말시험을 마쳤던 날 밤, 각자의 본가로 돌아가기 전 우리는 와인과 육포와 치즈 몇 조각을 늘어놓고 자그맣게 우리만의 종강 축하 파티를 했다.

그날 언니는 자신이 어떻게 살다가 스물여덟이라는 늦은 나이에 학교를 다니고 있는지에 대해 말해 주었다. 언니도 나름의 깔깔한 사연을 많이도 품고 있는 사람이었다. 아주 어릴 적부터 부모님이 지독히 불화했는데, 부모님이 싸울 때면 벽을 보고 웅크려 앉아 주문 같은 노래를 훌쩍이며 부르는 게 일상이었다고 했다. 차라리 이혼을 해 버리지, 얼마 되지도 않는 재산을 쪼개 주기 싫어 이혼도 하지 않고 매일같이 소리를 지르고, 기껏 차린 밥상을 뒤엎고, 카우보이처럼 서로에게 허리띠를 휘두르는 부모님 밑에서 이십 년을 버티다 결국 우울증이 심해져 반년이나 입원 치료를 받았다고 했다. 영화나 소설 같은 데서 나오는, 정신병원에 입원한 환자들이 넋을 잃은 표정으로 비틀비틀 걸어 다니는 게 왜 그런 것인지 자신은 분명하게 안다고 말했다. 그건 미쳐서 그러는 게 아니라고 했다. 입원 병동에서 주는 약을 먹으면 죽고 싶다는 생각이 없어지는 대신 걷다가 문득 주저앉거나, 소변을 보다가 느닷없이 정신을 잃고 깨어나면 변기를 끌어안고 있다든가, 온몸의 신경을 긁어대는 느낌에 도무지 가만히 있을 수 없다거나, 그래서 병원 복도를 비척비척 걷게 되고 만다든가 하는 부작용들이 있다고 했다. 그 감각은 약을 끊어도 이따금 찾아와서 언니는 수업을 받다가도 남모르게 식은땀을 흘리며 허벅지를 움켜쥐곤 했다고 말했다. 입원 치료가 끝나면 집으로 돌아가지 않고 혼자 살겠다는 다짐을 했지만 돌아가지 않을 수 없었다고 했다. 재원 언니의 부모님은, 아버지와 어머니 각각이, 재원 언니를 붙들고 '너까지 집을 나가면 나는 누굴 기대고, 누굴 바라보고 살라는 거냐'며 언니가 없으면 곧 죽어 버릴 것처럼 닦아세우는 바람에 또 몇 년을 집에 매여 살았다고 했다. 부모님의 직업이나 수입이 분명하지 못해 언니는 항우울제와 항불안제를 먹고 버텨 가며 일을 했고, 그렇게 번 돈으로 봉양을 하다가 이대로 살다간 치료가 불가능한 우울을 앓게 되거나, 이윽고 죽고 말 것이라는 절망이 들어 패륜아가 되든 후레자식이 되든 모든 연락을 끊고 집을 나왔다고 했다. 그리고 지금 여기에서 너랑 술 마시고 있지, 라고 했다.

"언니. 그런데 왜 저한테 그런 이야기까지 들려줘요? 보통 감추고 싶어 하잖아요."

"마음을 여는 일은 언제나 좋은 결과를 가져다주니까."

"무라카미 하루키?"

"응. 너도?"

언니의 고해와 홀짝이며 마시다 보니 비워진 두 병의 와인이 전수하는 취기에 용기를 얻은 나는 나를 둘러싼 껍질을 조금 덜어 내고 내가 겪은 일들을 털어놓기 시작했다. 어쩐지 그래야만 할 것 같은, 나도 당신 못지않은 지난한 세월을 살아 냈거든, 그런 사연을 하나쯤은 말해야만 할 것 같은 기분이었다. 스물두 살, 전혀 여물지 못한 늦깎이 대학생이 자신의 사연이 더 세다고 말하고 싶은 유치한 오만에 사로잡히고 말았다. 내가 말을 하는 동안 언니는 요란하고 진부한 호응을 같은 걸 많이 해 주었다. 어두운 표정을 짓기도, 눈물을 글썽이기도 하며. 규남이가 놈들의 ×알 —내지는 불×— 을 으깨 놓았다는 부분에서는 호쾌한 박수를 쳤다. 어째서인지 나는 그 요란하고 진부한 호응에 신이 났다.

언니는 내 말을 들으며 맥락 없는 위로를 연신 해댔다. 물론 그땐 맥락이 있다고 생각했다. 나는 마치 내가 겪은 일이 아닌 양 객관적이고도 소상하게, 언니에게 고해했다. 언니는 그놈들의 성기가 결국 기능을 완전히 상실했는가에 대해 집요하게 물었는데 나는 알지 못한다고 말했다. 그저 야무지게 짓찧어 놓았다는 규남의 말대로, 그렇게 되지 않았을까 짐작만 할 따름이라고 말했다.

*

2학기가 되었을 때, 언니는 학교에 오지 않았다. 교수가 언니의 소식을 대신 전했다. 언니가 쓴『오염』이라는 소설이 무슨 문학상을 받게 되었다는 소식이었다. 교수가 언니의 소설을 프린트해 돌렸고 수업은 그 소설을 읽는 것으로 대체됐는데, 읽던 도중 나는 몸을 떨며 프린트를 놓쳐 바닥에 흩뿌리고 말았다. 언니가 쓴『오염』이라는 소설에는,

내가 쓰어 있었다.

당구장에서 '그 일'을 당한 여자 Y, 규남이의 이야기와 규남에 의해 성기가 으깨진 그놈들, 강원도에서 지냈던 일과 스물두 살에 늦깎이 문예창작과 학생이 된 Y, Y의 외모와 옷차림과 말투와 그 Y가 문예창작 수업에서 쓴 글들에 대한 묘사, 기숙사에서 있었던 어떤 언니와의 와인 파티와 거기서 나누었던 대화까지 모든 것이 이름만 바뀐 채 정직하게 기록되어

있었다. 그렇다. 그건 소설이 아니라 기록이었다. 섬세하고도 난폭한 녹취록이었다.

구체적인 묘사에 학생들은 금세 그 이야기가 누구를 향한 것인지 특정할 수 있었다. 나는 아무렇지 않은 척하려 했으나 자꾸만 덜덜 떨리는 손짓으로, 눈가에 고인 눈물로, 아연한 얼굴로 그 이야기가 나의 것임을, 사실임을 입증하고 말았다. 애들이 나를 쳐다보며 수군거리기 시작했다, 는 느낌을 받았다. 눈빛에 경멸이 스며 있는 것 같다, 는 느낌을 받았다. 나와 자신들을 구분 짓기 시작했다, 는 느낌도 받았다. 눈앞이 흐물거렸고 거부하기 어려운 요의가 느껴졌다. 땅밑으로 의식을 끌어내리려는 억세고 모진 인력이 느껴졌다. 그즈음 소변을 지린 것 같다. 물기가 뚝뚝 떨어지는 의자를 보고는 옆에 있던 여자애가 꺅하고 지른 소리를 듣는 것을 마지막으로, 나의 의식은 잦아들었다.

*

깨어났을 땐 학교 양호실이었다. 누가 옮겼는지는 모르겠지만 자발적인 건 아니었을 테다. 누가 오줌 젖은 여자를 기꺼이 안아 들고 양호실까지 모실까. 손을 더듬어 핸드폰을 찾았다. 가끔 필요한 말을 주고받던 동기로부터 문자가 와 있었다. '저… 윤슬아. 학교 익명게시판에 글이 하나 올라왔는데… 그거 어떻게 해야 할 것 같아'. 나는 그대로 침대를 박차고 일어나 황급히 게시판에 접속했다.

문창과 09 이 관련** 오후 2:33

이** 한재원이 쓴 소설 오염 봤음? 그거 실화임?

└ re: ㅇㅇ 사실인 듯. 이** 그거 읽다가 오줌 지리고 기절함. 오후 2:44

└ re: 레알. 아까 문창과 난리 났었음. 오후 2:44

└ re: 이**이 누구? 어차피 익게인데 그냥 알려 줘. 오후 2:47

  └ re: re: ㅋㅋㅋ. 소설 읽어 봐. 오후 2:51

└ re: 나 걔 알어. 걔 쫌 이쁜데. 오후 3:11

  └ re: re: 이쁨? 오. 학교 다시 오면 누가 익게에 좀 올려 줘. 구경 가

  야지. 오후 3:18

    └ re: re: re: 꼭 이런 새끼들이 있어요. 너 그러다 악플로 고소

    당함. 오후 3:21

      └ re: re: re: re: 뭐래 병신아. 이거 익게잖아. 나 그리고 지금

      피시방임. 여기 로그인도 없고 CCTV도 없고 존나 꼬진 데

      라 추적 불가. ㅋㅋㅋㅋㅋ 오후 3:22

온 세상이 나와 함께 익명게시판을 보고 있는 것만 같았다.

나는 '그 일'을 겪던 날과 완전히 같은 심신이 되고 말았다. 그때 생각한 것은 오직, 더 이상 주목받지 않도록, 무사히 학교에서 벗어나 집에 도달해야 한다는 것뿐이었다. 오줌을 지려 냄새나고 축축한 바지를 어기적거리며 버스를 탔고, 터미널에 도착해 버스를 갈아타고 다른 터미널에 도착한 다음 또 다른 버스를 갈아타고 집에 왔다. 오는 내내 몇 번이나 쓰러질 뻔한 몸과 마음을, 지금은 안 된다고 꾸짖어 가며 걸음을 이었다. 실로 험난한 여정이었다. 나는 집에 들어서자마자 방에 들어가 문을 잠그고, 정확히 일 년 삼 개월 동안 밖에 나오지 않았다. 간신히 회복을 꾀하며 자라난 우듬지 끄트머리 잎사귀 같은 가냘픈 희망이 통째로 쥐어뜯긴 것 같았다. 나는 세상을 마주할 자신이 완전히 사라지고 말았다. 더 이상 상처받지 않도록, 나를 감금하고 유폐시켜야 했다.

처음 며칠은 부모님이 문을 덜그럭거리며 무슨 일이냐고, 대체 왜 그러는 것이냐며 묻는 소동이 있었다. 반응이 없자 내가 그때의 충격을 돌연히 되새기는 바람에 외부와 단절한 것으로 이해를 했는지 내버려 두었다. 그다음 며칠은 아빠가 학교를 찾아가 무슨 일이 있었던 건지 캐고 다닌 것 같았고, 그다음 며칠은 조용하더니, 어느 날 아빠가 문밖에서 그 소설의 수상을 취소하고 출판금지 가처분 신청을 할 수 있도록 소송을 준비하겠다고 말했다. 변호사와 상담을 마쳤다며 악플을 단 사람들을 고소하겠다고도 말했다. 방금 내가 일 년 삼 개월간 방 밖을 나가지 않았다고 했는데 정정하겠다. 나는 일 년 삼 개월 중 총 세 번 밖으로 나갔었다. 그날이 첫 번째였다. 그딴 짓을 해서 이 일이 화제가 되고, 언론이라도 타게 되면 그땐 나는 정말로 죽어 버릴 수밖에 없노라고 발악했다. 아빠 와 엄마는 알겠다고, 그러지 않을 테니 죽지 말라고 내게 빌 었다. 아빠와 엄마가 나에게 싸질러진 포악한 댓글들을 봤다 는 생각을 하자 이러지도 저러지도, 정말이지 어찌할 바를 알 수 없는 마음에 피멍이 들도록 가슴을 마구 쳤다. 깊숙한 우 울과 솟구치는 분노가 널을 뛰었다. 극단적 낙차의 온당하지 못한 감정들에 짓눌린 나는 짜부라지다가 이윽고 소멸되고 말았다.

그렇게 우리 집은 죽은 사람들이 사는 집이 되었다. 엄마 와 아빠가 번갈아 가며 내 방문 앞에서 내게 혹시 무슨 일이 있는 건 아닌지 귀를 기울이는 것 외에는 일상이 없었다. 병 원에 가자는 부모님의 간곡한 말이 있었지만, 나는 그냥 대답 없이 방문을 닫아 버렸다. 기면증이 생긴 것도 그때부터였다. 낮 동안에는 느닷없이 참을 수 없는 졸음이 몰려 왔고, 기절 하듯 잠이 들었다 깨어나면 가끔 오줌이 지려 있곤 했다. 보 통 기면증이 요실금을 동반하진 않지만 내 경우는 그랬다. 모

든 것이 무료하고 귀찮았다. 라면과 생수를 쌓아 놓고 며칠에
한 번쯤 허기가 찾아오면 생라면을 뜯어 먹었고 대소변은 요
강에 보았다. 계속 잠을 잤다. 시간은 아주 빠르게 흐르거나,
혹은 거의 흐르지 않았고, 실제로는 균일하게 흘러갔다. 잠에
서 깨어나면 죽음, 오직 죽음에 대해 생각했다. 나는 언제 어
떻게 죽게 될까. 지금인가. 나중인가. 자연사인가. 타살인가.
아니면 자살인가? 죽을 용기가 없진 않았다. 그저 죽기 위해
이런저런 방법을 도모하기가 도무지 귀찮았을 따름이었다.
우울이란 그런 것이다. 생의 의지도 없지만, 죽음에 대한 열
정도 그저 그렇다. 하지만 어느 때고 죽음만을 생각하다 보면
문득, 죽음에 대한 열의가 솟아나 죽을 수도 있다. 두 번째 밖
으로 나갔을 때가 그때였다. 나는 별안간 손목을 긋고 싶었는
데 칼이나 가위 따위를 부모님이 모두 수거해 간 바람에 양쪽
손목을 물어뜯어 버렸다. 세 번째로 밖에 나왔을 때는 병원에
끌려가 손목을 치료를 받고 퇴원한 지 얼마 지나지 않았을 때
였다.

*

　내가 '그 일'을 당한 뒤로, 자신의 인생을 오직 나의 회복만
을 위해 투신하던 아빠는 하나뿐인 딸의 참척惨慽 시도에 충

격을 받아 정말로 투신을 했다.

　나는 아빠의 부서진 머리통과 이상한 각도로 뒤틀려 헐렁이는 다리와 굳게 감긴 눈과 창백한 얼굴과 퍼런 입술과 체취를 잃고 나뭇등걸처럼 빳빳해진 몸뚱이에 얼굴을 비벼대며 말을 잃어버린 사람처럼, 악악, 아아악, 웩웩거리기만 했다. 말하는 법이 기억나지 않았다. 산처럼 거대한 비통이 목구멍을 메웠기 때문이었는지, 일 년 삼 개월 동안 말을 하지 않아서 웩웩하는 소리 외에는 다 잊어버렸기 때문이었는지는 알 수가 없었다. 어찌 되었든 말을 안 하려던 건 아니었는데. 아빠에게 마지막 말을 하고 싶었는데. 말이 나오지 않았다. 엄마가 나중에 아빠의 유서를, 아니 유언처럼 녹음한 파일을 들려주었을 때,

윤슬아… 흡. 아빠가… 으흥. 미안해… 응. 아빠 먼저 가서 정말 미안해… 흡. 으응. 아빠… 너무 힘들어서… 흡. 우리 윤슬이랑 엄마랑… 흡. 우리 윤슬이하고 마치면… 흡. 뉴질랜드 흡. 아무도 모르는 데 가서 흡. 응응. 거기서 흡. 살려고… 그랬는데… 흡. 아빠가… 죽을 테니까… 흡. 으흥. 우리 윤슬이… 죽지 마… 흡. 아빠가… 흡. 으응. 꼭 귀신이 돼서… 흡. 그 개새끼들이랑 개씨발년이랑… 으흥응. 아이고… 우리 윤슬이랑 여보 불쌍해서 어떡하냐… 응응. 흡. 아빠 갈게….

으아악! 악! 악! 악! 나는 또 얼굴을 쥐어뜯으며 울었다. 팔목의 상처가 다시 터졌는지 붕대에 핏물이 번졌다. 벽에 머리를 짓찧어 가며 울었다. 엄마가 내 머리와 벽 사이에 손을 집어넣고는 하지 마 하지 마 윤슬아 그러지 마, 꾹꾹 압축된 울음을 늘키며 내 머리를 감싸 안았다. 엄마와 나는 쨍그랑, 또다시 깨어졌고 아빠는 그보다 더 잘고 곱게 부서져 분골함에 담겼다.

그때로 시간을 돌릴 수 있다면. 그러니까, 파출소를 발견했던 그때 그 시각으로. 그때 만약 파출소에 들어가지 않았다면 어땠을까. 물론, 시간을 되돌릴 수 있는 능력이 조금 더 너그럽게 주어져서 그 일을 당하기 전으로 돌아갈 수 있다면 훨씬 좋겠지만 그럴 수는 없다는 전제에서 말이다.

평소와 다름없이 친구들과 놀다 늦어 버린 철딱서니 없는 딸내미 이윤슬처럼, 살그머니 문을 열고 집에 들어와 발끝을 세워 화장실로 향한 다음 조용히 몸을 씻고, 다시 한번 살금살금 방으로 들어가 잠이 들고. 아무렇지 않은 척 깨어나 아빠의 꾸지람을 듣고, 주말에 규남이와 만나 종로에서 떡볶이를 먹고, 그놈들은 어딘가에서 당구나 치며 살아가고. 그랬더라면 어땠을까. 그게 나았을까. 나는 그럴 수 있었을까. 누구에게도 말하지 않고 아무렇지 않은 듯 살아갈 수 있었을까.

발인을 마치고, 아빠가 퀴- 소리를 내며 쏟아지는 맹렬한 화염 속에서 함부로 바스러지는 걸 기다리는 동안 엄마가 말했다. 내가 방에 틀어박혀 있을 때 아빠도 정상은 아니었다고. 언제부턴가 못 먹는 술을 혼자 홀짝홀짝 마시고, 죽고 싶다는 말을 자꾸 해서 엄마가 병원을 데리고 다녔다고 했다. 그래도 꾸준히 병원을 다니며 상담도 받고, 약도 먹고 있으니 설마 그런 결심을 하리라고는 생각하지 못했는데 그리되어 버렸다고 말했다. 어쨌든 다 내 잘못 같았다. 그나마 다행인 것은, 아빠의 죽음이 나를 방에서 꺼내 주었다는 것이다.

엄마마저 잃을 순 없었다.

엄마마저 잃을 순 없다.

엄마마저 잃을 순 없으므로, 나는 병원을 찾았다. 오직 엄마만을 생각했다. 어떠한 사명을 완수하는 심경으로, 건강을 되찾기 위해 노력했다. 엄마와 함께 조금씩, 어제보다 오늘은 조금 더 멀리 걷는 식으로 걸었다. 간혹 길바닥에서 기면으로 쓰러지고 오줌을 지리는 일이 있더라도 꿋꿋하게. 엄마마저 잃을 순 없으므로.

7. 우선영

　선배, 그런데… ○○○사범들을 왜 마약팀에서 수사해요? 지능팀이나 경제팀 아니에요? 아이 씨, 나도 몰라. 약사법 위반이라고 우리보고 같이 하라잖아. 바빠 죽겠는데. 선영을 취조하던 형사가 혀를 끌끌 차며 짧은 잡담을 마치더니 의자를 고쳐 앉았다. 덩치답지 않은 동작으로 살포시 키보드에 손을 올리며 말했다.

　"자, 계속할까요?"

　그때 남편이 아이를 친정에 맡기고 경찰서에 왔다. 남편은 수갑을 찬 손목을 주물러 가며 조사를 받고 있는 선영의 등판을 보고는 그대로 주저앉아 버렸다.

　"저 잠시만… 남편하고 얘기 좀 하게 해 주세요…."

　"하… 뭐. 예 예."

형사가 잠시 자리를 비켜 주었다. 남편이 선영의 옆에 앉으며 수갑이 채워진 선영의 손목을 망연한 눈길로 내려다보았다. 담배를 얼마나 피워댄 건지 남편에게서 지린내가 났다. 몇 년 동안 난리를 쳐서 겨우 끊게 했는데.

　"선영아. 설명을… 좀 해 줄래."

　"우진이는?"

　"우진이 장모님하고 잘 있어. 너는 아파서 병원에 갔다고 했어. 어떻게 된 거야. 네가 마약을 했을 리는 없고… 마약 팔았어? 처방을 잘못했어? 약사법 위반 교사랑 사기 교사가 다 뭐야… 무슨 사기를 쳤어. 아니, 그것보다 왜 그랬어… 내가 돈을 많이 못 벌어서 그랬어?"

　"아니… 마약 아니라고…."

　"그런데 왜 여기 와 있어… 뭔데 말을 좀 해 봐… 응?"

　"나쁜 짓인 줄 몰랐어… 그냥 벌 수 있을 때, 벌 기회가 왔을 때 좀 벌고 싶었어…."

　"너 뭘 하긴 했구나."

　남편이 돌아갔다. 밤늦게까지 취조가 이어지다 열두 시가 되자 종료되었다. 그냥 한 번에 다 하고 끝내면 안 되나요? 안 된다고 했다. 그런 규정이 있단다. 얇은 담요 두 장과 베개를 받아 한 층 아래에 있는 유치장으로 향했다. 선영은 도무지 자신의 인생에 개입할 이유가 없어 보이는 철문을 마주하고는 걸음을 멈췄다. 불가해하다. 그녀를 인솔하던 여경은 이 철문은 이미 당신의 인생 안에 들어왔어, 이제부터 당신의 세계는 이쪽이야, 하는 표정으로 팔에 약간의 힘을 주어 선영을 잡아끌었다. 철문이 비명 같은 소리를 내며 열렸고 선영은 선을 넘었다. 선을 넘자 철문이 닫혔다. 문 앞에서 걸음을 잇지 못하는 그녀를 여경이 살짝 밀었다. 정중하면서도 차가운 손길에 선영이 놀라 움찔했다. 주춤거리며 앞으로 한 걸음 내디뎠고, 이윽고 들어섰다. 이전까지와는 다른 낯선 세계에.

"지랄하고 자빠졌네. 빨리 쳐 앉아라! 정신 사납구로."

구석에 앉아 있던 호피 무늬 옷을 입은 덩치 큰 아줌마가 선영에게 호통을 쳤다. 선영은 후다닥 담요를 끌어안고 구석에 웅크렸다. 움쑥 들어간 선영의 눈가에 눈물이 고였다. 어이 아지매. 니 울라 그라제. 청승맞게 울면 주둥이 확 주쩨삔다.

*

행복한 나날들이었다. 학교 근처 천변을 걸으며 별로 웃기지도 않는 이야기들을 심상하게 나누며 낄낄 웃었고, 비가 억수로 내리던 날 다투고 돌아선 뒤 우산을 던지고 달려오는 건우에게 화해의 키스를 퍼붓는 식의 식상한 단편영화도 몇 번 찍었다. 건우의 집에서 핫식스를 쌓아 놓고 기말고사 공부를 하다가 별안간 책을 집어 던지고 섹스를 하며 핫식스의 공력을 거기에 소모하기도 했다. 언젠가 건우가 스타킹을 신고 해줄 수 있겠느냐고 물었을 때, 미친, 변태새끼 아냐?, 라고 반문했지만, 그 말에 아이구, 아이구 하며 지나치게 쑥스러워하는 건우가 어쩐지 귀여웠고 그 외에는 언제나 근엄하고 결곡한 자태의 건우였으므로 너그러이 그의 외설스러운 부탁을 양해했다. 그래, 생각해 보니 이상한 곳에 다닌다는 남자들도 많다는데 그런 판타지를 나한테 풀어야지 어디 엉뚱한 데 가서 해소하면 되겠어? 영화였는지 책이었는지, 어디선가 들었던 '나는 조금도 뒤틀려 있지 않은 사람은 믿지 않는다'는 말로 합리를 부여하고 아낌없이 스타킹을 찢었다. 학교는 무사히 마쳤다. 국시도 두 사람 모두 한 번에 통과했다.

"오빠, 오빠는 어떻게 할 거야?"

"음… 나는 뭐, 아직 돈도 없고 하니까. 개원할 생각은 없고… 식약처 별정직 공무원에 지원해 보려고."

"에? 아니 그 힘든 공부를 해서 왜 공무원을 해. 제약회사 가는 게 훨씬 나을 텐데."

"난 뭐, 안정적인 걸 좋아하나 봐. 나 원래 공무원 준비했었다고 했잖아. 뭐랄까, 관에서 나랏일을 한다, 폼 나잖아. 선영이 너도 공무원 준비 생각했었다며."

"그런가… 나는 제약회사 가려고. 사실 이미 오퍼 들어온 데도 있어."

"오, 정말? 어딘데?"

"D제약 알지?"

"어어. 정말? 거기 유명한 데잖아."

"응. 연봉 엄청 세게 부르더라고. 난 빨리 돈 벌어서 개원할 거야. 그럼 내가 오빠 셔터맨 시켜 줄게."

"어이구. 말만 들어도 행복하다야."

선영은 D제약 연구소 임상1팀에 배정되었고 건우는 식약 처 의약품안전평가과에서 근무하게 되었다. 선영이 처음 동 물실험에 참여했던 날, 술에 진탕 취해 건우의 집에 찾아와서 는 바닥에 구토를 한 바가지 쏟아 내며 회사 못 다니겠다고, 오늘 죽인 마우스와 병균을 주입한 비글 강아지들의 눈이 지 워지지 않는다며 울고불고하는 일이 있었다.

시간이 지남에 따라 조금씩 적응은 했지만, 어느 순간부터 선영은 고기를 먹지 못했다. 회사에서 살생을 계속하는 일, 아니 살생보다 더한 일, 사지 멀쩡한 동물에게 병균을 주입하 고 암세포를 이식하고 그로 인해 팔, 다리가 괴사하고, 차근 차근 죽어 가는 모습을 관찰하며 생명을 희롱하는 선영의 일이 모종의 아주 못된 업을 쌓고 있는 것 같다고 했다. 종교가 있는 건 아니지만, 이런 일을 계속하다가는 사는 동안이 되었든 죽고 나서가 되었든 무시무시한 대가를 치르게 될 것 같아 무섭다고 했다. 그렇다고 회사를 그만둘 수도 없고, 원래 육식을 즐기지도 않았던 편이니 이렇게나마 속죄하고 싶다며 선영은 비건이 되었다. 동물보호단체에 꽤 많은 금액을 후원하는 식으로 양심의 가책을 기탁했다. 선영은 건우에게 자신은 신경 쓰지 말고 먹고 싶은 대로 먹으라고는 했지만, 건우는 어쩐지 고기를 먹을 기회가 상당히 감소하여 아쉬운 심정이었다.

*

　두 사람이 사귄 지 칠 년째 되는 날이었다. 건우가 근사한 레스토랑을 예약했다며 선영을 불러냈다. 그날 건우는 선영이 오래전에 선물한 아가일 스웨터를 입고 나왔다. 낡기도 낡았고, 아직 스웨터를 입기엔 날이 더운데 굳이 그걸 입고 나와 땀을 닦는 건우를 선영은 이해할 수 없었다. 왜 그러고 있냐고 묻자 건우는 그냥, 이게 입고 싶어서, 라고만 말했다. 뭔가 이상한데. 건우가 웨이터를 불러 준비한 케이크를 달라고 했을 때 선영은 내심 '프러포즈'를 기대했지만 아무 일도 없었다. 몇 달 전부터 은근히 결혼에 관한 이야기를 내비쳤는데 그럴 때마다 건우는 어딘가 모르게 건성이었다. 응. 해야지. 나도 하고 싶지. 밥을 먹는데 문득 서러워서 눈물이 나왔다. 건우가 당황하여 왜 그래, 무슨 일 있어? 실험 때문에 그래?, 라고 물었지만 대답을 할 수가 없었다. 죽어도 내 입으로 먼저 말할 순 없다. 고백도 내가 했는데. 프러포즈만큼은 받고 싶단 말이야, 라고 말할 수가 없었다.

엉망이 되어 버린 식사를 마치고 건우가 선영을 집에 바래다주기 위해 주차장에서 차를 가져왔다. 선영은 차에 오르려다 말고 안을 둘러보았다. 차 안이 몹시 지저분했다. 서류봉투, 책, 먹다 버린 과자 봉투, 빵 봉투, 빈 물통… 이 한 열서너 개. 누가 될지 모르겠지만 이놈이랑 결혼하는 여자는 고생 좀 하겠군. 어차피 나겠지만… 이라는 생각에 이르자 프러포즈를 기대했는데 받지 못했다는 데서 오는 찌그러진 감정, 불만도 아니고 불쾌도 아니고 짜증. 그래, 짜증이 솟았다.

"아, 차 청소 좀 하라고. 내가 몇 번을 말해. 정말 더러워서 못 앉겠네."

선영은 언제나 비슷한 상태의 차를 타 왔으면서 한 번도 말하지 않았던 불만을 갑작스레 내질렀다. 어. 미안, 미안. 건우가 주섬주섬 치우며 대답했다.

"아니 누가 지금 하래? 나 피곤해. 빨리 가자."

"어? 응. 빨리 갈게."

합정동을 출발해 차는 강변북로에 들어섰다. 훤히 트인 한
강의 아늑한 풍치가 곧바로 그들을 마중하였다. 낙조를 거
쳐 세상은 조금 전보다 조금씩 더 어둑해지고 있었다. 어둑해
지는 만큼 반원형의 달이 선명해졌는데 선영은 저게 초승으
로 향하는 반달인지, 그믐으로 향하는 반달인지 궁금해서 건
우에게 물어보려다 말았다. 건우는 왠지 그런 것까지 다 알고
있을 것 같았지만 지금은 말을 걸고 싶지 않았다. 화해로 받
아들일까 봐. 퇴근 시간이라 꽉 막힌 도로에 자리가 나면 급
히 따라붙었다 멈췄다 하는 모양으로 차들이 선영처럼 갑갑
한 속내를 털어놓았다. 부웅 끽. 부웅 끽. 육백 살도 넘은 고령
의 서울이 아침저녁으로 찾아오는 동맥경화에 신음하는 소리
다. 그와 별개로 한강은 유유히 흐르며 자신의 표면 위에 반
달을 살짝 띄워 놓고 자적하였다. 선영은 창문을 조금 열고
강바람을 맞았다. 짜증스러웠던 마음이 조금 가라앉는 듯하
다.

"저기 선영아. 미안한데 창문 좀 닫아 줄래? 나 머리카락이
너무 날려서."

이 새끼가 오늘따라 정말 왜 이래?

"어. 그래. 미안하다. 닫을게."

차갑게 대답한 뒤 창문을 올려 닫았다. 차는 강변북로를 지

나 공덕오거리로 빠져나왔다. 풍치 좋은 한강이 사라지고 답답한 빌딩이 시야에 가득하자 선영은 눈을 감았다.

"선영아. 미안한데 뒷좌석에 보면 그 하드커버로 된 두꺼운 책이 하나 있을 거야. 해리포터라고 쓰여 있는 하얀 책."

"아니, 해리포터 책을 지금 왜 찾아? 나 내리면 오빠가 찾아."

"그게, 거기에 중요한 메모를 해 놨는데 지금 그거 김 팀장한테 바로 알려 줘야 해서. 미안해 좀 꺼내 주라. 어어 그거."

선영은 몸을 돌려 뒷좌석을 헤집었다. 아니 무슨 중요한 메모를 해리포터에 해 놓는담. 어? 근데 이거 해리포터 하드커버 에디션이잖아. 뭐야. 내가 갖고 싶다고 그렇게 노래를 불렀는데 갖고 있었으면서 말도 안 했어.

"자."

"저기 선영아. 정말 미안한데 그 책 514페이지에 메모 있거든. 거기 좀 펴서 읽어 봐 줄래? 바로 김 팀장한테 알려 주고 치울게. 정말 미안."

선영은 건우의 말대로 514페이지를 펼쳤다.

"메모 같은 건 없는데?"

"에이, 있어 잘 봐 봐. 글씨가 좀 작아."

"아. 찾았다. 이게 뭐라고 쓴 거야? 왼… 쪽 주머니… 를 열어 보시오? 이게 메모야?"

"응."

선영의 머리에 뭔가 번쩍하고 지나갔다. 이거 설마. 선영은
황급히 왼쪽 주머니를 뒤졌다. 쪽지가 나왔다. 거의 찢다시피
펼쳐보았다.

-사랑하는 선영아. 이번에는 지갑을 열어 볼래?

지갑을 뒤져 보았다. 건우답지 않은 센스의 심플한 다이아
반지가 영롱하게 빛나고 있었고 급하게 욱여넣었는지 다 부
서진 초코 웨하스가 흐물흐물하게 휘어져 웃는 모양으로 들
어 있었다.

"야! 야, 이 새끼야! 야, 이 미친놈아! 흑…."

선영이 얼굴을 푹 수그리고 건우를 두들겨 때렸다.

"아유. 선영아! 선영아, 사고 난다! 왜 울고 그래. 나도 눈물
나게… 선영아, 저기, 나랑."

건우가 잠시 뜸을 들이고 말했다.

"결혼해 주라."

"흑… 해 줄게. 근데 해리포터 책 나 줘…."

선영이 쪽지를 움켜쥔 채 훌쩍이며 말했다. 건우가 갓길에
잠시 차를 세우더니 반지를 들어 선영의 약지에 끼워 주었다.
바들바들 떨리는 건우의 손을 선영은 모른 척해 주었다. 어떻

게 알았는지 사이즈가 꼭 맞았다. 선영의 마음속에 폭죽이 터졌다.

"응. 너 줄게. 고마워. 사랑해."

두 사람은 서로를 가만히 끌어안았다.

"도둑놈 새끼. 어디 숙녀 지갑을."

"하하. 미안해. 오늘만 봐줘."

두 사람은 이듬해 5월 14일에 결혼을 했다. 건우는 결혼식 날 아가일 스웨터를 입고 검정색 우산을 등에 멘 채 버진로드를 걸었다. 다시 말하지만 5월이었고 그날의 기온은 28도에 육박했다. 선영은 건우가 그러고 다니는 이유를 알고 있었으므로 말리지 못했다. 건우네 부모님과 선영의 부모님 모두 엉뚱한 신랑의 복색에 대해 의아해하며, 혹시 선영에게 불만이 있어 그러는 것 아니냐며 가벼운 소동이 있었는데 건우가 여차여차하다고 설명해서 간신히 넘어갔다. 기껏 세팅한 머리가 땀에 젖어 축축 내려앉는 바람에 90년대 인기 스타 같은 야한 헤어스타일이 되어 버렸고, 건우는 그 채로 사진을 찍었다. 나중에 앨범이 나왔을 때는 모든 이가 침울한 가운데 건우 혼자 키득거리며 앨범을 넘겼다.

건우와 선영이 한 가족이 되어 단란을 이룬 지 삼 년이 지났을 무렵, 선영은 회사를 그만두었다. 문득 이런 생각이 들었다고 했다.

"우리 조만간 아기 가질 거잖아. 나 임신했는데도 동물실험을 계속하면… 왠지 죽은 동물들이 우리 아기한테 해코지를 할 거 같아서. 조금 수입이 줄더라도, 그동안 모은 돈이랑 대출받아서 조그맣게 약국 하나 하려고. 약국 이름은 건우약국으로 할 거야. 괜찮지?"

"에? 선영이가 하는데 선영약국으로 하지 왜?"

"몰라. 내 이름 걸면 망할 것 같아. 오빠 이름 걸고 망하면 오빠 탓할래."

"푸하하. 그래라 그래. 오, 근데 그럼 나 셔터맨을 조금 일찍 하게 되는 건가?"

"아니."

8. 이윤슬

변호사를 살 돈이 없었으므로 ―실제로는 많이, 그것도 아주 많은 돈이 있었지만 없어야만 하는 사정이 나에게는 있었다― 국선변호인이 배정되었다. 거의 환갑이 다 되어 보이는 나이가 많은 이였다. 나이 많은 변호사가 배정되었다는 건 좋은 건가 나쁜 건가 골똘히 생각해 보았지만, 알 수 없었다.

구속심사 전, 변호사는 내게 해야 할 말과 하지 말아야 할 말을 정리해 연습을 시켰다. 우리는 판사의 질문 '피의자 이윤슬은 2020년 2월 3일, 우선영과 함께 …에서 …의 …을 한 적이 있습니까?'를 토씨 하나 틀리지 않고 예상했고 이 대목에서는 '네'라고 대답하기로 약속을 했지만, 막상 '네'라고 말하기가 도무지 어려웠다. 내가 '네'라고 말하는 순간, 나의 '네'는 공식적으로, 법적으로, 물리적으로, 전산적으로 내가 사는 사회에 각인될 것이다. 그런 '네'라는 생각을 하자 숨이 막혔다. '네'라는 말은 입에서만 맴돌 뿐 나오지 않았다.

"피의자! 대답하세요!"

"네? 네!"

"변호인. 변론하세요."

"네. 피의자 이윤슬은 고등학교 시절 성폭행을 당하고 그 충격으로 아버지가 돌아가시는 등 불우한 어린 시절을 보냈습니다. 그로 인해 쉽게 돈을 벌 수 있다는 유혹에 넘어가기가 쉬운 상황이었으며 자신이 저지른 일이 범죄행위임을 인식하지 못했다는 정황과 진술이 있습니다. 현재는 모든 죄를 인정하고 뉘우치고 있으니 부디 혜량하여 선처해 주시기 바랍니다. 또한, 이윤슬은 …과 …사이에서 이용을 당한 것으로 보여집니다. 그러니까, 그… 어디 갔더라. 아, 여기 있네. 그… 제출 드린 서면을 보시면…."

변호사는 나의 인생, 그러니까 '그 일'과 '그날의 일'과 아버지의 죽음과 일 년 삼 개월 동안 죽음에 대해 생각했던 나날들에 대해, '피의자 이윤슬은 고등학교 시절 성폭행을 당하고 그 충격으로 아버지가 돌아가시는 등 불우한 어린 시절을 보냈습니다'라는 문장으로 압축해 버렸는데 딱히 반박할 말을 떠올리지 못했다. 그래. 그 정도다. 내 인생은. 나를 구성하는 성분은. 우리 가족의 삶은.

변호사가 변론을 시작했고 나는 불쌍한 척 고개를 숙였다. 이 또한 변호사의 지시였다. 법을 공부한 건지 연출을 공부한 건지 자꾸 무대 장악력을 따졌다. 잠시 후 최후 변론 때 변호사가 말하라고 한 내용을 울먹이며 낭송하면 오늘 나의 역할은 끝이다. 판사와 변호사가 나누는 대화는 나로서는 거의 이해할 수 없는 것들이었다. 전부 나에 관한 이야기일 텐데 왜 나는 알아들을 수 없는 거지.

*

아빠가 돌아가신 지 반년이 지나서야 유품을 정리할 수 있었다. 엄마도 나도, 차마 아빠의 흔적을 들춰 볼 엄두가 나지 않았었다. 이건 어디서 사 온 건데… 이건 언제 찍은 건데… 엄마와 함께 아빠의 유품을 정리하는 동안, 엄마가 많이 울었다. 아빠가 사진 뒤에 적어 둔 '윤슬이는 나의 태양, 하트'라는 가장 슬픈 낙서를 보았을 때는 가슴이 철렁하면서 곧바로 눈알이 뜨끈해졌는데, 내가 울면 엄마가 또 울까 봐 나는 울지도 못하고 슬픔을 삭혔다. 그렇게 몇 시간을 방바닥에 앉아 아빠의 물건들을 하나하나 손바닥으로 곱게 쓸어 가며 정리했다. 그러던 중 엄마가 말했다.

"윤슬아."

"응."

"엄마랑 산에 들어갈래?"

"산?"

"으응. 엄마랑 산속 절에 들어가서 거기서 스님들 밥 지어
주고, 빨래해 주고 나머지 시간은 엄마랑 꽃구경 다니고 책도
읽고 그러고 살래?"

"중… 이 되겠다고?"

"아니, 아니. 그런 건 아니고… 꼭 중이 안 돼도 그렇게 살
수 있는 절이 있다나 봐. 공양 보살? 뭐, 뭐라고 부르든 삼천
배만 올리면 살게 해 준대. 거기서 밭도 갈고, 산나물도 캐고,
좋은 말도 듣고 배우고… 거기서 그렇게, 느리게 살자고… 엄
마랑 윤슬이랑 같이….."

그런 이야기를 꺼내는 엄마의 얼굴은 새삼 지쳐 보였다. 엄
마와 함께 그렇게 살아 볼까 꽤 진심을 모아 고민했지만, 결
국 나는 가지 않기로 했다. 물론 삼천 배가 무서워서는 아니
었고, 나는 그즈음 아빠의 유언에 따라 엄마와 아빠의 유골과
함께 뉴질랜드에 가고 말겠다는 다짐에 추동 받고 있었기 때
문이었다. 기면증에, 우울증에, 갖은 트라우마에, 대학도 마치
지 못했기 때문에 돈을 많이 버는 직업을 가질 순 없겠지만
고즈넉한 곳에서 고즈넉한 일을 하며, 천천히라도 돈을 모아
야겠다는 생각을 했다. 뉴질랜드에 가서 딱히 뭘 해야겠다거

나 하고 싶다는 계획 같은 건 없었지만 '아빠가 마지막에 가고 싶어 했던 곳에 간다'라는 일단의 의지는 아빠를 위해서도, 나를 위해서도 갖고 싶었다. 거기서 아빠에게 뉴질랜드의 바다를 보여 주고, 조각난 엄마의 영혼을 붙여 주고, 아무도 없는 곳에서 아무도 읽지 않을 글을 쓰며 사는 모습과 그런 것들을 이루기 위해 삶에 애착을 갖고 분투하는 모습을 천국에 있는 아빠가 보고 싶어 할 것 같았다. 이대로 내다 버리기엔 나의 시간은 아직 지나치게 많이 남았다. 아빠가 스스로를 공양해 가며 새겨 준 깨우침이다.

"엄마만 가."

"왜… 같이 가자. 응? 내가 널 혼자 두고 어딜 어떻게 가니. 그럼 엄마도 안 갈게."

"나… 이제 죽는다는 소리, 아니 그런 생각 안 하고 살게… 걱정하지 마… 엄마, 나 돈 벌고 싶어. 무리는 안 하고 조금씩, 조금씩. 엄마는 산에 가. 거기서 스님들 빨래도 하고 밥에 뜸 드는 거 멍 때리면서 구경도 하고 그래."

"돈을 번다고? 윤슬이 너 일할 수 있겠어? 그리고 갑자기 돈은 모아서 뭐하려고?"

"일단… 한번 해 보려고. 정신과도 다시 다니고 그럴게. 그냥… 아빠 말처럼… 엄마랑 아빠랑 뉴질랜드 가서 살고 싶어. 뉴질랜드든 어디든 아무도 우리 모르는 곳. 내가 그런 곳에 작은 가게 하나 차릴 돈 모으면 말할게. 좀… 오래 걸릴 수도 있겠지만….”

"안 돼. 너 혼자 두고 엄마가 어딜 가. 그럼 그냥 같이 있어.”

하지만 엄마는, 아무래도 그런 게 필요해 보였다. 노동, 땀, 감미로운 피로, 무아, 세속과의 유리, 아날로그, 읽자마자 잠이 오는 경전, 인적 드문 산골, 고소한 흙, 풀 비린내 섞인 바람, 석양, 박명, 하여간 목가적인 그런 것들. 내가 실수로 뭔가를 떨어뜨리기만 해도 언제나 식겁하여 달려오는 엄마였다. 밤마다 나를 지키고 앉아 내가 잠들 때까지 등을 쓸다 잠이 드는 엄마였다. 엄마를 쉬게 해 주고 싶었다. 그즈음 엄마는 언제 쓰러져도 이상해 보이지 않았다. 엄마마저 잃을 순 없다.

"엄마. 그럼 엄마가 가는 산 가까운 곳에 있을게. 엄마는 산에 가서 좋은 거 보고, 듣고, 먹고 그러다 나 보고 싶어지면 내려오고 그래. 나 이상한 생각 들거나, 힘들어서 못 할 것 같으면 엄마 따라서 산으로 갈게. 걱정하지 마… 나… 흑. 아빠한테 너무 미안해서… 흑. 나 뭐든 해 보고 싶어 흑. 엄마 말 잘 들을게… 엄마 죽지 마… 흑.”

"엄마 안 죽어. 그러니까 윤슬이도 죽지 마. 안 그러지? 앞으로 손목 그런 거 안 할거지?”

엄마가 나를 공들여 안았다. 나도 엄마를 안았다. 안아 보니 알 수 있었다. 엄마도 나도 지나치게 수척하다. 너무 말라서 심장끼리의 고동을 알아챌 수 있을 정도로. 언제고 기력을 잃고 멈춰도 이상하지 않을 정도로. 어쩌다가 우리는 서로의 죽음을 걱정하는 사이가 되었을까.

엄마는 대전 외곽 계족산에 있는 작은 사찰에 들어갔고 나는 거기서 이십 분쯤 떨어진 대전 대덕구로 갔다. 가산을 정리하니 대략 2억쯤 되었다. 원룸 보증금 천만 원을 제외하고 나머지는 통장을 만들어 넣어 두었다. 종이통장에 '뉴질랜드/목표 3억'이라고 써 붙여 두었다가 다시 직직 긋고 '목표 5억'으로 고쳐 썼다. 잘은 모르지만 뉴질랜드의 바닷가에 집을 구하고 작은 가게라도 하나 차리려면 그쯤은 있어야 할 듯싶었다. 모을 수 있을진 모르겠지만, 일단 5억으로.

대전에서 방을 얻은 뒤 대강 살림을 정리하고 규남을 보러 의정부에 한 번 갔었다. 규남의 면회를 한 번도 못 간 것에 대한 마음의 부침이 심했다. 어쩔 수 없긴 했지만 그래도 나 때문에 눈을 잃었는데…. 그 일이 있은 지 무려 오 년이 지나서야 규남을 찾았다는 사실에 무척 송구한 마음으로 규남을 만났다. 왼쪽 눈에 의안을 박아 넣은 채 해사하게 웃는 규남이를 보고 나는 주저앉아 또 울었다. 이 모든 사건 ―아빠의 죽음과 한 청년이 장애인이 된 것과 엄마가 세상을 등진― 이나 때문인 것 같아 비통했다. 생각해 보니 나 때문이 아닌가. 아닌가, 나 때문이었던가. 어떤 부분은 나 때문이고 어떤 부분은 나 때문이 아니었던가. 규남이 녀석은 또 어떻게 내 마음을 읽었는지 고개를 수그리고 말을 꺼내지 못하는 내게 문득 누나 탓 아니야- 라고 말을 하더니 어깨를 세게 움켜쥐어 주었다. 울지 않으려 했는데. 자꾸만 그렁그렁 맺혀 가는 눈물방울을 떨어뜨리지 않으려 갖은 용을 다 썼다. 나는 아빠의 부고를 알렸고 규남은 할머니의 실종을 알려 줬다. 『오염』이라는 소설이 세상에 나온 것과 아빠의 사인이 투신이었다는 것들은 말하지 않았다. 규남이 소년원에서 돌아왔을 때, 5천만 원이 들어 있는 통장 하나를 제외하고 할머니는 이미 집을 팔고 가산을 챙겨 떠나 버린 뒤였다고 했다. 그것까지 내 잘못인 것 같아 마음이 쓰렸다.

"누나. 그래도 나 전과자 아니다?"

"응?"

"소년원은 전과 안 남는대."

나는 다행이라고 말해야 할지 말아야 할지 알 길이 없어 머뭇거리고만 있었다.

"그… 눈… 말이야…."

"아 이거?"

"야야. 빼지마. 야아!"

나는 규남이가 의안을 빼서 보여 주려는 동작에 식겁하여 소리쳤다.

"장난이야 누나."

"아니 무슨 그런 장난을… 앞으로 눈알 빼지 마."

규남이 눈알 빼지 마? 빼? 빼지 마? 자꾸 되물으며 웃었다. 규남이 웃자 나도 웃음이 나왔다. 눈알 빼지 마, 라니. 푸하하. 오랜만에 입에서 나오는 웃음소리가 신기하면서도 어색했다.

"아프진 않아?"

"처음엔 그, 의사가 뭐라고 했더라. 어려운 말 있었는데… 그… 환… 환통인가?"

"환지통?"

"어어, 그거. 그게 있을 거라고 했어. 눈이 없는데 자꾸 있는 것처럼 좀 신경이 쓰이고 아프더라고. 지금은 괜찮아. 수술도 잘 돼서 눈동자 방향이 좀 이상한 것 말고는 대충 얼굴 형태도 보통 사람 같고."

규남이 그렇게 말했지만, 사실 누가 봐도 알아챌 만큼 얼굴 한쪽이 일그러져 있었다. 얼굴이 잘생겨서 교회에 있을 때 이런저런 고백도 은근히 받던 규남이었는데… 그런 마음을 품어서는 안 되는 것이겠지만, 어쩔 수 없이 측은했다. 내게 새겨진 마음의 흉터와 규남에게 남은 흉터 모두가 흉하고 안쓰럽다.

"그래…."

"아, 왜 자꾸 그렇게 쳐다봐. 괜찮다니까? 한번 만져 볼래? 눈알 빼 줄까?"

"야야! 알았어, 알았어. 그거 하지 말라니까."

주변 사람들이 힐금 우리를 쳐다보는 것 같아 창피했다.

"누나는 어떻게 지냈어?"

"나는…."

입고 간 맨투맨 티셔츠의 손목 끝을 오므리며 말했다.

"좀 아팠어. 이제 좀 괜찮아져서… 사실 아주 괜찮지는 않지만… 아무튼 괜찮아지려고… 면회 못 가서 미안해. 일부러 가지 않거나 했던 건 아니야. 정말… 좀 아팠어."

규남이 내 팔을 툭 치며 말했다.

"아유, 괜찮아. 이제 자주 보면 되지. 그럴 거지?"

"응. 물론이지. 나 핸드폰에 저장된 연락처 두 개밖에 없다. 너랑 엄마."

"얼레? 진짜? 이거 아주 영광이구먼. 흐히힛."

규남은 정말로 기분이 좋은지 마구 웃었다.

우리는 자리를 옮겨 식당으로 향했다. 원래 밥을 먹을 생각은 없었는데 규남이 억지로 끌고 갔다. 그즈음 나는 정말이지 비쩍 말라서 규남의 왼쪽 눈보다 더 함몰된 사람 같은 얼굴을 하고 있었다. 거식증까진 아니었지만 도통 식욕이 돋지 않았다. 규남 앞에서 음식을 깨작거리고 싶지 않아 다른 곳에 가자고 했는데 규남이 너무 말라서 안 되겠다며 정말이지 먹지 않고는 배길 수 없는 식당에 데려간다고 하는 바람에 마지못해 따라갔다. 규남이 데려간 곳은 떡볶이 같은 닭볶음탕을 끓여 주는 가게였다. 누나. 이거 한번 먹어 보면 밥 두 공기는 그냥 뚝딱이라니까.

"안녕하세요오-, 집사님."

"어머, 규남이 왔네? 옆에는 누구? 여자친구?"

규남이 데려간 곳은 예전에 다녔던 교회 집사님이 하는 식당이었다. 나는 집사님을 알아보았지만, 집사님은 나를 알아보지 못했다. 인사를 해야 하나 말아야 하나 머뭇거리다 결국 하지 않았다. 규남이 나의 머뭇거림을 눈치챘는지, 아니면 내가 간결하게 고개를 젓는 것을 보았는지 모르겠지만 하여간 교회 이야기는 꺼내지 않았다. 대신 다른 개소리를 했다.

"예, 예 집사님. 여자친구예요."

나는 규남의 팔을 세차게 꼬집었지만 규남은 미동도 하지 않았다.

잠시 후 집사님이 닭볶음탕을 부루스타에 얹어 놓고는 규남에게 윙크를 하고 돌아갔다. 아니 윙크는 왜…. 규남이 따깍, 따깍 불을 올리니 멀건 국물이 이내 보글거리며 진득하게 줄아들었다. 역시나 나는 식욕이 돋지 않아 규남이 먹는 걸 보고만 있었다. 규남은 날개로 추정되는 부위를 집어 들고 쪽쪽 빨며 자신이 살아온 이야기를 전했다. 연신 씨벌 씨벌, 존내 존내 거리는 통에 알아듣기가 쉽진 않았지만 대충 이해는 했다. 나는 규남의 상스러움이 싫지 않았다. 강아지 발바닥에서 나는 꼬스름한 냄새 같은 느낌. 절대로 향기라고 말할 순 없지만, 왠지 모르게 자꾸만 맡아 확인하고 싶은 그런 냄새. 없으면 어쩐지 좀 아쉬운 그런 것.

"엥? 뭐여 누나. 입맛 없다더니."

규남이 살아온 이야기를 울며 웃으며 듣던 중 어쩌다 한 숟가락 입에 댄 것 같았는데 밥그릇이 텅 비어 있었다. 땀에 젖은 머리카락이 몇 가닥 입속에 들어가 있었고, 밥뚜껑 위에는 닭뼈가 수북했으며, 손가락을 닦느라 쓰고 버린 동글동글하게 뭉쳐진 냅킨이 여기저기 흩어져 있었다. 언제 시켰는지 모를 사이다 두 병 또한 전부 내가 마신 듯하다. 규남의 상스러움은 대화와 더불어 식욕도 돋웠다. 정말이지 오랜만에 꺽꺽거리며 먹은 기억이다. 우리는 그날 오래도록, 때로는 소곤소곤하게 때로는 와자지껄하게 이야기를 나누었다. 잘 먹고 실컷 떠들었더니 슬그머니 졸음이 왔다. 기분 나쁘게 의식을 낚아채는 기면이 아니라 몽글거리며 찾아오는 평온한 졸음. 냠냠 입맛을 다시며 그날 하루 있었던 즐거운 일들을 생각하다가 스르륵 빠져드는 종류의 수면감. 그런 졸음을 느낀 것도 오랜만이었다. 전연 다른 모양으로 태어났지만 오히려 그래서 아귀가 맞고 돈독한 아이. 규남의 천진한 상스러움이 나를 배고프고 지치게 만들었다. 기분 좋은 나른함이다. 종종 보자, 규남아.

9. 김성오

김성오는 딱히 잘생긴 것도, 공부를 잘하는 것도, 운동을 잘하는 것도, 말을 잘하는 것도, 노래를 잘 부르거나 악기를 잘 다루는 것도, 돈이 많은 집에서 태어난 것도, 키가 큰 것도, 운이 좋은 것도, 끈기가 있는 것도 아니었다. 그는 어디를 가든, 무얼 하든 약간 모자란 축에 들며 딱히 남다른 구석이 없는 학생이었다. 누군가는 그 정도에 대강 만족하며 살 수도 있겠지만 그는 가진 것에 비해 욕심이 많았다. 본류 내지는 주류. 시쳇말로 인싸. 그래, 인싸가 되고 싶어 했다. 특히 여자애들로부터.

김성오는 학창 시절 내내 외모에 대한 열등감에 시달려야 했다. 전반적으로 절망적인 얼굴이었는데 특히 부루퉁하게 튀어나온 눈이 딱 망둑어 같았다. 결핍이 있는 대신 욕망이 없었다면 괜찮았을 것을, 김성오는 결핍과 욕망이 공존하여 어느 때고 괴로웠다. 인싸 녀석들의 무리에 어울려 보려 흘끔거리거나, 최소한 무시라도 당하지 않기 위해서 그가 할 수 있는 건 아첨밖에 없었다. 인싸 무리에 슬그머니 다가가 원래 거기 있었던 사람처럼 헤헤헤- 히히히- 바보처럼 웃었다. 누가 무슨 이야기를 하든 오오, 정말? 하며 강박적인 리액션을 했고 웃기지도 않은 이야기에 박장대소를 했다. 빤히 보이는 아첨이라도 막상 들으면 다들 좋아한다는 걸 일찍이 알았다. 그런 식으로 자신을 빚어 나가며 뒤틀려 갔다.

고등학교를 졸업한 김성오는 그가 거둔 어중간한 학업성과에 따라, 집에서 두 시간 정도 걸려 도달할 수 있는 경기도의 C 대학 화학공학과에 입학했다. 그날은 강원도의 모 유스호스텔에서 C대학 화공과의 오리엔테이션이 있던 날이었다. 과점퍼를 나눠 주길래 펼쳐 보았는데 등판에 'C University'라는 단어가 지나치게 크고 선명하게 수 놓여 있었다. 으… 이건… 학교 밖에선 입고 돌아다닐 수 없다.

김성오는 오리엔테이션에 참석한 애들을 천천히 스캔했다. 누가 인싸고 누가 쩌리이며 어디에 붙어먹어야 할지. 어딜 가든 사람들을 스캔하고 등급화하는 일은 김성오에겐 거의 본능적 습관이었다. 그의 눈앞을 오가며 까르르 웃는 여자애들이 그냥 다 예뻐 보였다. 여자애들이 말을 걸어 왔으면 했다. 그러나 그에게 말을 걸어 오는 치는 담배를 빌려 달라는 남자애들 말고는 없었다.

와중에 김성오가 특출나게 잘하는 것이 하나 있었다. 술을 잘 마셨다. 고등학교 때 인싸놈들을 따라다니다가 술자리에 한 번 낄 기회가 있었는데 소주 세 병도 안 마셨는데 다들 눈이 풀리고 헛소리를 했다. 김성오는 그걸 이해할 수 없었다. 김성오는 자신의 주량이 얼마나 되는지 몰랐지만, 소주 세 병 정도로는 취기를 느낄 수조차 없다는 것은 확인했다. 김성오는 흑기사를 통해 여자애들의 환심을 사 볼 요량이었다. 술을 잘 마시면 어찌 되었든 한 번쯤은, 주목받을 기회가 올 것이다.

"마셔라! 마셔라! 더 게임 오브 데-쓰!"

프로그램을 마치고 저녁 술자리가 이어졌다. 그의 예상대로 그가 넙죽넙죽 술을 잘 받아먹자 선배들이 그를 치켜세워 줬다. 오. 김성오! 잘 마시네! 야 1학년들, 너네 자꾸 술 꺾어 마실래? 성오처럼 마시란 말이야, 성오처럼! 그는 태어나서 (거의) 처음 받아 보는 주목과 환호에 취해 버렸다. 날아갈 것 같은 기분이었다. 무엇이든 할 수 있고 될 수 있을 것 같았다. 오늘은 내가 주인공이다! 다 꺼져 씨팔! 아까부터 예쁜 애 옆에만 앉아 있는 너! 그래 키 큰 놈 너! 딱 기다려!

"마셔라! 마셔라! 더 게임 오브 데-쓰!"

박민희 선배가 걸렸다. 「대학내일」 잡지 모델도 했다는 눈부시게 예쁜 민희 선배. 민희 선배는 술을 못 마신다며 아까부터 빼고 있었다. 하하. 내가 나설 차례인가.

"자. 민희 선배. 마실 거예요, 흑기사 할 거예요? 빨리 정해요!"

"언제까지 어깨춤을 추게 할 거야- 내 어깨를 봐- 탈골됐잖아-."

애들이 웃고 난리였다. 그 방에 모인 이십여 명의 시선이 박민희 선배에게 집중되었다. 다들 이미 꽤 취한 상태였다. 오바이트를 하러 가서는 화장실에서 그대로 뻗어 버렸거나 눈을 감고 조는 놈들이 태반이었다. 특히 그녀에게 놓인 술잔은, 짓궂은 선배가 만든 개궂은 폭탄주였다. 소주, 맥주, 양주, 라면 국물, 삼겹살을 굽다 흘러나온 기름을 넣어 대접에 한가득 정갈하게 담아낸 폭탄주. 예쁜 민희 선배를 위해 용기를 내려다 포기하려다 하는 놈들의 눈빛이 요란했다. 김성오가 손을 들었다.

"선배! 제가 마실게요!"

우와아! 애들이 뒤집어졌다. 김성오는 성큼성큼 걸어가 잔을 뺏어 들고는 벌컥벌컥 마셨다. 정말이지 좆 같은 맛이었는데 다 먹고 입안에 부스러기가 돌아 뱉어 보니 돌가루가 나왔다. 누가 담배 필터를 찢어 그 안에 든 돌 부스러기를 넣은 듯했다.

"오오! 진짜 다 마셨어. 쩐다!"

"자, 김성오 소원! 소원!"

"민희 선배 무조건 들어줘야 해요!"

민희 선배가 나를 바라보는 눈빛이 달라진 것 같다. 그렇지. 그래야지. 나는 당신의 왕자, 당신의 기사, 당신의 구원이니까. 너는 나를 사랑하게 될 거야. 어라. 근데 이상하다. 아까부터 천장이 빙글빙글 돈다. 왜 이러지? 난 분명 술을 잘 마실 텐데. 애들의 말소리가 아득하다. 어딘가로 빨려 들어가는 것 같았다. 이게 취하는 기분이라는 건가? 좋구나. 씨팔 다 이길 거 같아.

"야, 김성오! 뭐해! 빨리 소원 빌어!"

"이거 무조건 들어줘야 하는 거 맞죠?"

"아 맞아, 빨리 말하라고."

"어… 저는 민희 선배랑."

"뭔데, 뭔데, 아 분위기 깨지겠네!"

"어… 섹스요."

일순 조용해졌다.

"민희 선배랑 섹스가 하고 싶어요."

"이 개씨발놈이."

있는 줄도 몰랐던 구석의 어떤 선배가 달려와 김성오의 배를 발로 내질렀다. 머리채를 잡고 따귀를 때리고 냄비로 머리를 찍었다. 된장찌개가 든 냄비였는지 두부인지 호박인지 하여간 미끌미끌한 잔반이 옷 속으로 들어가 돌아다녔다. 때리는 동작이 느릿느릿해 보여서 다 피할 수 있을 것 같았는데 몸은 더 느릿하게 움직였다. 맞아도 아프지는 않았다. 다 귀찮다. 졸리다. 잘 테다.

구석에 앉아 있던 어떤 선배는 박민희 선배의 남자친구였다. 그가 김성오의 배를 한 번 더 찍었을 때 김성오가 오바이트를 하기 시작했다. 사람들이 혼비백산 흩어졌다. 민희 선배는 수치심에 흐느끼고 있었고 몇몇은 고래고래 소리를 지르며 김성오를 죽이고 말겠다는 민희 선배의 남자친구를 말리고 있었다. 김성오를 중심으로 반경 2미터 정도의 원이 생겼다. 김성오는 바닥에 누워 쿨럭거리며 연신 토사물을 뿜어댔다. 마치 활화산처럼. 그날 이후 김성오의 별명은 '섹스 볼케이노' 내지는 줄여서 '섹볼'이 되었다.

김성오는 누구와도 어울리지 못한 채 1학기를 마친 뒤 곧바로 입대를 했다. 제대를 한 뒤에도 곧바로 복학을 하지 못했다. 섹볼 사건도 있었고, 복학 전 도서관을 기웃거리며 몇몇 여자애들에게 추근대다가 누군가 불편하다는 민원을 상당히 공식적인 절차를 통해 올리는 바람에 학과장으로부터 경고를 받은 뒤로 더 유명해져 버렸다. 한동안 C 대학 익명게시판에 [섹성오 요즘 안 보이던데 죽었음?], [김섹볼 코노에서 혼자 노래 부르는 거 목격. ○○노래방 3번 방 오염]과 같은 글들이 게시되었다. 섹볼이 뭐임? 누군가 물으면 아, 섹볼이 말이죠. 섹스 볼케이노를 줄인 말인데요, 또 다른 누군가가 친절하고 상세한 댓글을 달아 소명해 주었다. 씨발 내가 뭘 그리 잘못했다고. 술 대신 마셔 주면 소원 들어준다며. 술 취해서 그럴 수도 있지. 뭐가 어디서부터 잘못된 거지. 군대를 다녀온 사이 대체로 잊혔을 것이라 짐작했지만, 곧바로 복학할 자신이 없어 일 년을 더 쉬었다.

복학을 하고 수업에 들어가니 다행히 아는 얼굴은 거의 없었다. 한동안 조용히 학교를 다녔다. 하지만 언제 어디서 이야기가 흘러나왔는지 또다시 김성오 섹볼이라는 말이 퍼졌다. 김성오는 수업을 듣던 중 강의실 책상에 누군가가, 얼마 전 새겨 놓은 듯한 '김성오 섹스 볼케이노래 ㅋㅋㅋ'라는 야유를 보고 휴학을 결심했다. 손끝으로 '김성오 섹스 볼케이노래 ㅋㅋㅋ'를 쓰다듬어 보았다. 커터칼을 꺼내 벅벅 긁어 보았지만 칼날만 부러지고 말았다. 수정액으로 덮었더니 오히려 호기심을 자극하는 모양으로 선명하게 스며들었다. 할 수 있는 게 없었다. 책상을 들고 나갈 수도, 파낼 수도, 덮을 수도. 억울하고 창피해서 눈물이 솟았다. 김성오는 결심했다. 편입을 할 것이다. 이왕이면 PEET를 준비해 약대에 갈 것이다. 반드시 편입에 성공해서 모략과 중상이 판을 치는 이 빌어먹을 좆잡대 C대학을 기필코 떠나고 말 것이다.

*

김성오가 약대 편입에 실패하고 다시 학교로 돌아왔을 때, 학교에 그를 아는 사람은 거의 없었다. 김성오에게 껄떡대지 말라는 낯뜨거운 경고를 했던 학과장도 어디로 갔는지 학교에 없었다. 일 년을 더 다니고 입학한 지 팔 년 만에, 김성오는 C대학을 졸업할 수 있었다.

졸업 전부터 도처에 이력서를 넣어 보았지만 전패였다. 일 년 동안 정확히 153개의 회사에 서류를 넣었다. 처음엔 '존심'이 돋아 30대 그룹사에만 넣었고, 그 이후엔 매출액 상위 1,000대 기업이라는 취업사이트의 정보를 보고 그에 해당하는 회사에만 서류를 넣었으나 연락이 온 곳은 없었다. 점차 이름이 낯선 회사에 지원하기 시작했다. 그러나 그마저도 전부 탈락이었다. 창피한 마음에 진행하고 있던 두 개의 취업스터디 그룹 멤버들에겐 '아, 저는 ○○화학, ○○물산 서합. 1차 면접합. 최종탈입니다'라고 말을 했다. 그러나 서합은 없었다.

김성오는 그즈음 나의 영혼이 뭔가 잘못된 그릇에 안착한 것 같다, 착오가 있었으므로 다시 태어나야 한다는 생각을 했다. 죽음에 대해 생각했다. 허접한 유전자를 전수한 부모님이 원망스러웠다. 김성오는 어쩐지 자신에게만 자비가 없는 것 같은 세상에 환멸을 느꼈다. 평생에 걸쳐 패배만 해 온 자신이, 153번의 탈락통보를 받은 자신이, 말만 걸어도 도망갈 줄 알면서도 예쁜 여자만 보면 집착하는 자신이 지긋지긋했다. 그즈음 김성오는 매주 로또를 샀다. 물론, 서류전형과 PEET와 여자애들에 대한 고백들과 마찬가지로 전패였다.

지원 동기 I

깜박이는 모니터 속 커서를 응시하며 잡스러운 상념에 빠져 있는 사이 노트북 배터리에 경고 알람이 떴다. 아침부터 죽치고 앉아 있던 카페도 문을 닫으려는지 알바생이 빗자루질을 하며 슬금슬금 눈치를 주고 있었다. 김성오는 쓰고 있던 자기소개서의 지원 동기란에 '씨발 돈 벌고 싶어서 ㅋㅋㅋ'라고 쓴 뒤 거칠게 노트북을 닫았다. 오래전 유행이 지난 브랜드의 패딩 파카를 걸치고 카페를 나섰다. 파카 여기저기에 오리털이 삐죽하게 솟아 품새에 궁색함을 보탰다. 김성오가 지나가는 길에 서 있던 여자 알바생이 김성오와 닿지 않으려 몸을 과도하게 뒤틀어 피했다. 김성오가 나중에 정성을 들여 고쳐 쓴 자기소개서는 '서광탈'이었다.

한차례 공채 시즌이 지나가고 새로운 공채가 열리기 시작했다. 232번째 회사의 자기소개서를 쓰던 날 김성오에게 문자 한 통이 왔다.

 -김성오 님. 서류 합격을 축하드립니다. 면접은 다음의 일정에 따라 준비하시기 바라며…. -미래제약

오잉? 나를? 왜? 김성오는 뛸 듯이 기뻐했다. 정말로 방방 뛰어서 아래층에서 항의가 들어왔다. 일 년 반 만에 서류 합격 통보를 받았다. 미래제약이라는 중견 제약회사의 영업직이었다.

*

"김성오 님. 학교를 오래 다니셨네요?"

"네. 가정형편이 어려워 휴학을 하고 아르바이트를 해서 학비를 벌었습니다."

"그렇군요. 다들 그렇게 말씀하시더라고요. 제약에 대해 아는 것은 있나요?"

"네. PEET를 준비했었습니다. 거의 합격권까지 갔었기 때문에 투약의 메커니즘과 약물의 작용 기제에 대해서는 잘 알고 있는 편이라고 생각합니다."

"참나. 거의 합격권은 또 뭔가요? 합격이면 합격이고 불합격이면 불합격이지."

"정말 거의 합격까지 갔었습니다. 공부하던 중 아버지의 건강이 나빠지는 바람에…."

"자. 됐고요. 자신의 장점에 대해 말해 보세요."

"네. 저는 도전을 좋아하며 끈기가 있는…."

"저기, 김성오 씨. 그런 뻔한 말만 계속하면 떨어져요. 좀 와닿는 이야기 없나요?"

아, 씨발 어쩌라고.

"음, 네… 저는,"

내 진짜 장점이 뭘까. 어릴 적부터의 기억이 필름처럼 흘러갔다. 좋은 기억이 거의 없다. 뭘 잘해서 칭찬을 받았던 기억 따위도 없다. 언제나 눈치만 보고 살았던 내 인생. 좆 같았던 내 인생. 내 장점은. 그래 내 장점은.

"네. 말씀하세요."

"제 장점은, 비굴하다는 것입니다."

문득 콧날이 시큰했다. 김성오는 입술을 깨물며 말했다.

"저는. 어려서부터. 다른. 사람들의 말에. 토를. 달지. 않았습니다. 다. 맞다. 다 맞다고. 말. 해 왔습니다. 왜냐하면. 저는.
아주. 뛰어난. 사람은 아니라고. 생각했기 때문입니다."

"계속해 보세요."

"미래. 제약은. 업계를. 선도하는. 좋은 회사로. 알고. 있습
니다. 그런 회사라고 해서. 전부. 잘난 사람만. 뽑으면. 싸…
싸움이. 자주 날 것입니다. 저. 처럼. 고개를. 숙일 줄 아는 사
람도. 필요. 하다고. 생각. 합니다."

때를 잘못 맞춰 찾아온 서러움이 마음을 휘젓는 바람에 말
을 잇기 어려웠지만, 김성오는 꾹꾹 눌러 가며 끝까지 말했
다. 완벽한 모놀로그였다. 면접이 끝나고 거울을 보니 입술에
피가 맺혀 있었다. 며칠 뒤 김성오는 합격 통보를 받았다.

*

얼마 전 건우가 결혼을 한다며 김성오에게 청첩장을 주었
다. 모바일로 보냈는데 김성오는 굳이 건우를 찾아가 애살맞
게 굴며 종이 청첩장을 받아 왔다. 김성오는 노트를 꺼내 경
조사, 라고 플래그가 붙은 페이지를 펼쳐 임건우 50만 원이라
고 썼다가 볼펜을 직직 그어 지우고는 임건우 30만 원, 우선영
30만 원이라고 고쳐 적었다. 임건우, 우선영. 두 사람 다 약사
다. 언젠가 써먹을 일이 있을 사람들이다.

2부

1. 2019년 12월 10일

김영만 사장

"저기… 안녕하세요. 저는 힐링크린 김영만 사장이라고 하는데요….'

　김영만은 마스크 생산 공장 사장이다. 그의 공장은 몇 개월째 판매량이 줄고 있으며, 재고가 과도하게 넘치는 바람에 별도의 유료 창고를 빌려 재고를 쌓아 둬야 할 만큼 엉망인 상황이었다. 최근 들어 줄줄이 계약에 실패해 오는 영업사원들에게 늬들 이러다 다 짤린다, 그럼 애는 어떻게 키울 거냐, 요즘 선행학습은 기본이고 코딩이나 기타 리더십 함양 및 창의력 향상 교육 정도는 챙겨 줘야 사람 구실 한다던데 실직한 아버지 밑에서 교육도 제대로 못 받고 그러다 너희처럼 마스크나 팔러 다니는 사람으로 성장할 것이다, 라며 갖은 저주를 퍼붓고 통바리를 부려 보았으나 딱히 달라지는 건 없었다. 마스크 팔러 다니는 사람이 뭐가 어때서요, 몇몇 영업사원이 직장 내 괴롭힘으로 신고 후 퇴사해 버렸고 김영만은 며칠 전부터 직접 병원과 약국을 돌며 영업을 뛰고 있었다.

"됐어요. 마스크 많아요. 그냥 가세요."

"아… 저 그럼 그냥 한번 써 보시라고 열 개만 놓고 갈게요. 수고하세요! 힐링크린입니다!"

마스크 재고가 삼백만 장을 넘고 있었다. 누구한테 뭘 처먹었는지, 누가 뭘 처먹였는지, 구매를 약속했던 병원과 약국들이 갑자기 줄줄이 구매를 취소했다. 병원을 믿고 발주한 필터가 백만 장이 넘게 입고 예정이고 이미 납품을 받아 놓고는 비싸게 산 것 같다며, 반품하겠다고 난리를 치는 병원들이 보내올 물량이 오십만 장 가까이 되었다. 반품을 받아 주지 않으면 거래는 항구적으로 끊기게 된다. 어쩔 수 없다. 받아야 한다. 장당 원가 350원. 16억 원어치 재고가 쌓일 예정이다.

"니미… 씨벌. 그냥 가만히 하던 대로 할걸…."

대형 병원의 구매과장으로 승진했다며 자기가 형님 물건 다 사 주겠다고, 빨리 생산 라인을 늘리라던 매제놈 말을 믿고 대출을 받아 기계를 두 대나 더 구매했다. KF94 필터는 생산도 까다롭고 원가도 비싸서 구매물량이 확정되어야만 생산에 들어갔는데 그놈 말만 믿고 재료도 잔뜩 구매해 놨다. 국산으로 구해 놓으라고 해서 그것도 맞춰 놓았다. 중국산보다 두 배나 비싸게 주고…. 그리고 매제놈은 구매과장에서 시설팀으로 좌천되었다. 리베이트를 받은 것 같다고 김영만의 여동생이 말했다. 야 미친, 인제 와서 그걸 말이라고….

그 이야기를 들었을 때쯤 새로 들어온 기계는 시운전을 할 기회도 얻지 못했다. 두 달 안에 재고를 처리하지 못하면 월급도 못 줄 상황이었다. 그야말로 절체이자 절명의 위기였다. 대출은 이미 한계까지 받았으므로 재고 처리가 안 되면 사채업자로부터 장기를 담보로 선이자 20%짜리 까마귀전이라도 빌려야 할 판이었다. 요즘은 애들이 똑똑해져서 월급이 한 달만 밀려도 곧바로 노동부에 달려갔다. 단정하게 정리한 서면으로 민원을 넣었다. 어디서 주워들은 건 있어 가지고 내용증명도 날아오곤 했다. 월급만큼은 처리를 해 줘야 했다. 가뜩이나 직장 내 괴롭힘이 있었다는 신고로 조사 중인 마당에 임금 체불로 추가 신고가 들어가게 되면 영업정지를 맞을지도 모른다. 그랬다가는 그대로 신용불량, 어쩌면 감옥에 가게 될지도. 한숨이 절로 나왔다.

"맥주 한 캔만 주세요."

퇴근하는 길에 슈퍼에 들러 맥주를 한 캔 사서 목구멍에 들이부었다.

"크- 한 캔만 더 주세요."

"네. 그런데… 가게 문 앞에 세워 둔 자동차, 아저씨 차 아니에요?"

"맞는데요."

"음주운전 아닌가 해서."

"아, 알아서 깨고 갈 거예요. 씨벌 손님이 달라면 팔면 그만이지 뭔 말이 그렇게 많아!"

"아니, 왜 욕을 하고 그러세요?"

김영만은 가게 주인의 손에서 맥주를 잡아채고는 지갑에서 지폐 한 장을 꺼내 던져 놓고 나갔다. 벤치에 앉아 맥주를 홀짝거리다가 문득, 방금 던진 지폐가 5천 원짜리가 아니라 5만 원짜리였음을 깨달았다. 저기… 아까 욕해서 죄송합니다. 가게에 다시 들어간 김영만이 방금 전 내지른 호기를 슬그머니 거둬들이며 주인에게 사정을 했다. 가게 주인이 눈을 흘기며 지폐 몇 장을 쫙쫙 소리가 나게 세어 건넸다. 영만은 가렵지도 않은 뒤통수를 긁적이며 가게를 나섰다. 한겨울에 차가운 맥주를 두 캔이나 들이부었더니 금세 몸이 으슬으슬해졌다. 몸을 부르르 떨며 차에 올라 히터를 튼 뒤 눈을 감았다.

"저기요."

누군가 창문에 노크를 하며 불렀다. 가게 주인이었다.

"여기에 차 이렇게 오래 세워 두시면 안 돼요. 빼 주세요."

"예? 아, 예 예."

김영만은 차를 조금 움직여 불이 꺼진 가게 앞 적당한 곳에 세우고는 다시 눈을 감았다.

"저기요."

누군가 또다시 창문에 노크를 하며 불렀다.

"아이 씨 진짜. 또 왜요? 여기는 그쪽 가게 아니잖아요!"

이번엔 가게 주인이 아니었다. 청록색 제복을 입은 경찰이 내려 보라며 손을 까딱거리고 있었다. 이십 대 중반을 갓 넘긴 듯 앳되어 보이는 여자 순경이었다.

"저. 선생님. 이거 한번 불어 보세요."

순경이 음주측정기를 입에 대며 말했다.

"예? 아니 저 운전 안 했는데요? 히터 틀고 가만히 누워만 있었어요."

"아니요. 운전하셨어요. 아까부터 봤습니다. 저 앞 슈퍼에서 맥주 드시고 여기로 이동하셨잖아요. 빨리 부세요."

"하- 그게, 슈퍼 주인이 차를 빼 달라는데 그럼 어떡합니까. 아니이, 이 정도도 안 돼요? 10미터도 안 움직였는데? 10미턴데? 아, 한숨 푹 자고 술 다 깨고 가려고 했다니까요? 그리고 나 맥주 한 모금밖에 안 마셨어요!"

김영만은 자신이 팔 너비가 10미터쯤 되는 양, 팔을 벌려

고작 이 정도 움직였을 따름이라고 거칠게 주장했다.

"그러니까 불어 보시라고요. 두 캔 마시는 것도 슈퍼마켓 사장님 통해서 확인을 했고요. 0.03% 이상이면 음주고, 10미터든 10센티든 차 이동하는 거 봤으니 운전 맞습니다. 측정 거부하시면 체포합니다."

그녀의 뒤에 서 있던, 체격 좋은 남자 순경이 김영만에게 얼굴을 가까이 들이대며 말했다. 차에서 내린 김영만이 구석진 곳으로 끌려가 삥을 뜯기는 소년처럼 울적한 얼굴로 섰다. 경찰은 통행에 방해가 되지 않도록 그를 데려간 것이었지만 김영만은 어쩐지 그런 모양새라고 느꼈다.

"더. 더. 더. 더. 더. 삐빅. 자, 김영만 선생님? 주민등록번호가… 661211-1××××××. 어이쿠, 내일 생일이시네. 생신 축하드리고요. 자, 0.05%로 음주운전 확인되었습니다. 과태료와 벌점 관련 자세한 내용은 문자와 우편으로 갈 겁니다."

영만은 면허증과 딱지를 신경질적으로 잡아채고는 마찬가지로 신경질적으로 문을 닫고 시동을 걸었다. 개놈년들. 완전 함정 수사네. 실적 많이 처먹어라.

"저기 선생님. 지금 뭐라고 하셨어요? 함부로 욕하지 마세요. 예?"

덩치 좋은 순경이 바디캠을 내보이며 말했다. 영만은 대답을 하지 않고 입술과 눈을 꾹 눌러 닫았다.

"선생님. 윤창호법 아시죠? 법이 바뀌어서 음주운전 두 번이면 징역 이 년에서 오 년, 또는 벌금이 천만 원에서 2천만 원이에요. 우리 순찰 돌고 올 테니까 여기서 쉬시다가 다시 음주 측정하고 수치 떨어지면 들어가세요."

씨벌, 여러 가지로 소란한 하루다. 영만은 눈을 감고 잠을 청했다. 기름이 다 떨어져 가는지 Low Fuel, 알람이 번쩍거렸다. 정말이지 되는 일이 하나도 없다. 영만은 시동을 끄고 몸을 웅크렸다. 후우. 허연 입김이 달에 끄트머리에 가닿았다. 경찰이 돌아올 때까지 달구경이나 해 볼까 하고 창밖을 바라보았으나 그마저 여의치 않았다. 시동을 끄자 유리창에 금세 서리가 맺혔다. 한파 경보가 있던 날이었다.

우선영

―아, 예에. 정말요? 네, 네.

선영은 우진의 어린이집 교사와 통화 중이었다. 우진이가 밥을 급하게 먹다가 토를 했다는 내용이었는데 선영은 거의 알아듣지 못하고 있었다. 선영의 시선은 태블릿에 뜬 막대기들에 고정되어 있었고 귀는 닫혀 있었다. 쩔쩔매던 어린이집 교사는 그 덕에 슬그머니 전화를 끊어 버릴 수 있었다.

그즈음 선영은 인간에서 개미로, 탈태를 하는 중이었다.

그러니까, 열심히 약을 팔아 번 돈을 주식으로 환전하여 여왕에게 갖다 바치는 주식개미. 남들 다 빠질 때 멀거니 있다가 문득 돌아보니 홀로 개미지옥 한가운데에 서 있는 불행한 개체. 때늦은 몸짓으로 허우적허우적, 그러나 몸을 쓸수록 더 깊은 수렁으로 흡인되고 마는 개미.

선영은 주식과 코인을 번갈아 가며 투자를 했는데 넣는 족족 잃고 있었다. 주식이 오를 때 그녀의 돈은 코인에 가 있었고, 코인이 오를 때 그녀의 돈은 주식에 가 있었으며, 부동산이 오르고 주식과 코인 가격이 내려갈 때 그녀의 돈은 주식과 코인에 나뉘어 들어가 있었다. 현재 수익률은, 수익률이라고 말하기 뭣하지만 어쨌든, 음수로 18%였다. 거의 2천만 원을 잃은 상태였으며 개미 중의 개미가 되었을 때 하는 일, 그러니까 단타 매매에 빠져 있었다. 조금 오른다 싶으면 개잡주든 개잡코인이든 사들였다가 조금 오르면 파는 일을 반복하고 있었다. 물론 조금 오르는 일은 조금 있었고, 보통은 계속 떨어지거나 결국 상장이 폐지되곤 했다.

안온한 삶의 영위를 위해 발버둥 쳐 왔던 선영이 이처럼 불온한 개미가 되어 버린 계기에 대해 말하자면, 맘카페가 그 시작이었다고 볼 수 있다. 원래 선영은 맘카페에 드나드는 여자들을 이해하지 못했다. 누구맘, 누구 엄마, 누구 어머니라고 불리는 걸 강박적으로 싫어했고, 건우도 선영을 절대로 우진 엄마라고 부르지 않았다. 까탈스러운 '맘'처럼 보이지 않으려 어린이집 원장이나 교사들을 대할 때도 가급적 선선한 표정과 말투로 대했다. 아이가 조금 다쳐서 돌아오면 실제로는 내장이 뒤틀리고 심장이 조여드는 느낌으로 마음이 요동을 치더라도, 뭐 애들이 뛰어놀다 보면 그럴 수도 있죠, 라고 말할 수 있는 세련된 엄마로 인식되길 바랐다. 건우도 그러한 선영의 생각에 동조했다. 남자애가 다 그렇지 뭐 나도 그렇게 컸는걸. 그런 말들로 선영을 지지했다.

처음 맘카페를 찾은 건 일 년 전쯤이었다. 유모차를 팔기 위함이었다. 중고거래에 익숙하지 않았던 선영은 보통 쓰지 않게 되는 물건은 버리거나 남을 그냥 줘 버리곤 했지만, 유모차는 100만 원도 넘게 주고 산 물건이었고 우진이가 유모차를 싫어하는 바람에 거의 쓰지 않아 새것이나 다름없어 아까웠다. 당근마켓과 중고나라에 올려 두었는데 거기서 연락이 온 사람들이 지나치게 가격을 후려치려 드는 게 싫기도 했고 택배로 보내 달라는 사람이 많아 곤란했다. 택배로 유모차를 거래하는 사람이 있는 것 같긴 했는데, 도대체 이걸 어떻게 포장한 것인지 유모차 앞에 서서 포장 각을 재어 보고는 헛웃음만 나왔다. 지역 맘카페라면 조금 다를성싶을까 해서 거기에 올려 보기로 했다. 맘카페의 중고장터를 이용하려면 일반등급이 되어야 했고, 게시판에 몇 개의 글을 쓰거나 댓글을 달아야 등급이 오른다는 지침에 따라 선영도 몇 가지 심상한 일상이나 심경에 대한 글을 대강대강 써서 올려 두었다. 며칠 뒤 등급이 올랐는지 확인을 하러 다시 맘카페를 들어갔는데 선영이 아무렇게나 쓴 글에 엄마들이 하트를 왕창, 스마일 이모티콘을 왕창, 너무너무 공감한다는 댓글들이 또 왕창, 선영으로서는 이해할 수 없을 만큼 격한 반응들을 해 준 것을 보고는 왠지 모르게 쑥스럽고 좋은 기분이 들었다. 선영도 거기에 하나하나 고맙다는 글을 달기 시작했고, 댓글을 달아 준 맘들의 글을 찾아가 읽었다.

거기엔 뭐 이런 것까지 있냐 싶은, 그야말로 별의별 세상 속물적 수다들이 다 있었다. 성형, 패션, 핫한 카페나 맛집에 관한 조목조목 구분 정리된 정보는 기본이고, 아파트 청약, 주식, 비트코인 같은 재테크 정보와 시댁과 관계를 끊는 아주 다양하고 기발한 방법들, 카마수트라와 소녀경의 저자가 몇 수는 접고 갈 희한한 섹스 체위와 체위별 난도와 성감 분석, 섹스 토이의 제품별 가격과 질감 정보, 비아그라 구하는 법, 질 성형술을 잘하는 원장님에 대한 정보와 남편이 한번 보고는 자기를 짓밟아 달라는 반응을 보였다는 코스프레 의상 판매처까지 없는 게 없었다. 선영도 호기심에 그 의상 판매사이트에 들어가 보았다. 어머, 어우 저걸 어떻게 입어… 라고 생각을 하면서도 건우와 스타킹을 찢었던 시절이 떠올라 피식 웃음이 나왔다. 결국 선영도 하나 샀다. 전신 스타킹. 건우가 새벽 야근을 마치고 하고 몹시 지쳐 들어왔음에도 선영이 그걸 입고 있는 걸 보자마자 콧구멍을 벌름거리며 덮쳐 올 때 '맘카페 짱!'이라고 속으로 외쳤다. 건우가 다 찢어 놓는 바람에 한 번밖에 못 입었지만. 그 후기를 올렸더니 거기에 또 맘들의 반응이 난리가 났다. 처음엔 재미 삼아 키득거리며 보기 시작한 것이 어느덧 출근하면 맘카페부터 켜 놓고 약국을 오픈할 만큼 폭 빠져들었다. 근래 들어선 우진이가 어린이집에서 돌아오면 우진이를 데리고 약국을 오도카니 지키는 것과 야근을 마치고 퇴근한 건우가 처참히 곯아떨어지는 것을 지켜보는 것만이 오직 일과의 전부였는데, 맘카페가 선영의 나른한 일상에 자그마한 파문을 주었다. 처녀 때는 누구맘님 어쩌고 하는 걸 무척 싫어했던 기억이지만 어느덧 선영이 그러고 있었다. 어쩐지 알 것 같았다. 그녀들이 왜 그러는지. 아이 말고는 아무것도 없는 일상이 지긋하니까. 보살핌을 받지 못하고 언제나 보살피기만 해야 한다는 사실과 그러한 사실이 항구적일 것이라는 예감에 사뭇 외로웠을 테니까.

언젠가 맘카페에서 의학 지식을 놓고 격론이 벌어진 적이 있었다. 진통제 성분에 관한 이야기였다. 매우 기초적인 ─선영으로서는— 내용에 대한 것이었는데 말도 안 되는, 심지어 그대로 했다간 큰일이 날 법한 말들이 오갔다. 선영이 한마디를 보냈다. 시험을 방금 마친 학생들이 3번이야, 아니야 5번이야 하며 답을 맞추고 있을 때 1등 하는 애가 지나가며 어- 4번인데 하는 투로, '애가 많이 아프다고 한가지 성분 진통제를 계속 쓰지 마시고 아세트아미노펜과 덱시부프로펜, 이부프로펜을 번갈아 쓰세요, 그리고 진통제 알레르기가 있을 수 있으니 갑자기 붓거나 잔기침을 하면 반드시 의사나 약사와 상의하세요'라는 댓글로 헛지식을 퍼 나르는 맘들의 심기를 본의 아니게 쏘삭이게 되었다. 거기에 잔뜩 성이 난 여자들이 선영을 공격했다. 당신이 의사냐, 약사냐, 어디서 어쭙잖은 이야기 듣고 와서 아는 체를 하냐며 헐뜯었다. 선영도 화가 나서 '자신은 약사'라고 말을 했으나 믿지 않았다. 정신 나간 여자가 약사를 사칭한다고, 당신 그러다 약사법 위반, 의료법 위반으로 잡혀간다고 했다. 그쯤에서 그만두었어야 했는데 선영은 약이 올라 약사 자격증을 찍어 올려 인증을 했다. 방어는 성공적이었다. 어떤 여자가 나 이분 알아. 약사 맞음, 이라는 댓글로 선영을 지원했는데 선영은 그 여자가 도통 누군지 알 수가 없어 신기했다. 여하튼 선영은 그러한 사정으로 진짜 약사로 모셔지면서 대덕구 맘카페에서 나름 유명인사가 되었다. 대덕구에는 선영 말고도 약사나 의사가 숱하게 있을 테지만 그들은 맘카페를 하지 않는 건지 대덕구맘들은 어쩐지 자꾸만 선영을 찾았다. 뭔가를 묻는 쪽지가 수없이 날아들었고 우진맘이 한마디를 하면 의학 쪽 분쟁은 대체로 단번에 정리가 되었다. 선영은 신이 났다. 약사가 되길 역시 잘했다고 생각했다.

어느 날 시간 많고 돈도 많은 맘들이 선영에게 말을 걸었다. 투자 공부를 하는 오프라인 모임이 있는데 '사회적 지위가 인증된 지역사회 유지맘'들만 참여가 가능하며 거기에 선영을 초대하고 싶다는 것이었다. 회비가 있는데 처음엔 면해 준다고 했고, 회비로 강사를 모신다고 했다. 지역에 돈 많은 사모님들과 친해지면 약국 경영이 되었든 건우 승진이 되었든 우진이가 좋은 학교에 배정을 받는 일이 되었든 언젠가, 또는 어딘가 그녀의 가족이 살아가는 일에 도움되는 일이 생길지도 모른다는 생각에 선영도 참여하겠다고 말했다.

선영은 우진이를 들었다 업었다 끌었다 하며 지하철을 타고 또 버스를 갈아타고 어정어정 걸어서 약속장소에 갔으나 그녀들은 대체로 삼각별이나 과녁처럼 생긴 마크가 그려진 차를 타고 왔다. 선영도 나름 꿀리지 않기 위해 유명한 브랜드의 페이즐리 무늬 원피스를 빼입고 갔는데 지역사회 유지맘들이 목에 두른 H 로고의 스카프와 C 로고의 백을 보는 순간 곧바로 주눅이 들었다. 스카프와 가방뿐 아니라 그녀들의 차림새는 전반적으로, 차밍했다. 그녀들 중 한 명이 선영에게 다가와 우진맘님이 맞냐며 알은체를 해 주었다. 남편의 직업을 묻기에 식약처 서기관이라고 했다. 어머, 역시. 그럼 고위 공무원이에요? 아뇨, 아뇨. 아직은 아니고 곧…. 어머, 곧 고위 공무원이 되신대. 나 우진맘 님이랑 친하게 지낼래, 호호호. 지역사회 유지맘들이 역시, 역시하며 좀 더 친근한 태도로 선영을 대했다. 역시는 개뿔, 만날 야근에 웬만한 중견기업 과장보다도 못 버는걸. 그리고 별정직이라 곧 고위 공무원이 될 일도 없고…. 그래도 사람들이 인텔리 부부니 약사 부부니 하며 엄지를 세워 주자 움츠러들었던 선영의 어깨가 얼마간 펴졌다. 모임은 널찍한 레스토랑을 통째로 빌려 진행되었다. 선영은 파스타를 우진이와 함께 싹싹 핥아 먹었고 그녀들은 음식에는 손을 대지 않고 인근 백화점들의 샤넬백 입고 일정에 대해서만 말했다. 식당에서 후식으로 커피를 내어 주었다. 시큼한 맛이라 선영의 입에는 맞지 않았다. 그녀들이 '역시 커피는 싱글오리진이야' 하며 느린 동작으로 찻잔을 입에 가져가며 음미하는 걸 보고 선영도 느리게 홀짝거렸다. 잠시 기다렸더니 스크린 같은 게 세워지고 프로젝터가 들어왔다. 그녀들이 섭외한 강사는 경제 관련 채널들에 출연하며 투자 강의를 한다는 젊은 남자였다. 그는 말을 웃기게 잘했다. 그러면서 강의도 쏙쏙 잘했다. D+1 예수금, 일봉, 주봉, 월봉 같은 어려운 말도 쉽게 설명했고 개미털기, 설거지, 흑우, 음무어어, 갭상, 떡상, 인간지표 같은 은어도 섬세하게 가르쳐 주었다. 그가 말을 웃기게 해서 그런 건지, 용어가 적나라해서 그런 건지는 모르겠지만 하여간 재미있었다. 말이 너무 웃기지 않나? '음무어어'라니.

그가 강의를 마쳤을 때쯤 선영이 떠올린 생각은 돈을 가만히 모아 두기만 했던 지난날이 후회된다는 것이었다. 다들 이런 식으로 재산을 불리고 있었구나. 비싼 차를 타고 백화점에 가서 으스대다가 새침한 맘들과 모여 시큼한 커피를 호로록 우아하게 마시고 집에 돌아가는 것이 일상의 전부인 줄 알았는데, 머릿속으론 이렇게 복잡한 것들을 생각하면서 열심히들 벌고 있었군. 요망한 맘들. 선영은 강사의 말에 따라, 그가 추천한 주식들로, 일단 300만 원어치를 사 봤다. 그 정도 여유는 선영에게도 충분히 있었다. 반드시 직업이 약사라거나 남편이 서기관쯤 되는 공무원이 아니더라도 300만 원 정도는 다들 펀드니 뭐니 하는 것 같으니까. 손해가 좀 나도 괜찮다는 마음으로. 2018년 겨울의 일이었다. 300만 원은 두 달 만에 450만 원이 되었다. 선영은 화가 났다. 아이 씨, 3천만 원 넣을걸. 아니, 가산을 다 팔아서라도 3억쯤은 넣을걸. 선영은 투자 강의 모임에 빠지지 않고 나갔고 거기서 들은 말과 지역사회 유지맘들의 조언에 따라 투자를 했으며 결과는 순조로웠다. 주식들은 돈을 넣는 족족 올랐다. 그래서 투자금액을 조금 늘렸다.

사실은 많이 늘렸다.

그때쯤 선영의 중뇌 복측 피개 영역, 그러니까 쾌락 중추에 스위치가 켜진 것 같다. 20만 킬로를 넘기면서부터 시동만 걸었다 하면 늙은 조랑말처럼 골골대는 건우의 차를 바꿔 주기 위해 건우 몰래 살뜰히 모으던 적금통장을 깼다. 마이너스 통장을 뚫었다. 2019년 봄에 1억 원을 주식과 비트코인에 투자했는데 여름이 되자 그게 1억4천으로 불어났다. 아침마다 모니터를 볼 때면 신열이 올랐다. 각종 지수는 하늘로 승천하려는 용처럼 꿈틀거리며 위로, 또 위로 솟구쳤다. 때 이른 갱년기가 온 것처럼 몸이 후끈했다. 잠에서 깨자마자 4천만 원 벌었다, 양치를 하면서 4천만 원 벌었다, 우진이를 어린이집에 데려다주면서 4천만 원 벌었다는 생각을 했다. 그즈음 선영의 얼굴은 알전구를 하나 까먹은 사람처럼 노상 환한 빛을 띠었고, 동공은 돈이든 무엇이든 다 빨아들일 듯 크게 벌어진 입처럼 산대했으며, 싱글오리진 원두가 아니면 커피를 마시지 않았다. 날름날름 돈이 던지는 추파에 단단히 매혹되고 있었다. 선영의 상기된 얼굴을 보고 지역사회 유지맘들이 요즘 우진파파와 금실이 좋냐며 은근하게 놀렸다. 선영은 상시로 야근을 하고 집에 돌아오자마자 처참히 곯아떨어지는 건우의 모습만 본 게 벌써 거의 일 년째였지만 그냥 그렇다고 말했다. "역시 약사라서 남편한테 좋은 거 먹이나 봐, 혼자만 먹이지 말고 우리도 알려 줘 오홍홍". 지역사회 유지맘들이 선영의 옆구리를 쿡쿡 찌르며 말했다. 선영은 아유, 아유 하며 몸을 틀었다. 선영은 건우에게 차를 바꿔 줄 테니 알아보라고 했다. 건우는 주식이니 투자니 하는, 불로소득과 관련된 것들을 극도로 싫어했기 때문에 선영은 그저 약국이 요즘 잘된다고만 말했다. 선영은 거짓말을 하면 다 티가 나는 성품이었는데 건우는 그보다 더 거짓말을 알아채지 못하는 성정이라 들키지 않았다.

문제는 차를 알아보라고 했던 다음날부터 시작되었다. 주식과 코인 가격이 별안간 떨어지기 시작하더니 가을쯤에는 거의 본전으로 내려앉았고, 금세 마이너스 천만 원이 되었다. 그야말로 순식간, 별안간이었다. 은행에서 현금을 인출하는 순간 느닷없는 날치기를 당한 것처럼, 돈이 줄어들고 있다는 사실을 인지하는 것보다 더 빠른 속도로 선영의 돈이 사라져 갔다. 그러나 이미 스위치가 켜진 선영의 쾌락 중추는 좀체 꺼지지 않았다. '부정적인 결과를 고려하지 않고 무시하게 하여 승리할 실제 기회를 과대평가하도록 유도하게 합니다.

(Conversano, C.; Marazziti, D., 2012)'. 선영이 학창 시절 공부했던 도박중독 증상에 관한 논문 구절로 그 과목에서 A+를 받았음에도 이미 도박적 사고에 경도된 선영은 이토록 유익한 구절을 상기해 내지 못했다. 당분간 하락장이 맞으니 '샀다 팔았다 종지막거리지 말고 존버' 하라는 강사의 말이 들리지 않았다. 하루에도 몇 번씩 매입과 매도를 반복했다. 선영이 사들인 주식과 코인들은 하늘로 승천하다 실패한 이무기처럼 꿈틀거리며 아래로, 또 아래로 곤두박질을 쳤다. 건우에게는 차를 알아보지 말라고 말했다. 우진이에게 툭하면 신경질을 부렸다. 잠에서 깨어나면 천만 원 꼴았다, 설거지를 하면서 천만 원 꼴았다, 양말을 신으면서 천만 원을 꼴았다는 말을 초조하게 중얼거렸다. 하루에도 몇 번씩 의식이 팽팽하게 잡아당겨지기도, 한없이 흐무러져 늘어지기도 했다. 돈을 잃는 것 또한 돈이 던지는 추파였다. 선영이 추파의 양면을 고루 보지 못했을 뿐. 선영은 그와 같은 과정으로 점차 개미가 되어 간 것이다. 선영과 지역 사회 유지맘들과 강사들이 한마음이 되어 힘껏 비웃었던, '음무어어'하는 '흑우'가 되어 버린 것이다. 주체적 사고를 하지 못하는 선영 개미는 다른 개미들이 움직이면 그걸 그냥 바삐 따라다녔다. 개미들의 종착지는, 여기저기서 종종 들을 수 있는 이야기들처럼, 산 넘고 물 건너 어렵게 공수해 온 먹이를 기관이나 외국인 투자자, 그러니까 여왕

에게 빼앗기는 지점이다. 그즈음 선영의 얼굴은 누렇게 떠 있
었다. 알전구의 필라멘트는 툭 끊어져 버렸고 동공은 점처럼
쪼그라들어 열대 이국의 도마뱀 같았으며 어디를 쳐다보는지
시선 또한 모호했는데 그냥 정신 나간 사람 같았다는 말이다.
지역 사회 유지맘들은 피로해 보이는 선영의 얼굴을 보고는
아무리 금실이 좋아도 무리는 하지 말라며 선영의 옆구리를
쿡쿡 찔렀다. 그때 선영은 아유, 아유 하며 몸을 틀지 못했다.
하마터면 왁 하고 비명을 지를 뻔했던 걸 간신히 삼켰다.

　그와 같은 나날을 보내던 선영은 엄마는 컴퓨터 좀 그만하
라며 칭얼대는 우진이에게 손을 댈 뻔했던 그날, 우진이의 맑
은 눈에서 흐르는 눈물이 자신의 심장에 고여 드는 느낌에 잠
시 정신을 차릴 수 있었다. 선영은 투자에서 손을 떼기로 결
심했다. 이건 정말이지 사람이 사는 모양이 아니다. 손실이
더 커지면 더 이상 건우에게 감출 수도 없다. 건우가 이 상황
을 알게 된다면, 그는 약국을 정리하고 모든 자산을 건우가
동의해야 꺼낼 수 있는 신탁 같은 것에 맡겨 둔 후 선영을 집
안에 유폐시킬 게 틀림없었다. 건우는 정말로 그렇게 할 것이
다. 그것도 며칠 만에 완수할 사람이라는 것을 선영은 잘 알
고 있었다. 매도 버튼에 커서를 대고 마우스를 만지작거렸다.
며칠 새 더 떨어져 현재 손실액은 −21,239,450원. 몇 시간을
골똘히 모니터를 노려보던 선영은 결국 매도하지 못했다. 딱

히 너절한 현실을 사는 것도 아니었건만 나는 무얼 바라다가 이리되었을까. 누구에게도 말하지 못하고 볶아치는 마음을 혼자 조바심하며 음무어어 울었다.

2. 2019년 12월 24일

 # 김성오

"안녕하세요, 선생님! 미래제약 김성오입니다!"

"나가."

"네?"

"나가라고! 얘 누가 들여보냈어?"

크리스마스이브라 조금 마음이 풀어져 있을 줄 알았는데 너무 안이했나 보다. 김성오는 엉덩이가 보이지 않도록 옹색한 자세로 뒷걸음질 쳐 교수실을 나왔다. 그리고 문 앞에 가만히 서 있었다. 김성오 스스로가 생각하기에도 그의 비굴함에는 한계가 없었다. 두 시간, 세 시간 또는 네 시간. 언제나 냉랭한 의사나 약사들이 마침내 포기를 할 때까지 경쾌한 미소를 잃지 않고 모든 일에 시치미를 떼는 마을 입구의 장승처럼 문 앞에 서 있을 수 있었다.

김성오는 그토록 간절히 입사한 미래제약을 삼 년 만에 그만두었다. 리베이트에 관한 쌍벌제가 생기고 단속이 심해지면서 미래제약에 있는 한 리베이트 영업이 불가능했다. 김성오는 리베이트를 줄 수 있는 작은 회사로 옮겼다. 미래제약에 있는 것보다 작은 회사에서 리베이트 거래를 주선하고 거기서 떨어지는 콩고물을 즐기는 게 낫겠다는 판단이었다. 김성오가 미래제약을 나와 중소기업으로 간다고 했을 때 회사 사람들은 김성오를 비웃었다. 그리고 김성오는 그들을 비웃었다. 미래제약인지 과거제약인지 무슨 화이자도 아니고 회사를 대표하는 상품이 파스와 자양강장제밖에 없는 주제에. 카피약 따위나 만들어 파는 주제에 우쭐댄다고. 김성오가 옮긴 회사는 규모는 작았지만 사장의 인맥과 리베이트를 통해 몇 개 병원들의 약품, 의료기기, 소모품까지 주요 납품 건들을 꽉 쥐고 있었다. 연봉도 미래제약보다 높았다.

교수와의 면담에 실패한 김성오는 병원의 구매과장을 찾아갔다.

"과장님. 교수님이 면담을 안 해 주시는데, 과장님이 말씀 좀 잘해 주세요. 예?"

"아니 결정을 교수님이 하는데 제가 거기다 대고 뭐라고 해요. 싸기나 하면 모를까, 요즘 성오 씨네 회사에서 모아 주는 약이랑 소모품들 왜 이렇게 비싸요?"

쓰거운 얼굴로 김성오에게 타박을 놓는 구매과장에게 김성오는 의자를 바짝 끌어당겨 앉은 뒤 소곤소곤 말했다.

"에이, 과장님도. 교수님이 정하긴, 과장님이 정하면 그냥 가는 거지. 제가, 아– 이거 정말 이렇게까지 하면 안 되는데. 제가 잘 빼 드릴게요. 그냥 하시죠? 예?"

"뭘 빼 주는데요?"

"한 달에 10%씩. 구매물량의 10% 리턴. 오케이?"

"이 사람이 이거 무슨 소리야! 당장 안 나가요?"

라고들 하지만, 열에 다섯은 다시 연락이 왔다. 김성오는 그런 즉물적인 말을 꺼내는 데 탁월한 재능이 있었다. 두루뭉술하고 범박하게. 어디 누구랑 어디 누구랑 어디 누구도, 다들 그렇게 먹고산다는 통속적인 궤변으로 죄의식이 들지 않도록. 사실이 드러나지 않게 거래장부를 잘 꾸며 선선한 마음으로 리베이트를 받을 수 있도록.

병원을 나서자마자 연신 빙글거리던 김성오의 표정이 표표하게 바뀌었다. 자판기 옆에 쪼그려 앉아 담배를 한 개비 꺼내 물었을 때 문자가 왔다. '납품하세요'. 김성오는 리베이트 장부를 열어 '○○병원 한병주 과장 월 10%. 첫 달엔 70만 원'이라고 적은 뒤 담배에 불을 올렸다. 병원 여기저기서 캐럴 소리가 울렸고, 지저분할 정도로 잔뜩 달아 놓은 장식들이 산만한 빛을 반사하며 번쩍였다. 아프거나, 죽은 사람들이 모이는 곳. 어둑한 사실을 감추기 위한 것인지 병원은 무슨 무슨 날만 되었다 하면 그에 맞춰 장식들을 자주 바꿨다. 그리고 그런 것들은 얼마간 효과가 있었다. 환자들이 이루어지지 않을 소망을 거대한 트리에 매달았다. 그 앞에서 빈 박스에 포장지만 씌워 둔 가짜 선물 상자를 들고 사진을 찍었다. 김성오도 그런 소리와 장식들에 마음이 동했는지 어쩐지 그날은 별로 일을 하고 싶지 않았다. 다른 병원에 들른다고 사장에게 거짓말을 하고 일찍 집에 들어왔다. 샤워를 하고 검정색 트레이닝복으로 갈아입은 뒤 밤이 되길 기다렸다. 간만에 거기에 갈 생각을 하니 미소가 끊이지 않았다.

황규남

"목도리 좀 보여 주세요. 캐시미어 많이 들어간 걸로. 브랜드 있는 걸로. 할인 안 하는 걸로요. 아, 포장도 해 주세요."

규남은 그날 백화점에 들러 캐시미어가 많이 들어간 목도리를 구입한 뒤 출근했다. 지금은 낡은 봉고차 안에 거꾸러져 휴대전화 다섯 개를 손에 쥔 채 유튜브를 보고 있다. 업소녀 생활을 하다가 얼마 전 청산하고 유튜버로 전향했다는 여자의 채널이었다. 조회 수가 아주 높았다. 조회 수가 높으면 광고가 들어오고 그게 돈이 많이 된다던데. 그녀가 야한 옷을 입고 걸쭉한 욕설과 함께 사출해 내는 화류계의 뒷이야기에 사람들이 열광했다. 나도 유튜버나 해 볼까. 오피의 실체, 오피가 돌아가는 구조 같은 썰을 풀면 대박일 것 같은데. 안대를 차고 나와서 외눈박이튜브? 외눈박이티브이? 하지만 할 수 없다. 해서는 안 된다. 그런 짓을 했다가는 포주 형님으로부터 부름을 받을 것이고, 형님으로부터 좋지 못한 일로 부름을 받으면 신체의 일부를 상실하게 될지도 모른다. 한쪽 눈도 없는 마당에 나머지 신체 부분까지 잃을 수는 없다고 생각하는 규남이었다.

규남이 타고 있는 낡은 봉고차가 세워진 장소는 선릉역 앞 ○○오피스텔 지상 주차장 장애인 주차구역이며, 다섯 개의 전화기는 수시로 울려대며 규남이 유튜브 보는 걸 방해하고 있었고 시각은 오후 열한 시쯤이었다. 규남에게 전화를 거는 사람들이 하는 질문은 대체로 다음과 같았다.

-한 번에 얼마예요?

-B컵에 160 이상으로요.

-A컵도 상관없는데, 대신 무조건 하얀 애요.

-투 샷은 얼마예요?

-긴 밤은요?

-거기 에이스랑 하려면 얼마 더 내면 되나요.

-카드도 되나요?

그 일, 그러니까 왼쪽 눈을 잃고, 소년원에 가게 된 사건이 없었다 해도 그의 인생이 지금과 별반 달랐을 것 같지는 않다고, 규남은 가끔 생각한다.

소년원에 처음 입소했을 땐 '그래도 내가 윤슬이 누나를 위해 뭔가 했다'라든가, '정의의 이름으로 악을 처단하여 나는 이곳에 온 것이다'라는 유치한 소년적 환상에 사로잡혀 들뜨고 천진한 마음이었다. 심지어 '빵에 다녀왔다는 태그는 보통 사람들은 가질 수 없는 멋진 것'이라는 생각에 약간 신이 나기도 했었다. 그러나 24시간 불이 꺼지지 않는 방에서 정좌를 하고 며칠을 보내면서, CCTV 앞에서 집중하기 어려운 변을 보다 변비에 걸리게 되면서, 왼쪽이 보이지 않아 여기저기 부딪혀 다치거나 마음먹은 대로 몸이 움직이지 않는 불편을 실감하게 되면서, 특히 윤슬로부터 연락이 끊기면서, '뭘 꼬라봐'를 외칠 때의 분노가 금세 찾아왔다. 좀 극단적인 것 아닌가, 라고 생각할 수도 있겠지만 그때의 규남은 좋은 것과 나쁜 것, 친근한 마음과 분노 사이에 있는 조목조목 다양하고 모호한 맥락들을 받아들일 만한 재치가 전무했다. 존나 짱이거나 존나 싫거나, 둘 중 하나밖에는 생각하지 못했다. 윤슬의 부모님이 면회를 한 번 와 준 적이 있었는데 그때 윤슬에 대한 오해는 풀었지만, 윤슬에게 말했던 대로 공부를 해서 대학에 간다든가 하는 고무적인 사건은 자신과 좀처럼 어울리지 않는다는 생각이 점차 짙어졌다. 가르쳐 주는 사람도 없고, 봐도 모르겠고. 사회에 나가서 어떻게 써먹어야 할지 알 길이 없다는 변명이 있었는데, 사실은 그냥 게으른 것이었다. 애초에 '성실하게 노력하여 스스로를 단련하고 그 결과로서 무언가를 쟁취한다'라는 개념을 배워 본 적이 없었던 규남은 공부든 기술이든 금세 흥미가 떨어졌다.

드라이버로 사람을 찌르고 들어왔다는 규남을 소년원 애들이 높게 쳐줬다. 규남은 소년원 안에서 일진을 구성하던 애들과 친해지게 되었고 '뭘 꼬라봐'라는 쓸모없는 권세에 또다시 젖는 바람에 성장하지 못했다. 소년원에서 집으로 돌아왔을 때, 그러니까 집이 없어졌으며 외할머니가 5천만 원이 들어 있는 통장 하나를 뺀 나머지 모든 재산을 들고 날랐다는 사실을 알게 되었을 때 오히려 규남은 분노하지 못했다. 돈의 쓰임과 쓸모라든가, 사회 시스템이라든가, 언제 화를 내야 하고 언제 부드러워져야 하는지에 대한 감각을 배우지 못한 그는 5천만 원이 있어서 그저 좋다는 생각을 했다. 규남이 분노를 할 때는 누군가 규남을 꼬나보았을 때뿐이었다.

퇴소 후 처음 몇 달은 고시원을 얻어 거기서 빈둥대며 지냈다. 딱히 대단한 휴가를 도모하진 않았고 북두칠성 출신 애들이나 소년원에서 친해진 애들과 만나 닭볶음탕에 소주를 마시거나 피시방에서 게임을 했다. 그런데 함께 어울리던 애들이 어쩐지 하나둘 사라졌다. 눈알이 두 개 있는 애들은 군대에 가야 했다. 남자애들이 대체로 사라졌을 즈음에는 여자를 만났다. 얼굴의 한쪽이 일그러지고 개눈을 박아 넣은 장애인이 되었으므로 앞으로 여자를 만나긴 다 틀렸다는 말을 입버릇처럼 하고 다니던 규남이었지만, 은근히 여자들이 규남을 따랐다. 반쪽 얼굴만큼은 상당히 잘생겼다는 것과 일그러진 나머지 반쪽이 연민이라든가 위험한 냄새라든가, 그런 걸 풍겨 어딘가 모르게 고혹적이라는 것이 규남을 좋아했던 여자들의 공통된 소견이었다. 특히 누나들이 규남에게 잘 빠져들었는데 어쩌면 낡고 식상한 클리셰 같지만 막상 접하면 클리셰만큼 빠져들기 쉬운 것도 없는 것처럼, 조실부모하고 구순기적 애착을 갈구하며 비행을 일삼던 소년, 성폭행범의 성기를 드라이버로 조져 버렸다는 죄 아닌 죄로 소년원을 다녀온 소년이라는 규남의 사연은 그녀들을 열광시키기에 충분했다. 누나들이 규남의 방을 들락거리며 밥을 해 먹이고 살림을 챙겨 줬다. 섹스를 많이 했다. 규남이 섹스를 하느라 몹시 야단을 피웠음에도 좌, 우 옆방의 남자들은 규남에게 항의하지 못

했는데 문 앞에서 몇 번 규남과 마주친 경험이 있었기 때문이었다. 그런 시비를 걸었다가는 자신들도 규남과 같은 눈을 갖게 될지도 모르겠다는 상해 위협을 기민하게 느꼈던 것 같다.

홍취가 다하지 않을 것 같았던 여러 유흥도 결국 시시한 것 같다는 생각을 품게 되었을 즈음, 규남은 어어- 갖고 있던 돈이 지리멸렬 사라져 버렸다는 사실을 깨닫게 되었다. 정신을 차리고 보니 일 년 만에 3천만 원을 썼다. 뭐에 썼는지 골똘히 생각해 보니 아이폰을 할부 없이 샀고, 술 먹다 아이폰을 깨 먹는 바람에 다시 하나를 샀고, 한정판 조던을 두 개 샀고, 애들 술을 좀 사 준 기억이 전부였는데 하여간 돈은 가뭇없이 사라져 버렸다. 돈도 떨어지고, 노는 게 지겹기도 하고. 일자리가 필요했던 규남은 몇몇 중소기업과 공장 등에 입사를 시도해 보았으나 장애인이라는 이유로, 말도 하지 않았는데 어떻게들 알아낸 것인지 소년원 출신이라는 이유로, 용모가 보기 불편하다는 이유로 거절을 당했다. 소년원 동기들에게 연락을 돌려 보았다. 소개받은 일자리는 대부분 음지에서 활동해야 하는 것들이었다. 그러다 흘러들어 간 곳이 오락실이었다. 물론 백 원 넣고 뿅뿅 하는 전자오락실은 아니고 수십만 원씩 돈을 넣어 줘야 하는 수상한 오락실. 거기서 돈을 바꿔 주거나 박카스나 담배를 사다 주는 심부름 따위를 했고, 원래부터 진상이었든 선량한 사람이 돈을 잃고 진상으로 변했든 진상이 나타나면 함몰된 얼굴 쪽을 내비치고 어깨 흉내를 내며 얌전히 돌아가시라는 엄포를 놓는 것이 규남의 주요 업무 과제였다.

규남이 살아온 삶의 이력도 그러할뿐더러, 싹싹함이라든가 필요할 때면 언뜻 내비치는 불길한 얼굴의 신선함과 편리까지 함께 마음에 들었던 오락실 주인은 규남을 강남의 다른 사업장에 추천했다. 규남이 강남의 오락실로 간 것은 아니었다. 강남 사람들은 도박을 하고 싶을 때 오락실 따위에는 가지 않는다. 규남이 가게 된 곳은 선릉역 앞 10층짜리 오피스텔 건물이었다. 그렇게 규남은 삼 년 전부터 강남의 포주 형님 밑에서 오피스텔 성매매와 관련된 일과 룸살롱 심부름 따위를 시작하게 되었다.

포주 형님은 규남에게 오피스텔 방을 하나 내어 주었고, 그럴듯한 연봉을 지급했다. 강남에서 포주 형님의 심부름을 하며 한 달에 300만, 400만 원씩 받았을 때는 그저 그걸로 좋았다. 그러나 규남도 점차 나이가 들면서, 돈을 쥔 자가 갖는 권세에 대해 깨닫기 시작했다. 지극히 당연한 사실이라 여기서 강조해 봐야 별로 의미도 없겠지만, 돈이라는 것은 몇 가지 불가능한 것만 빼고는 죄다 가능하게 만드는 강력한 물성을 지니고 있었다. 소년원에서 만났던 녀석들, 가난하고 비참했다는 그들의 사연을 떠올리면 너절함에 도리질이 쳐졌다. 돈과 세상이 돌아가는 구조에 관한 탐구라는 것을 하기 시작했다. 포주 형님은 별로 하는 것도 없이 하루에 몇백, 많으면 기천만 원씩 벌어들였다. 포주 형님이 관리하는 시스템하에서 오피 성매매 일을 하겠다는 여자애들이 줄을 섰고, 그 여자애들과 자고 싶다는 남자들은 그보다 훨씬 긴 줄을 섰다. 규남이 분산해 놓아 그렇지 일렬종대로 줄을 세우면 오피스텔을 몇 바퀴쯤 감고도 남을 만큼 많은 남자들이 매일 밤 오피스텔을 찾았다. 포주 형님은 그 꼭대기에 앉아 돈을 흡수하고 여자애들에게 조금 나눠 주고, 규남에게 그보다 훨씬 더 작은 조각을 하나 떼 주고 있다는 걸 알게 되었다. 규남도 언젠가 포주가 되어 가만히 있어도 돈이 씨팔 돈을 막 벌어다 주는, 자본주의적 시스템의 은혜를 담뿍 받는 불로소득자가 되고 싶다는 꿈이 생겼다. 포주 형을 따라다니며 오피 성매매에 대해 배워 나갔다.

애들의 생리주기 정도는 얼굴만 봐도 떠올릴 수 있어야 했다. 본명과 활동명을 헷갈리면 안 됐다. 그런 경솔을 보이면 애들이 곧바로 난리를 치거나 심하면 연락이 두절되었다. 대포폰의 매입, 취재하러 온 기자나 위장 경찰 구별법, 진상들
—거기에 구슬을 박아 애들을 아프게 만들거나 묶거나, 묶어 달라고 한다든가 기타 별도의 요가 수행을 쌓지 않은 한 일반적인 사람의 관절로서는 불가능한 체위를 요구한다거나 하

는— 퇴치법, 포주 몰래 단독으로 뛰는 애들 잡아내는 법, 마이킹을 받아 써 놓고 튀어 버린 애들을 잡아 오는 법, 그런 애들을 잡아 오거나 진상을 처리해 주는 조폭 형님들과의 유대, 오피스텔 성접대를 하고 영수증을 끊어 달라는 영업사원들에게 영수증 만들어 주는 법, 인근 회사원들을 대상으로 점심시간 할인 프로모션 같은 마케팅 기법의 개발, 가끔 애들 인생상담도 해 줘야 하고… 하여간 배울 게 많았다.

한 시간 전에 들어간 놈이 정욕을 포만한 대가로 정기가 다 빨린 헛헛한 얼굴로 오피스텔을 나서는 게 보였다. 규남은 김딸기라는 여자에게 문자를 보냈다.

-딸기야, 바로 가능? 오늘 크리스마스이브라 손님 많은데.
-응. 대신 좀 비리비리한 놈으로 보내 줘요. 연속으로 하려니까 힘들다.
-미친. 내가 그걸 어떻게 알아.

규남은 이어서 다른 전화기로 문자를 보냈다.

-누나. 내일 보기로 한 거 잊지 않았지?
-응. 내일 저녁 일곱 시. 대전역에서 보자.

규남은 윤슬에게 주려고 산 목도리의 포장이 흐트러지지 않았는지 다시 한번 점검했다. 모자를 눌러쓰고 차에서 내려 오피스텔 입구 앞에서 서성이는 검정색 트레이닝복 —눈깔이 망둑어를 꼭 닮았다— 을 향해 걸어가 물었다.

"저… 오피?"

"아, 예예."

"스무 장 지금 주시면 되고요, 혹시 거기에 구슬이나 뭐 이런 거 안 박았죠?"

"아, 예예. 그냥 보통, 보통."

"뭐, 따로 원하는 스타일은…?"

"아, 예예. 혹시 귤양 되나요?"

"아, 귤이. 귤이 지금 바쁜데. 혹시 딸기랑 해 보셨어요?"

 # 우선영

그즈음 선영의 손실액은 4천만 원에 육박했다. 마지막으로 모임에 참가해 조언을 들어 보고 그래도 회복되지 않으면 기필코 손절하겠다고 다짐했다. 이번이 벌써 몇백 번째 다짐인지 알 수 없지만 다짐을 지키는 것에 실패하고 나면 다시 다짐하는 것 외에는 도리가 없으므로, 재차 다짐했다. 가장 최근의 모임에서 아무래도 여행이나 항공사 주식이 심상치 않다고 했다. 우리나라에 놀러 오는 사람들, 우리나라에서 외국으로 놀러 가는 사람들이 지나칠 정도로 빠르게 늘고 있다며 강사가 수치를 보여 줬다. 게다가 내년엔 도쿄올림픽까지 있으니 반드시 오를 것이라고 했다. 그래, 일리가 있네. 올림픽 같은 특수는 그냥 돈을 거저 주는 거나 마찬가진데. 다들 주워 가는 돈인데 나만 못 먹으면 안 되지. 선영은 갖고 있던 모든 주식과 코인을 −42,124,201원의 상태로 처분하고 여행사와 항공사의 주식과 이더리움을 6천만 원어치 샀다. 이번엔 틀림없다. 떡상한다. 그렇지 못하면 나는… 죽는다. 건우한테 죽든 스스로 죽든 죽어 버리고 말 테다. 손실만 복구하면 다시는 이런 짓 하지 않을게요. 손실만 복구하게 해 주세요. 제발….

선영이 이더리움 산 이유는, 이더리움은 다른 코인들보다 더 나은 보안기술과 기능을 제공하기 때문에 오를 수밖에 없다는 정보를 지역사회 유지맘 투자 모임에서 들었기 때문이었는데, 물론 그 기술과 기능이 무엇인지에 대해 선영은 구체적으로, 아니 대략적으로도 아는 바가 없었으나 그냥 그들이 그렇다고 하길래 그 말을 믿었다. 쾌락 중추에 고장이 발생하면, 제아무리 약사와 같은 고학력 전문직 인텔리라도 이처럼 하릴없는 맹종을 할 수 있게 되는 것이다. 씨드머니 1억이 6천밖에 남지 않았다는 걸 또 생각하던 선영은 신경질이 나는 걸

참지 못해 머리통을 마구 긁고 비비고 헝클었는데 우진이가
그걸 보고 엄마가 폭탄 머리가 되었다며 깔깔 웃었다. 우진이
의 웃음소리가 과한 것이 내내 시무룩했던 엄마의 기분이 드
디어 풀렸나 보다는, 어째 애가 그런 눈치까지 보고 있는 것
같아 가슴이 먹먹했다. 그날 저녁, 건우 또한 선영의 눈치를
보며 한마디 했다. 여보. 이제 쟤를 보내 줘야 할 것 같아. 쟤
라니 누구? 아니, 차. 아반떼 저 녀석… 요즘 자꾸 이상한 소
리를 내. 갑자기 바퀴라도 빠질까 봐 무서울 정도야… 우리
차 바꾸면 안 될까? 약국도 잘된다며. 선영은 목에서 지글지
글 울음이 터져 나올 것 같은 걸 꾹꾹 누르며 말했다. 으응. 조
만간 보러 가자.

3. 2020년 1월 3일

중국 후베이성에서 원인을 알 수 없는 폐렴이 퍼지고 있습니다. (중략) 현재 열한 명은 위중한 상태입니다. 문제는 병원체가 아직 확인되지 않았다는 겁니다. 2002년과 2003년 중국을 휩쓴 중증급성호흡기증후군, 사스 초기 때와 비슷하다는 소문까지 돌면서 우려가 커지고 있습니다. (중략) 사람 간 전파 사례는 없다고 밝혔습니다. 세계보건기구는 긴급 조사에 나섰습니다.

(2020년 1월 3일, JTBC 뉴스)

이윤슬

이 일을 오래 하다 보면, 인간이란 무엇인가, 인간의 본성이란 선한가 그렇지 않은가, 인간은 어떠한 조건에서 자신을 우월하다고 인식하는가, 인간은 어디까지 나빠질 수 있는가와 같은 철학적 질문과 사유에 대해 아무래도 관심을 갖지 않을 수 없게 된다.

  -쒸바알. 차 빨리 보내라고. 너 나 무시하는 고야?

2020년 벽두를 쒸바알로 시작해 버렸다. 세상의 모든 단어
에 저작권이 있다면, 단연 '씨발'의 주인이 한국에선 1등 가는
부자일 것이다. 이재용, 정의선보다도 더. 어쩌면 대한민국 정
부보다도 돈이 더 많을 수도 있다.

발음으로 짐작건대 수화기 너머의 남자, '쒸바알. 차 빨리
보내라고'를 말하고 있는 목소리의 주인은 이국에서 온 사람,
조선족, 중국, 몽골계는 아니고 남부 아시아, 그러니까 방글라
데시 또는 인도네시아 계열로 추정된다. 어쩌면 행복의 나라
부탄인 일수도.

  -저기요. 욕하지 말라고 여러 번 말했는데요.

  -쒸바알. 그럼 빨리 차 보내라고오.

이 이국의 남자가 발음하는 어색한 쒸바알은 내게 많은 생
각을 떠오르게 한다. 쒸바알이라는 심상하지 못한 단어를 배
워 버린 이 남자는 아마 한국에 놀러 온 것은 아닐 테고 돈을
벌러 왔을 것이다. 그럴 확률이 높다. 그리고 그 과정에서 험
상스러운 일들을 많이 겪었을 것이다. 한국인들이 '쒸바알'을
통해 곤란을 해소하는 상황을 상당히 목도했으리라. 그리고
그 말은 보통 갑인 자가 을인 자에게 했을 확률이 높다. 그렇

다면 얘가 지금 나한테 욕을 하는 이유는….

　-저기요. 지금 녹음 중이거든요. 이름 말하세요. 신고할 거 예요.

　-아 해. 봉신아. 해. 쒸발. 하라고오.

　-지금 고객님 핸드폰 위치추적 가능하고요, 외교부에 신 고…

　뚝.

　물론 계족산 콜에 위치 추적 기능 따위는 없다. 외교부에 신고… 에서 전화를 끊어 버린 것으로 보아 이 남자는 불법체 류자일 가능성이 높아 보이는데 상호 힘겹게 생을 잇고 있는 처지로서 쓰고 싶지 않은 방법이었지만 어쩔 수가 없었다. 나 는 욕받이, 감정 쓰레기통이 아니고 경자년 새해의 시발始發을 쒸바알로 시작하기도 싫었으니까.

　남과 여, 노와 소, 내국인과 이국인(불법체류자를 포함하여), 부 유한 자와 밭은 삶을 사는 자 가릴 것 없이 우리에게 험한 말 을 해댔다. 택시를 배정하는 콜센터의 상담원이라는 게 이렇 게까지 멸시받을 직업인 걸까. 그렇지는 않을 것이다. 그저 얼굴이 보이지 않으니까 그럴 수 있는 것이라고 믿기로 했다. 그렇게 생각하지 않으면 내가 너무 슬프잖아. 규남의 표현을 빌리자면 좆도 아닌 게 얼굴 보기 겁나니까 숨어서 지랄하는 것으로 세상 풍파에 탈탈 털리며 한없이 투명에 가까워진 자존감을 이렇게나마 챙겨 보려는 빈한 시도에 불과하니 마음 쓰지 말자, 고 다짐해 본다.

　당연한 말이지만 다른 일을 하고 싶긴 했다. 반듯한 화이트 칼라까진 아니더라도 하루에 스무 번 이상 각기 다른 톤과 발음으로 씨발을 듣는 일 말고 다른 일. 하지만 검정고시 출신에 지방대 문예창작과 1학년 1학기 중퇴, 주간에는 근무 불가, 접객 불가자가 구할 수 있는 직업은 역시 없었다. 한때 중학생을 대상으로 하는 야간 보습학원에서 국어 강사로 잠깐 일을 한 적이 있었는데, 그때는 그래도 '교편을 잡았다'라든가 '지식노동자가 되었다'라는 사실에 잠시 들떴었지만 석 달 만에 그만두었다. 수업 도중 앞자리에 앉은 학생이 수업은 안 듣고 자꾸 교재에 낙서만 하는 것 같아 혼내 주려고 다가갔는데, 그 녀석은 교재에 UU, x, y 알파벳을 활용해 여성의 나체를 그리고 있었고, 특히 y자의 꼭짓점에는 음모로 추정되는 거친 직선이 칠해져 있었다. 그림 밑에는 같은 반 동급생 여자애의 이름을 거론하며 '아, 이민정 존나 예쁘다. 섹스하고 싶다'라고 쓰여 있었는데 그걸 보고는 냅다 따귀를 올려붙이는 바람에 잘리고 말았다. 그 학생의 학부가 내 먹살을 쥐고 흔드는 동안 나는 남자 새끼들은 왜 그렇게 섹스를 못 해 환장인 걸까에 대해서만 골똘히 생각했다. 남자의 성욕은 천형에 가깝다는 말을 들은 적은 있지만, 그 남자애는 섹스의 전모와 실체에 대해 알지도 못하면서 아무렇게나 그려댄 것에 불과할 테지만, 보습학원 임시 교사 주제에 학생님의 뺨을 날려 친 것은 아무래도 잘못한 일이 맞지만, 나는 그 그림을 보았을 때 구역질이 나서 견딜 수가 없었다. 마지막 달 월급을 주지 않겠다길래 이민정을 비롯한 여학생 부모들에게 모든 사실을 고하고 내 멱살을 잡은 학부를 가슴을 만진 성추행범으로 고소하겠다고 하니 돈은 곧바로 입금되었다. 세상과 부대낄수록 자꾸 이상한 기술만 늘어 간다.

5억을 모아 엄마와 아빠의 유골과 함께 뉴질랜드에 가서 살겠다는 숭고한 꿈을 꾸기 시작한 지 칠 년째지만, 모은 돈은 많지 않다. 사실 거의 없다고 봐도 무방할 정도다. 내가 강원도의 언덕바지에서 바닷바람을 쐬고 있을 무렵, 방을 무덤으로 만들고 거기에 틀어박혀 생라면이나 뜯으며 우주의 형성과 구조와 소멸에 대해 공상하고 나의 소멸에 대해 생각하며 청춘을 탕진하고 있을 무렵, 가치를 가늠할 수 없을 만큼 값비싼 시간들이 멍하니 누워 있는 나를 비웃으며 시, 분, 초를 겅정겅정 건너뛰어 달아나던 그 무렵, 부모님들이 고민했던 현실적인 과제, 딸이 무슨 일을 겪고 자신들의 마음이 지옥이어도 어쨌든 먹고는 살아야 한다는 그 구체적인 족쇄를, 쌍욕을 먹어 가며 벌어들인 돈이 써 보지도 못한 채 통장에서 숭덩숭덩 빠져나가는 걸 몇 달 연속 지켜보았을 때쯤에야

나는 깨닫게 되었다. 아무리 몸부림을 쳐 봐도 전혀 전진하지 못한다면, 아니 오히려 점진적으로 후퇴하는 삶을 산다면 그 것과 내게 일어난 '그 일' 중 과연 어떤 게 무거운 것인지, 고 통의 무게를 가늠해 보았으나 선뜻 답을 내리긴 어려웠다. 많 은 사람들이 그와 같은 삶을 무력하게 잇고 있었다. 사람들은 그런 종류의 고통에 대해서는 말을 잘 꺼내지 않았다. 어쩐지 다들 그냥 그렇게 살고 있는 것 같으니까. 괜히 그런 걸 소리 내어 말했다가는 그들을 안에서 지탱하고 있는 마음의 버팀 목이 무너질 것 같으니까. 세상에는 '그 일'이라든가, '그날의 일'이라든가, 새해 벽두를 쌍욕으로 시작하는 일처럼 다양하 고 치명적인 고통이 병렬적으로 존재하고 있다는, 그다지 비 밀도 아닌 쉬운 진실을 나는 뒤늦게 합류하여 깨달아 가는 중 이었다. 쓸쓸한 깨달음이지만 '그 일'에 관한 고통만을 반추하 던 일상에서 얼마간 벗어날 수 있는 계기가 되었다는 ─어차 피 이쪽 고통에서 저쪽 고통으로 이동한 것뿐이니 고통의 총 량은 동일한 것인가. 어쨌든─ 감상이다.

   엄마는 산에 들어간 지 삼 년이 지났을 즈음 내려왔다. 자 꾸만 기력이 없고 피곤해서 절에서 일을 하기 힘들다는 이유 였다. 가끔 내가 엄마를 보러 산에 가거나, 엄마가 나를 보러 내려왔을 때 엄마의 얼굴이 조금씩 환해진다는 느낌에 안도

했었지만, 삼 년 만에 완전히 내려왔을 때의 얼굴은 퉁퉁 붓고 누렇게 떠 있는 바람에 나는 중들이 엄마를 힘차게 부려먹어 그런 줄 알고 격심하게 원망했었다. 엄마는 몇 주를 바닥에 누워 골골하더니 어느 날 퇴근하고 돌아왔을 때, 아마도 점퍼를 입으려던 것 같은데 채 입지 못하고 쥐어뜯기만 하면서 끙끙 소리를 내고 있었다. 급히 엄마를 데리고 병원에 갔더니 만성신부전증이라고 했다. 처음엔 상태가 아주 나쁘지는 않다며 한 달에 두 번 정도 투석을 하고 약을 먹으며 경과를 보자고 했는데 엄마는 나아지지 않았다. 투석하는 횟수가 점점 늘더니 몇 달 전부터는 일주일에 세 번이나 투석을 받고 있다. 신장은 이미 돌이킬 수 없는 상태고 이식이 필요하다고 했다. 의사의 입을 통해 그 말을 들었을 때 나는,

도대체 나는 왜 태어난 걸까.

신은, 세상은, 나에게 어떤 서사를 바라 이러는 걸까. 티브이라도 나가 이렇게 불쌍한 사람이 살고 있소, 내가 밑바닥을 담당하고 있으니 당신네들은 안도하며 낙락한 삶을 사시오, 뭐 그러는 것이 내가 태어난 이유이며 이번 생에서의 역할인 거야? 다음 생이 있긴 한 건가? 있다면 지금보다 나으리라는 보장은 있는 거고? 허공 어딘가에 대고 울듯 물었다. 대답은 돌아오지 않았다. 다시 태어났을지도 모를 아빠의 안부가 문

득 궁금했다.

　이식 외에는 방법이 없다는 진단이 내려졌을 때 4천만 원
을 써야 했다. 장기적으로, 또 수시로 투석을 받아야 하는 엄
마는 팔뚝에 카테터를 삽입해야 했고 동정맥류 시술이라는
걸 받아야 했다. 거기에 3천만 원이 들었다. 새끼손톱보다 작
은 카테터인지 뭔지 그걸 몸에 넣는 비용이 3천만 원이라는
말을 들었을 때 나는 대략 2.7년 치의 수명이 삭제된 기분이
었다. 시술비를 지원받기 위해 나와 엄마가 가난하다는 입증
을 해 줄 모든 서류를 준비하여 바쳤으나 신상만 털리고 지원
은 받지 못했다. 내 신장을 떼어 주기 위해, 나의 신장이 엄마
에게 이식이 가능한지 여부를 검사하는 비용에 천만 원이 들
었다. 다행히 아빠가 남겨 준 돈에는 손을 대지 않았지만, 그
때까지 먹지도, 입지도 않으며 몇 년 동안 꽁꽁 모아 둔 돈
1억 원 중 거의 절반이 날아갔다. 그리고 나의 신장은 엄마에
게 맞지 않았다. 신장병 환우 모임이라는 카페를 들락거리며
얻어 낸 정보에 따르면, 우리나라는 장기기증이 대단히 활성
화되지 못한 나라이며… 보통 십 년은… 기다려야 순번이 돌
아온다고 했다. 어차피 썩어 없어질 몸 죽으면 기증 좀 하지.
검사를 마치던 날 나와 엄마는 뇌사 판정 시 또는 사망했을
시 장기기증에 동의한다는 서명을 하고 나왔다. 엄마가 '나는

이미 장기가 쓸모가 없을 텐데 꼭 해야 하니?'라며 싫은 기색을 냈지만 그냥 하자고 했다. 십 년을 기다릴 생각을 하면 아득했다. 하지만 도리가 없었다. 도리 같은 게 있었으면 벌써 했겠지. 무력하다.

중국에 가면 이식을 빨리 받을 수 있다는 풍문이 있었지만 불법이라고 했고, 얼른 생각해도 몹시 위험해 보였다. 중국에서 신장 이식을 받다니. 어쩐지 마취에서 깨어나면 이식은커녕 장기의 대부분이 사라져 있을지도 모르겠다는 생각이 들었다. 미국에 가면, 짧으면 사 년 만에도 이식을 받을 수 있다고 했고 불법도 아니라고 했다. 하지만 비용이 극악했다. 최소 3억이라는 사람도 있었고 5억이 넘게 든다는 사람도 있었다. 알아보지도 못했다.

엄마를 위해 쓴 병원비가 아깝다고 느낀 건 아니지만, 괴롭다는 마음은 분명히 있었다. 나를 일찍 낳은 엄마의 나이는 불과 오십 대 후반이었고, 나는 미성년이 아니었으며, 박봉이었지만 월급쟁이였으므로 나라에서 알아챌 수 있는 소득 또한 뚜렷이 있는 바람에 우리가 나라로부터 받을 수 있는 혜택은 딱히 없었다. 엄마의 병은 난치 희귀성 질환으로 분류되어 투석을 받는 데는 한 번에 2만 원 정도면 되긴 했지만 일주일에 세 번, 오가는 교통비와 약값이 만만치 않았다. 이동 자체도 몹시 힘들었다. 결국 중고 마티즈를 한 대 샀다. 400만 원이라고 해서 샀는데 중고차 매매 업자는 이전비니 등록비니 하는 명목을 나중에 들먹이며 100만 원을 더 뜯어 갔고 보험료를 더하니 거의 200만 원이 들었다. 게다가 젠장, 히터가 고장이 나 있었다는 걸 겨울쯤에나 알게 되었는데 돈이 없어서 그냥 옷을 잔뜩 껴입고 타는 중이다.

투석을 받아도 몸이 자꾸 붓고 노상 피로를 호소하는 엄마는 당연히 일을 할 수 없었고 박봉으로 한 사람의 병자를 부양해야 하는 상황이 되다 보니 모을 수 있는 돈은 거의 없었다. 진전 없는 삶이라는 건 생각보다 지긋하고 고달픈 것이었다. 엄마의 병과 슬금슬금 줄어 가는 통장의 숫자에 대해 떠올리면 퇴근길에 무릎이 툭툭 꺾였다. 그러지 말라고, 네 탓이 아니라고 엄마는 말했지만, 이 모든 게 나 때문이라는 생각이 어쩔 수 없이 자꾸만 든다. 돈을 더 벌었으면 좋겠는데…. 하지만 도리가 없다. 그런 도리 같은 게 있었으면 벌써 했겠지. 무력하다.

딩동. 콜이 들어왔다. 연말, 연초에는 콜이 쉴 새 없이 밀려든다. 맥빠지는 일만 자꾸 반복되는 일상이지만, 이번에 들어오는 콜은 ─욕만 하지 않는다면─ 가급적 친근하고 온건하게 받기로 다짐했다. 그래도 새해니까.

─네. 계족산 콜입니다.

-응. 그려.

-네. 말씀하세요.

-아. 내가 택시를 부르려고.

-네. 고객님. 지금 계신 곳하고요, 가실 곳을 말씀해 주세요.

-응. 그려 내가 택시를 부르려고.

-네! 지금 어디 계세요!

데시벨을 5 정도 올려 보았는데 부족할 듯싶다.

-아아. 나 흥진 아파트여.

-네네. 흥진아파트 정문 쪽이세요, 후문 쪽이세요?

-응? 방문? 방문을 왜 찾는디야.

-아니 정문인지 후문인지 알려달라고요!

데시벨을 15 정도 더 올려 보았는데 그래도 부족할 듯싶다.

-방문? 방문에 뭐가 있는 겨?

으아악. 소리를 지르고 싶지만 무용할 것이므로 참는다. 카카오 택시가 생기고 좋아진 점과 그렇지 못한 점이 있었다. 좋은 점은, 단연, 손님이 절반 가까이 뚝 떨어져 전화 받을 일이 적어졌다는 것이었다. 사장은 카카오 택시가 불법이라는 둥, 너네들 다 필요 없으니 잘라 버린다는 둥 씩씩거리며 사무실을 발발 돌아다녔지만 우리는 사장의 말이 별로 신경 쓰이지 않았다. 우리는 나름 정규직이었으므로 손톱을 깎거나 이발을 하듯이 쉬운 품을 들여 툭툭 잘라 낼 수는 없었다. 고용을 줄이면 시의 지원금이 줄어들거나 끊길 수도 있다고 들었다. 콜이 줄어 한가해진 대신 좋지 못한 점도 생겼는데 '앱' 내지는 '어플'이라고 부르는, 그걸 다룰 줄 아는 젊은 애들은 다 카카오 택시로 몰려갔고 계족산 콜에 전화를 하는 사람은 '앱' 내지는 '어플'의 존재를 알지 못하는 어르신이나 카카오 택시를 부를 수 없을 만큼 만취한 상태의 젊은 애들로 축약되었다. 콜이 줄어든 대신 콜 하나하나가 만만치 않은 것이 되어 버렸다.

　-긍께! 내가! 방금! 방문을 보고 왔는디! 아무것도 없어!

4. 2020년 1월 8일

중국에서 한꺼번에 많은 폐렴 환자가 발생한 것은 신종코로나바이러스 때문이라는 분석이 나왔습니다. 국내에서 처음으로 그와 비슷한 폐렴 증세를 보였던 환자는 상태가 나아진 것으로 확인됐습니다. (중략) 아직 밝혀지지 않은 것이 많아서 단정할 수는 없겠습니다만, 지금까지 상황으로 보면 설령 사람 사이에 전파가 된다 하더라도 치명적이지는 않을 것으로 보입니다.

(2020년 1월 8일, SBS 뉴스)

우선영

그러니까, 딱 죽었다가 다시 살아난 기분이었다. 진짜로 죽어서 관에 들어가 파묻혔던 것을, 별안간 내리친 번개를 한 방 맞고 눈이 번쩍 뜨이며 관을 찢고 무덤을 파내 팍 뛰쳐나온 심경이었다. 거의 임사를 체험했다.

한 개에 14만 원을 주고 샀던 이더리움이 한 달 만에 20만 원이 되었다. 항공과 여행 관련 주식도 많이 올랐다. 4천만 원에 육박했던 손실액은 대략 마이너스 천만 원 수준까지 복구되었다. 더 오를 것 같았지만… 그만두기로 했다. '더 오를 것 같다…'는 생각에 이미 여러 번 속았다. 마침내 선영은 1월 8일 오전, -10,075,212원을 마지막으로 주식과 코인을 모두 털어 내었다. 천만 원은… 괜찮아. 수업료로 치지 뭐. 이따위 덧도 없는 것들에 붙들리지 말고 좋은 것 보고 베풀며 살자고, 선영은 거듭거듭 거듭거듭 다짐했다.

조금이나마 손실 폭을 줄일 수 있어서 다행이긴 했지만, 코인은 정말이지 등락이 지나쳐서 보고 있자면 하루에도 몇 번씩 소름이 돋았다. 평범한 이가 필생을 바쳐 모아야 할 만큼의 돈, 그러니까 누군가의 목숨값이자 일생 그 자체를 송두리째 빼앗았다가 두 배, 세 배로 보태 돌려주었다가 하는 걸 하루에도 몇 번씩 오갈 만큼 레버리지가 컸다. 코인이 던지는 추파는 아주 매혹적인 것이어서 그로부터 탈주하기는 지극히 어려운 것이었지만 마침내, 선영은 엑싯exit했다. 기어코, 엑싯을 해냈다. 어려웠다는 말로는 부족하다. 장절하고 치열한 극기가 필요했다. 중독으로부터 벗어나기 위해 건우 몰래 정신과 상담까지 받아야 했고 시세를 확인하고 싶어지면 우진이 사진을 꼭 쥐고 쓰다듬어 가며 참았다. 울면서 스스로 뺨과

머리통을 치기도 했다. 돌이켜보면 실로 맹렬한 중독이었다. 지난 몇 개월은 벌었다와 꼴았다 말고는 생각한 게 없는 한심한 시절이었다. 다시 생각해도 진절머리가 났다. 그나마 큰 손해를 보지 않고 끝났다는 게 천만다행으로 멈추지 못했다면 마이너스 통장보다 훨씬 좋지 못한 빚을 잔뜩 내서 투자했을지도 모른다. 선영과 건우와 우진이까지, 모두의 인생을 망쳤을지도 모른다. 주식투자? 코인투자? 투자는 개뿔. 그냥 개도박이지. 주식과 코인의 투자 비법을 알려 주겠다며, 당신은 왜 부자가 되지 못했는가- 지은 죄 없이 사람 부끄럽게 만들고 당신을 계몽하겠다는 이런저런 책들이 시중에 나와 고결한 지식을 전하는 척 구는 게 못마땅했다. 투자 비법 같은 건 없다. 가격이 오르는 원인도 내려가는 원인도 없다. 그냥 왠지 오를 것 같아서, 요즘 '이쪽' 분야가 뜬대서, 안경 쓰고 멀끔한 정장 입고 티비에 나온 누가 좋대서. 결국 하는 일이라곤 모든 분석은 차치하고 그냥 냅다 돌려 찍거나 철학원에 들러 십이간지와 오행의 조화로 보아하니 이거다!, 내지는 얼마 전 내림굿을 받아 영발 좋다는 새끼 무당으로부터 점지를 받아 함부로 돈을 걸고 당첨 또는 미당첨, 끝.

　선영은 분명하게 복기했다. 나는 도박을 했다. 도박 중독자다. 나쁜 짓을 했다. 불온했다. 반성한다. 이제 그만. 이따위 건 이제 그만. 지역사회 유지맘 모임에도 나가지 않을 테다.

주식과 코인의 매도를 마친 선영은 순차적으로 주식거래 앱과 코인 거래 앱을 삭제했고, 노트북에서 맘카페 바로가기 링크 또한 삭제했다. 차가운 물을 한잔 따라 벌컥 마셨고, 그 다음엔 바닥에 주저앉아 어린애처럼 발을 구르며 앙앙 울었다. 무서웠다. 엄마 말을 듣지 않고 과자를 주며 꾀는 아저씨를 따라갔다가 도망쳐 나온 기분. 그런데 그런 일을 겪었다는 걸 아무도 모르고 어디에도 말할 수 없다는 고립감. 매도를 마치고 나니 새삼 그런 게 떠올라 한참을 울었다. 다시는 안 한다. 내가 이걸 또 하면 사람 새끼가 아니다.

오후에는 우진이와 서점에 가서 우진이가 볼 만화책과 동화책을 샀고 선영이 읽을 시집과 소설책을 샀다. 저녁에는 건우와 함께 자동차 매장에 가서 차를 계약했다. 아반떼 주변에서 기웃거리는 건우의 뒷덜미를 잡아채 제네시스 매장에 던져 놓았다. 건우가 틈만 나면 만날천날 제네시스 관련 리뷰를 보고 있는 걸 알고 있었다. 천만 원을 잃은 마당에 그런 차를 사는 건 무리이긴 했지만, 그 정도는 해 주고 싶었다. 건우의 인생을 망칠 뻔했다는 게 미안했다. 어린애처럼 핸들을 붙들고 좌우로 틀어대며 함박웃음을 짓고 있는 건우의 시야에서 살짝 벗어나, 선영은 쓸쓸한 미소를 지었다. 미안해 오빠. 정말 미안해. 선영의 얼굴이 애달프게 이지러졌다.

김영만 사장

매제놈이 알고 지내던 병원 구매담당자들 덕분에 그래도 어떻게 오십만 장은 해결을 했다. 당장 이번 달 직원 월급은 해결할 수 있을 것 같다. 하지만 아직도 처리가 안 된 마스크 재고가 삼백오십만 장인 데다가 얼마 전, 더 큰 문제가 생겨 버렸다.

식약처에서 우리 공장에서 생산한 KF80 마스크의 분진포집효율이 79%라며 제조정지 삼 개월 행정처분을 하겠다고 통보했다. 77도, 78도 아닌 79라며.

－저기, 임건우 서기관님. 다시 한번 확인해 봐 주세요. 그거 한 장만 그런 거 아니에요? 선생님, 그 제품 재고가 이백만 장입니다. 제발 저 좀 살려 주세요. 예?

－사장님. 그거 한 장이라니요. 사장님 보내 주시는 대로 다 해 봤어요. 스무 장도 넘게 테스트했다고요. 그나마 제일 높게 나오는 게 79%고 나머지는 그 미만이에요.

－아니, 진짜 너무 하시네. 1% 정도인데 시험기계 미스일 수도 있잖아요.

－저도 사장님 마음 잘 알겠는데요, 수치도 안 나오는 걸 제가 임의로 어떻게 허가를 합니까. 제가 징계를 받든 뭐 문제가 생기겠지요? 그러니까 평소에 설비관리도 잘하시고, 원자재 관리도 잘해 두셨어야죠.

-뭐, 잘하셨어야죠? 야이 씨, 넌 에미 애비도 없냐? 씨벌 무슨 마스크 백만 장이 누구 애 이름인 줄 알아? 그걸 다 갖다 버리라고? 거기다 삼 개월간 제조정지? 그럼 우린 다 죽잖아! 식약처 앞에 가서 나랑 우리 직원들 다 자살쇼라도 할까?

-저기, 김영만 사장님. 제가 사장님 마음도 잘 알겠고요. 제가 욕 한마디 먹었다고 사람 짜치게 직원들 모아서 현장조사 다시 나가서 탈탈 털고, 뭐 그런 성격이 아니라서 한 번 참아 드리는데 욕하지 마시고요. 조만간 행정처분 나갈 테니까 그렇게 아세요. 이만 끊겠습니다.

영만은 들고 있던 담배를 깊게 빨아들였다. 엇 뜨거, 씨벌. 통화를 하는 동안 필터 근처까지 담뱃불이 올라 있었다. 불에 덴 손가락이 벌겋게 부어올랐다. 눈물이 찔끔 돌았다. 손가락이 아파서인지 이백만 장의 마스크를 죄 내다 버려야 한다는 사실 때문이었는지 모르겠지만 어쨌든 눈알이 뜨끈했다. 아아, 그냥 다니던 회사에 얌전히 있을걸. 괜히 사업한다고 나왔다가 매일매일 피가 마른다. 누가 나 혼자 잘 먹고 잘살자고 그러나? 우리 직원들은? 막 다 짤러?

영만은 공장 앞 벤치에 앉아 있었다. 비둘기들이 영만의 주변에 모여 구구구구 먹을거리를 찾고 있었다. 이놈들은 도시에나 가 있지 공장에 뭐 먹을 게 있다고 여기에 터를 잡았을까. 언젠가 불쌍하다는 생각이 들어 구내식당에서 누룽지를 가져다 뿌려 줬는데 그런 다음부터 엄청나게 숫자가 불어났다. 새끼를 깐 건지, 동료를 불러온 건지 하여간 수십 마리가 몰려다녔다. 가끔 비둘기와 길고양이가 싸우는 앙칼진 소리가 신경을 긁을 때도 있었다. 이놈들이 공장 건물 외벽이나 공장 앞마당에 세워 둔 자동차들이나 재고 상자 위에 똥을 싸 놓는다는 걸 알게 된 뒤로는 누룽지도 안 주고 보일 때마다 훠이훠이 내쫓았는데 이미 늦은 것 같다. 영만은 괜히 비둘기 떼에게 심술을 부려 보았다. 있을 턱이 없는 쪼을 거리를 찾고 있는 비둘기들을 향해 발길을 내질렀다. 아익! 엄마아- 깜짝이야. 영만이 내지르는 방향으로 날아갈 줄 알았는데 비둘기 떼들이 영만을 덮치듯 날아오르는 바람에 영만의 머리 위로 정체를 알 수 없는 까만 가루와 모래와 세균들이 우수수 떨어졌다.

머리와 어깨를 거칠게 털어 내고 담배를 하나 더 꺼내 무는데 전화가 울렸다.

-네. 힐링크린 김영만입니다.

-안녕하세요. 저 건우약국에 우선영 약사인데요.

-예? 아. 저 어디더라… 죄송합니다. 제가 요즘 병원과 약국을 하도 많이 돌아다녀서….

-건우약국이요. 어제 오전에 저희 약국 오셔서 마스크 열

개 샘플 주고 가셨잖아요.

-아, 예, 예. 기억합니다. 그런데 어쩐 일로…?

-아니, 우리 약국에 마스크 넣는 분이 계시기는 한데… 그냥 사장님 좀 안쓰러워서요. 그때 우셨던 거 맞죠? 그 지난번에 저희 약국 오셨을 때요. 저기, 우리 약국에 사장님 마스크 넣어 주세요. 약국 근처에 공사 크게 하는 현장이 있어서 마스크가 좀 나가거든요. 한 달에 이천 장씩 주기적으로 넣어 주세요. 이천 장 너무 많나… 에이, 그냥 주세요. 그리고 저희 약국이랑 친한 병원도 두어 군데 소개해 드릴 테니까 영업 한 번 잘해 보세요.

-아이고… 사모님… 너무 고맙습니다. 정말 고맙습니다….

영만은 통화를 끊고 다시 영업을 나가기 위해 차에 시동을 걸었다. 월에 이천 장. 160만 원이 조금 넘는, 사실 영만으로서는 거의 의미가 없는 수준이다. 하지만 외면과 거절과 박대. 그런 걸 몇 개월 내내 반복해서 당하다 보면 이런 일을 통해 황홀함까지 느낄 수 있다. 정말이지 몇 개월 만에 받아 보는 아득한 환대에 영만은 언젠가 건우약국을 찾아가 희망과 용기를 주셔서 고맙습니다, 라는 인사를 해야겠다는 다짐을 했다. 지금은 말고. 지금의 위기만 넘기면….

그런데 약국 이름이 묘하게 거슬린다.

황규남

오늘은 인쇄소에 심부름을 가야 했다. 대포폰 번호가 바뀌었다며 포주 형이 찌라시를 다시 찍어서 돌려야 한다고 했다. 인쇄소는 오피스텔에서 걸어서 십여 분 정도 거리에 있었다. 몹시 허름한 건물에 들어앉아 있는, 건물과 마찬가지로 허름한 인쇄소인데 주인도 마찬가지로 허름했다. 하지만 인쇄소 영감은 아마도 외양과 달리 꽤 알부자일 것이다. 잉크나 기름 때가 구저분하게 묻은 옷을 입고 남루하게 다녔지만, 어쩐지 그에겐 가난의 냄새, 가난의 기색이 없다.

강남역, 선릉역, 역삼역, 삼성역. 그런 이름의 역사 주변과 대로변 앞은 언제나 화려했고, 그런 만큼 오피 성매매 업소라든가 텐프로 룸살롱이라든가 사설 도박장 같은 그늘진 업소들과 그곳을 홍보하기 위한 홍보물을 만들어 주는 인쇄소라든가 그런 업소에서 일하는 사람들을 위한 휴게공간이라든가 하는 시설들도 횡행했다. 그늘진 장사를 하는 업소들은 대로변 앞에 서 있는 웅장한 건물들과 빳빳한 양복을 입고 다니는 양복쟁이들이 가려 주어 평소엔 잘 드러나지 않는다. 그렇지만 그곳은 분명히 있다. 눈을 씻고 찾아보면 생각보다 쉽게 찾을 수 있다. 강남처럼 설탕이 잔뜩 쌓여 있는 곳에 개미가 없을 리가 없다. 평소엔 개미굴 같은 곳에 숨어 있지만, 밤이 되면 기어 나와 놀다 가세요, 하며 자신들의 유구한 존재

를 증언했다. 때로는 점심시간에 프로모션을 통해 나오기도
한다.

"안녕하세요-."

"오. 황군, 오랜만이네. 벌써 찌라시 다 썼어? 오늘은 몇 장?
지난번에 판 뜬 거 그대로 하면 돼?"

"아뇨. 아뇨. 저희 전화번호 바뀌었어요. 그리고 바꾸는 김
에 사진도 좀 바꾸래요."

"사진은 갖고 왔어? 없으면 그냥 우리 걸로 할까?"

인쇄소 영감이 컴퓨터 앞에 앉아 벗은 여자들 사진을 죽 보
여 주었다. 음, 좀 올드하다. 그리고 누가 봐도 일본 여자다.
요즘엔 이런 거 안 먹힌다.

"그거 말고, 이걸로 해 주세요."

규남은 인스타그램에서 유명하진 않지만 예쁘장한 여자들
의 수영복 사진을 구해 왔다. 너무 유명하면 안 됐다. 알아볼
만큼 유명한 여자 사진을 쓰면, 남자들이 이런 여자는 오피에
없다는 걸 아니까. 오피에 가면 왠지 있을 수도 있겠다 싶은
몇 프로 부족한 외모. 다 벗은 사진 말고 적당히 가려 감질과
정념을 유발하는 그런 사진.

"알았어. 내일모레쯤 찾으러 와. 돈은 현금으로 알지?"

"네네. 지금 드릴게요."

지갑에서 돈을 꺼내 영감에게 주었다. 규남은 지갑을 주머

니에 넣으려다 말고 손으로 한번 쓸어 본다. 얼마 전 크리스마스 선물이라며 윤슬이 사 준 가죽 반지갑이었다. 돈도 없으면서 뭐 이런 비싼 걸. 규남은 원래 번잡스럽게 지갑 같은 걸 갖고 다니는 스타일이 아니었지만, 윤슬이 지갑을 선물한 뒤로는 가지고 다니는 것으로 스타일을 바꿨다.

지갑을 매만지며 윤슬에 대해 떠올린다. 윤슬은 언젠가 규남에게 이런 말을 했었다. 모든 사람과 연락을 끊고 새로운 관계를 만들지 않으면서도 규남에게만큼은 마음을 여는 이유가 단지 '그 일' 때문만은 아니라고. 규남과 대화를 하면, 규남의 유쾌한 활기를 느끼고 나면 내게도 정상적인 사람 같은 구석이 있을지도 모른다는 마음, 혹은 그렇게 될 수도 있겠다는 희망 같은 게 느껴진다고 했다. 그 말을 들었을 때 규남의 마음은 황송하고 풍족했다. 이리저리 피해만 끼치며 살다가 이제는 개미굴에 숨어 여자를 파는 일을 하는 자신의 인생이 별로인 것 같다는 생각을 할 때가 때때로 있었는데, 윤슬과 말을 하고 나면 오히려 규남 자신이 정상적인 사람이 될 수 있을지도 모른다는 벅찬 희망이 솟아나곤 했다. 그와 별개로, 어찌 되었든 불로소득자의 꿈은 버릴 수 없기 때문에 여자를 파는 일은 계속해야겠다는 규남의 생각에는 변함이 없었다. 기회가 닿는다면 남자도 팔고 싶었다. 돈이 되면 다 팔고 싶었다.

5. 2020년 1월 20일

질병관리본부는 1월 20일 오전에 중국 우한시 신종코로나바이러스 감염증 해외유입 확진환자를 확인하였으며, 이에 따라 감염병 위기 경보 수준을 '관심'에서 '주의' 단계로 상향 조정하고, 중앙방역대책본부와 지자체 대책반을 가동하여 지역사회 감시와 대응을 강화하겠다고 밝혔다.

〈국민 감염 예방 행동 수칙〉
  ○ 기침 등 호흡기 증상이 있을 경우 마스크 착용!
  ○ 흐르는 물에 30초 이상 손 씻기!
  ○ 해외 여행력을 의료진에게 알리기!
(2020년 1월 20일, 위기대응생물테러총괄과 보도자료)

우선영

"누님. 안녕하셨어요? 헤헤."

김성오가 선영의 약국에 들렀다. 선영은 저 '헤헤'거리는 소리만 안 내도 김성오와 대화하는 걸 참을 만할 텐데라는 생각을 했다. 어쩐지 보는 사람마저 비굴해야만 할 것 같게 만드는, 어딘가 그릇되고 굴절된 저 '헤헤' 소리가 듣기 싫었다. 선영은 김성오가 속으로는 자신을 싫어한다는 걸 알고 있었다. 그걸 감추면서도 드러내는, 부족한 연기력으로 무구한 척하여 오히려 더욱 교활해 보이는 김성오의 연극적인 얼굴이 불편했다. 회사에서 연봉을 얼마나 받는지는 모르겠지만, 김성오의 전반적인 외양이나 기품과 터무니없이 어긋나 보이는 호사스러운 금빛 롤렉스라든가 구찌 벨트 같은 걸 하고 다니는 것도 못마땅했다. 김성오는 때때로 과도한 움직임으로 시계를 본다든가, 지갑에서 뭔갈 느린 동작으로 꺼낸다든가 하는 식으로 은근히 그런 물건을 선영 앞에 내비치며 과시했는데 진짜든 가짜든 선영의 눈에는 가짜처럼 보였다. 건우만 아니면 약도 받고 싶지 않았다. 건우는 자꾸만 회사가 어렵다나 봐, 불쌍하잖아, 나한테는 잘해, 이런 말들로 김성오의 약을 좀 받아 달라고 선영에게 부탁했다. 김성오 또한 선영이 자신을 그와 같이 경멸한다는 것을 아주 오래전부터 알고 있었다.

"네. 성오 씨. 무슨 일이에요? 성오 씨가 납품한 약들 아직 좀 남았는데."

"네, 알아요. 헤헤. 저… 오늘은 약 팔러 온 게 아니라 뭘 좀 여쭤 보러 왔어요."

"네. 뭔데요?"

"저기 다름이 아니고, 혹시 마스크 납품하는 사람들 좀 아시나 해서요."

"마스크? 그냥 인터넷에 검색하면 많잖아요."

"아, 그게 코로난가 그거 때문인지 요즘 마스크를 구해 달라는 병원이 많아서요. 그래서 열 몇 군데 전화해 봤는데 다들 다 팔아서 다시 생산하는 데 오래 걸린다네요."

"그래요? 얼마나 필요한데?"

"뭐 한, 만 장 정도?"

"만 장? 어유. 많네? 뭐, 우리 약국에 납품하시는 분께 내가 물어는 볼게요."

김성오가 나간 뒤 선영은 생각했다. 요즘 이상하게 마스크 찾는 사람이 많다고. 아니, 지나치게 많다고. 메르스 당시 제약회사 직원으로 근무하면서 메르스를 지근거리에서 관찰한 경험이 있는 선영은 지금 상황을 그저 '메르스 알레르기' 때문이라고, 별일이 아니라고 진단했다. 메르스 때 대응이 늦어 욕을 잔뜩 먹었던 이전 정부에 대한 트라우마로서 '우리 정권은 다르다, 코로나라는 신종 바이러스에 대한 대응이 이렇게나 신속하다'라는 걸 홍보하기 위한 일종의 정치적 기제 정도로 가늠했다. 어설픈 팬데믹. 며칠 지나면 다른 이슈로 덮어질 일시적 가십이라고 생각했다. 선영에겐 그보다 훨씬 중차대한 다른 고민이 있었다.

코인 가격이 선영이 팔았을 때보다 두 배나 올랐다. 코인이 던져대는 추파에 또다시 매혹되고 싶다는 욕구가 기지개를 켰다. 사람 새끼가 아닌 게 뭐 어떠냐는 속삭임이 선영의 편도체를 조몰락조몰락 만져댔다. 그걸 그만둘 때의 죄책감이 초코 웨하스보다 무르게 부서지고 있었다. 코인을 팔지 않고 그대로 두었다면 지금쯤 4천만 원을 벌었겠다는 계산이 순식간에 이뤄졌다. 잃어버린 천만 원에 대한 아쉬움이 찌꺼기처럼 남아 선영의 신경 어딘가를 자꾸자꾸 긁었다. 코인 앱을 다시 설치하고 싶다는 유혹이 선영의 마음을 볶아쳤다. 떨쳐내기 위한 무언가가 절실했다.

그러할 때, 누군가 약국 문을 열고 들어왔다. 윤슬이었다. 이윤슬. 선영이 운영하는 약국과 같은 상가건물의 오피스텔에 살며, 건우의 차보다 더 늙은 조랑말 같은 차를 타고 다니는 아가씨. 무슨 일을 하는지 밤에 출근해서 아침에 들어오는 아가씨. 하지만 술집을 다니는 건 아닌 것 같은. 화장을 전혀 하지 않아 수수한 아가씨. 마른 몸매인데도 엉덩이만큼은 볼록하게 예쁜 —이건 윤슬이 기저귀를 차고 있기 때문이었지만— 아가씨. 간혹 어려운 제목의 소설책을 들고 다니는 것으로 보아 가방끈이 긴 것 같기도 한 아가씨. 매주 약국에 들러 성인용 기저귀와 아모다피닐 성분, 그러니까 기면증 환자들이 먹는 각성제 성분이 들어 있는 약과 그로 인한 부작용 때문인지 두통약을 한 아름 사고, 거기다 어머니 몫의 씨씨본과 인벨라와 철분 비타민제를 주문하는 아가씨. 빈틈없는 얼굴로 약을 주문하고는 몇 가지 약을 빼먹었다며 다시 돌아오는 일이 잦은 허술한 아가씨.

선영은 처방전에 적힌 그녀들의 질병을 만지작거리며 생각한다. 씨씨본과 인벨라, 철분제는 신장병 환자들이 먹는 약이며 처방을 보아하니 상당한 중증이다. 성인용 기저귀는 왜 필요한 걸까. 심상하지 못한 두 장의 처방전과 언제나 기름기 없이 깔쭉깔쭉한 윤슬의 표정과 반쯤 감긴 눈으로 '당기세요'라고 쓰인 문을 한결같이 밀어대며 쿵하고 갖다 박는 것과 누가 쓰던 사용에 있어 혹독한 고난이 있을 게 분명한 성인용 기저귀와 문밖에서 골골대는 낡은 마티즈와 때때로 윤슬 혼자 온전히 부양하고 있을 것으로 보이는 그녀의 어머니와 마주칠 때면, 선영은 그녀의 고단한 인생을 대략이나마 그려 볼 수 있었다. 안쓰러웠다. 누가 봐도 불행해 보이는, 그런 사람들의 전형. 선영은 약값을 받고 "좋은 날 올 거예요"라는 말을 덧붙이며 동정에 가까운 행동과 행동 이후 자신의 인간적 면모에 대해 스스로 감격하는 경솔한 모습을 서슴없이 내보였

는데, 윤슬도 선영에게 가끔 소설책을 선물하거나, 선영이 재
고를 정리하는 동안 우진이와 놀아 주기도 하며 나름의 보답
을 했고 윤슬이 그러는 것은 선영의 부주의한 친절에 대한 반
사적 거부감이 기저에 있었지만 실제로 거기까지 생각이 미
쳐 강박적으로 보답했던 것은 아니어서 두 사람은 조금씩 친
해지고 있던 중이었다.

　선영은 윤슬이 때맞춰 들어온 덕분에 코인 시세 사이트가
빨간 막대기를 혓바닥처럼 끈질기게 날름거리며 의식을 조여
오는 추파를 잠시나마 외면할 수 있었다. 그래, 돈을 다 날리
면 저렇게 불쌍하게 살 수도 있는 거야.

　"안녕하세요, 언니. 이거 약 좀 주세요."

　"네. 윤슬 씨. 어머니는 좀 어떠세요?"

　"똑같죠. 뭐…."

　"그래요… 힘내요. 좋은 날 있겠지. 아, 이거 비타민은 그냥
가져가요. 선물이에요."

　"예? 어머, 안 돼요… 이거 한 통에 몇만 원씩 하는 건데…."

　"괜찮아요. 가져가요."

　정말 괜찮아요. 윤슬 씨가 들어온 덕분에 나는 방금 코인
앱을 깔 뻔했던 걸 참을 수 있었단 말이죠.

김영만 사장

김영만은 우선영과 통화 중이었다.

-예, 사모님. 안녕하셨어요? 예? 어이쿠. 만 장이나요? KF94로요. 예, 예. 알겠습니다.

일주일 전부터 코로나 관련 기사가 늘기 시작하더니 정부가 '주의' 단계로 상향 조정을 하자마자 마스크 발주요청이 크게 늘었다. 대략 백만 장 정도가 순식간에 해결되었다. 죽다 살아난 기분이다. 이번엔 정말로 큰일이 날 뻔했다. 한 달만 더 늦어도 부도가 날 것 같아 김영만은 살던 집과 회사를 담보로 대출을 고민하고 있었다. 거기서 몇 달만 더 마스크가 팔리지 않았다면 집과 회사를 모두 날리고 감옥에 갈 수도 있었던 것이다. 거기까지 생각하니 매제 이 쌍놈이 새삼 원망스러웠다. 그놈 말을 듣고 새 기계를 사느라 너무 무리를 했다. 병이 돌아서 사람이 아프고 죽는다는데 기뻐하면 안 될 일이지만, 지금은 어쩔 수 없이, 기쁘다.

영만은 병원과 약국들로부터 받은 계약금으로 직원들 월급과 음주운전 과태료를 입금하기 위해 은행에 들렀다. 그나저나 허가가 취소된 KF80들은 다 어쩌지… 라는 생각을 하면서. 물론, 법에 따라 폐기하면 그만이겠지만….

6. 2020년 1월 27일

보건복지부, 감염병 위기경보 단계 "주의→경계" 격상

- 보건복지부, 총력 대응 위한 「신종코로나바이러스감염증 중앙사고수습본부」 가동

(2020년 1월 27일, 질병정책과 보도자료)

이윤슬

계족산 콜은 대전시 최외곽, 계족산 끝자락에서 조금 떨어진 곳에 자리하고 있다. 계족산 콜 건물 주변은 대체로 논과 밭이었는데 무언갈 심지도, 거두지도 않아 언제나 잡초만 무성했다. 건물 뒤편에는 음울해 보이는 벌거숭이 야산이 하나 있었고 다니는 사람도 없는데 쓸데없이 왕복 4차선으로 넓

게 깔린 도로와 도로 건너편에 있는 부도난 건설업체가 짓다가 만 아파트 골조가 흉흉히 들어서 있었다. 가을, 겨울이면 귀신의 입김 같은 안개가 무시로 몰려들어 계족산 콜 사옥 주변 분위기에 음울을 더했다. 건물 회벽 위에는 싸구려 페인트를 여러 번 덧칠해 놓았는데 풍화를 이기지 못한 페인트가 군데군데 갈라지거나 떨어져 나간 바람에 그 또한 세기말적 분위기를 연출하는 데 일조했다. 계족산 콜은 법인택시가 아닌 개인택시 기사들이 출자하여 조합형태로 만들어진 회사였는데 그래서인지 택시기사들이 딱히 회사 건물에 모일 필요가 없었고, 따라서 건물 보수 공사 같은 일은 내가 이 회사를 다닌 오 년 동안 한 번도 없었다. 건물 주변에 구조물이 없어서 겨울이면 무시무시한 바람이 불었다. 어찌나 바람이 거셌는지 가끔 자갈 같은 것에 습격당해 얼굴에 멍이 든 적도 있었다. 사이비 종교 단체를 배경으로 하는 공포영화를 만들기 위해 고심하고 있는 연출가를 우연한 기회로 만나게 된다면, 여기요 여기, 라고 말해 주고 싶다. 아마 곧바로 만족할 것이다.

　나는 사실 이처럼 음산한 계족산 콜 사옥 주변의 정취가 싫지 않았다. 사람을 마주칠 가능성이 전무하다는 사실이 나를 안도하게 했다. 귀신의 입김 같은 희부연 안개는 귀신 중에도 특히 아귀의 것이었는지 근방 사물들의 윤곽을 넉넉히 포식했고 내게 새겨진 미운 기억도 먹어 치워 줄 것 같아 나는 안

개 속에 있기를 좋아했다. 안개를 젖히며 회사를 향해 걸을 때면 어쩐지 고요하고 그윽한 것이 선경을 찾아 떠나는 구도자 같은 기분도 느낄 수 있었다. 하루에 수십 번씩 쌍욕을 들으면서도 꾸준히 다닐 수 있었던 이유 중 하나이다. 버스는 한 시간에 한 대가 지나갔는데 시간이 정확했다. 요즘 그 버스의 노선이 폐지되네 마네 하는 소리가 들려 신경이 쓰인다. 고물 마티즈를 타면 되지만 기름값이 너무 부담이다. 언제 퍼질지도 모르고.

버스정류장에서 건물을 바라보면 창문 두 개가 보였는데 화장실 쪽 창문이어서 언제나 노란 빛을 뿌렸다. 안개가 끼는 날이면 거기서 새어 나오는 빛이 부엉이 눈 같아 이따금 귀여워 보였다. 부엉이 눈은 계족산 콜에서 귀여움을 담당하고 있을 뿐만 아니라 안개가 심한 날 정류장에서 회사까지 무사히 걸어갈 수 있도록 이정표 역할도 톡톡히 했다.

계족산 콜의 사옥은 3층으로 이루어져 있다. 1층에는 카페테리아라고 부르기 민망한 휴게공간이 있었고 2층은 상담원과 경리직원 사무실, 3층은 사장이 혼자 썼는데 100평도 넘는 공간에 가죽이 갈라진 낡은 소파와 책상 한 개가 전부여서 몹시 황량해 보였다. 사장은 계족산 콜의 주인이라기보다 출자자 중 한 명이었다. 다른 기사들보다 약간 더 많은 돈을 출자해서 사장 직함을 얻게 된 사람이었기 때문에 누굴 함부로 자르고 뽑고, 회사의 경영을 온전히 좌우할 만한 힘은 없었으며 중요한 사안들은 같은 출자자인 택시기사들의 눈치를 보아 결정해야 했다. 상담원들과 경리직원들도 그걸 알고 있었고, 따라서 사장의 잔소리는 대체로 귓등으로 듣고 흘렸다. 내가 여기서 오 년이나 붙어 있을 수 있었던 두 번째 이유다. 물론, 이런 이유가 몇 가지 있다고 해서 힘들지 않다는 말은 전혀 아니고 당연히 그만두고 싶은 이유가 압도적으로 많다.

언젠가 제 갈 길 가시는 오십 대 상담원 언니의 제안으로 ARS 멘트와 콜 인입 시스템의 변경이 이루어진 적이 있었다. 현재 멘트가 너무 간략하고 퉁명스러우니 공손한 인사말을 좀 더 덧붙이고 멘트가 끝나면 일반, 모범, 대형 밴을 구분해서 번호를 누르고 그에 맞는 상담을 곧바로 시작할 수 있도록 하자는 건설적인 내용이었는데 그건 그냥 하는 소리고 언니의 내심은 상담원과 연결되는 절차를 길게 늘여 아, 계족산 콜 연결음 너무 길다, 다른 콜 부르자— 그러니까, 전화 건 사람을 열 받게 만들자, 내지는 포기하게 만들자는 숭고한 취지를 은닉한 것이었다. 못 하는 게 없는 제 갈 길 언니는 파워포인트로 근사한 기획안까지 만들어 시에 제출했고 근사한 기획안 따위를 좋아했던 대중교통과 공무원은 그걸 보고 즉각 승인했다. 이로써 우리는 얼마간 정신적 풍요를 누릴 수 있을 것이라 기대했으나 결과는 참담했다. 긴 멘트에 지칠 줄 알았던 사람들은 예측과 달리 멘트가 이어지는 동안 분노를 쌓았고 상담원에게 이어질 때쯤에는 입에 담기 어려운 상스러운 말로 분노를 폭발시켰다. 결국 상담원들은 원상복구를 위해 콜이 들어올 때마다 고객을 어르고 달래 가며 자체 설문 조사를 다시 실시했고, 그 결과를 모아 근사한 수정 기획안을 만들어 제출했으며, 마침내 멘트를 다 듣지 않아도 0번을 누르면 상담원과 바로 연결될 수 있도록 변경되었는데 실로 고단하고 쓸모없는 과정이었다고 회상한다. 회사원들은 보통 이런 일들을 반복하며 산다고 들었다.

　딩동. 콜이 들어왔다.

　-네. 계족산 콜입니다.

　-아, 예예. 아 하지 말라고. 아, 크큭.

　-저기요, 고객님?

　-예예. 야. 너 얼마 있어? 아, 여보세요? 뭐 돈 없어? 그럼 어쩌라고.

　-저기요.

　-아, 예예. 여기 ○○빌딩인데요, 금산아파트까지요.

　-저, 고객님. ○○빌딩이 두 개 나와서요. 어느 ○○빌딩이세요?

　-어, 어. 와 진짜? 미쳤네.

-고객님?

　젊은 애들과의 통화는 전반적으로 간결하고 깔끔해서 쉬운 편이지만, 이런 타입들이 간헐적으로 있었다. 주변 사람과 떠드느라 통화에 집중하지 않는 케이스. 사실 욕을 듣는 것보다 이런 경우가 기분이 더 나쁘다. 전화를 걸어 놓고 다른 사람과 이야기한다는 것은, 너 따위는 내가 말하고 싶어질 때까지 언제까지고 기다려야 해, 라는 의미를 내포하고 있다고 생각한다. 내 생각이 맞든 틀리든, 중요한 것은 우리 상담원들로서는 그런 의미로 받아들일 수밖에 없게 된다는 것이다. 자신과 상담원 사이에는 계급의 차이가 있다는 사상을 명료히 전제하고 있음이 느껴지는 이와 같은 대화는 술에 취해서 싸질러대는 맥락 없는 욕설보다도 훨씬 더, 우리를 지치고 상심하게 만들었다.

　이런 애들과는 싸움도 쉽지가 않았다. 어찌 되었든 이들은 젊다. 아마도 그의 인생에서 가장 총명한 시기를 구가하고 있을 것이다. 젊은 애들은 시비가 붙게 되면, 그들은 시스템과 절차를 활용해 우리를 압박했다. 오 년 동안 일을 하면서 술 취한 사람들이 자기가 무슨 말을 내뱉는지 알지도 못하면서 해대는 욕은 사실 그냥 귀 한 번 씻고 푹 자고 일어나면 얼마간 잊을 수 있는 경지에 이르렀는데, 젊은 애들과의 분쟁은 언제나 녹록지 않았다. 그들은 집착적이고도 합법적인 방법을 고안해 우리에게 엿을 먹였다. 아무래도 심상치 못한 통화가 될 수도 있겠다는 생각에 나는 귓가에 붙여 둔 녹음기 스위치를 켰다.

-고객님, 출발지와 목적지 정보 정확히 말씀 안 하시면 이만 끊겠습니다.

-어어. 그러니까. 예?

-출발지와 목적지 정보 정확히 말씀 안 하시면 이만 끊는다고요.

-아까 말했잖아요. 이상한 여자네.

-○○빌딩이 두 개 나와서 어느 ○○빌딩이냐고 물어봤는데 대답이 없으셨잖아요.

-그 말 한 거 맞아요?

-예?

-어느 ○○빌딩이냐고 물어본 거 맞냐고요. 증거 있어요? 그런 말 안 했는데 왜 했다고 거짓말하세요? 지금부터 저 녹취 시작합니다. 동의하시죠? 그쪽 이름이 뭐예요?

증거 없다 개새끼야. 어제 그제 조금 잔잔한가 싶더니. 어째 오늘은 각별히 힘든 하루가 될 것 같다. 이런 통화를 한 번 하고 나면 두 시간, 또는 세 시간, 심하면 며칠 동안 가슴이 두근거리고 열이 오르며 머리가 지끈거리고 마음이 가라앉지 않는다. 정말로 많이 슬프고 괴롭다. 꼭 엄마 치료비 때문이 아니더라도 돈이 좀 있었으면 하는 생각이 간곡한 하루다.

우선영

우선영은 김성오와 통화 중이었다.

-누님, 안녕하셨어요? 헤헤. 김성오입니다.

저기 성오 씨. 그 '헤헤' 좀 제발 안 할 수 없을까요, 라고 말할 뻔한 것을 간신히 눌러 삼켰다. '헤헤' 소리를 듣자마자 소름이 엄습하는 바람에 양팔을 쓸어내려야 했다.

-네, 성오 씨. 요즘 자주 연락하네요. 무슨 일이세요?

-그, 지난번에요.

-네.

-KF94… 마스크 어디서 구하셨어요?

-어디서 구하긴요. 마스크에 쓰여 있잖아요. 힐링크린이라고.

-예, 예. 그렇죠. 그건 아는데요, 헤헤. 힐링크린이 연락이 안 돼서요. 마스크가 좀 더 필요한데.

-그래요? 내가 사장님 핸드폰 번호 아니까 알려 줄게요. 몇 장이나 필요한데요?

-오만… 장? 많을수록 좋아요. 오만 장이든, 십만 장이든.

-십만 장? 어유, 코로나가 기승이라더니. 마스크가 많이 필요하긴 한가 보네요.

-네. 저 혹시, 누님이 갖고 계신 재고는 없으시죠? 있으면 제가 장당 200원씩 더 얹어서 사 드릴 수 있는데.

-어머 정말? 그런데 뭐, 우리처럼 조그마한 약국에 재고가 그만큼 있겠어요. 요즘에 찾는 사람 많아서 우리도 재고 없어요. 안 그래도 좀 사 놔야겠네.

-예. 예. 빨리 사 두시는 게 좋을 것 같아요. 누님, 그 힐링크린 사장님 전화번호 좀 알려 주셔요.

-네. 010-××××….

선영은 김성오와 통화를 끊고 방금 전까지 보던 코인 시세 사이트 화면으로 눈을 돌렸다. 번번이 저항하고는 있지만 정신을 차리고 보면 자꾸만 코인 시세를 확인하고 있었다. 만약 코인을 계속 갖고 있었다면… +62,412,330원. 언제나처럼 계산은 번개와 같이 마쳤다. 이더리움 가격이 한 달 반째 상승 중이었다. 그대로 두었다면 6천만 원을 벌었을 텐데. 6천만 원. 6천만 원. 6천만 원. 아가리를 벌린 것처럼 기다란 빨간 막대가 고혹적으로 반짝이며 선영을 유혹하고 있었다. 선영은 모니터 속 빨간 막대를 손으로 슥 한번 만져 보더니 감응을 거부하는 몸짓으로, 거세게 도리질을 쳤다. 뺨을 약간 세게, 찰싹찰싹 두어 번 치고 고개를 들어 약국 입구 쪽에 부적처럼 붙여 놓은 포스터를 바라보았다.

도박문제 전문상담 국번 없이 1336

노트북을 덮었다. 재고를 정리하려 돌아서는데 방금 전 김성오가 했던 말이 떠올랐다. 누님. 장당 200원씩 더 쳐줄게요. 만 장이면 200만 원, 이만 장이면 400만 원이네. 전화기가 울렸다. 김성오였다.

-선영 누님.

-예, 성오 씨. 어떻게 됐어요? 구했어요?

-하하. 절대 안 판다고 욕만 먹었네요. 자기 번호 어떻게 알아냈냐고 소리를 지르길래 누님 이야기는 안 했어요. 누님이 한번 물어봐 줄 수 있어요? 만 장 이상 구할 수 있으면 제가 장당 200원, 아니 250원씩 더 쳐 드릴게요. 헤헤.

애가 왜 이럴까. 김성오는 처음 봤을 때부터, 그러니까 PEET 스터디를 할 때부터 타산이 안 맞으면 깨금발만큼도 양보 안 하고 언제나 자기 보신에만 급급한 놈이었는데. 결혼을 할 때도 기이할 정도로 많은 축의금을 내더니 금세 그 이상의 이익을 챙겨 갔고, 건우 주변을 맴돌며 쓸모없고 사소한 선물 따위를 바친 다음 바보 같은 건우를 부추겨 선영이 필요도 없는 약을 납품 받게 만들었다. 그런 놈이 갑자기 전화를 해서 몇백만 원을 더 쳐준다고? 김성오의 목소리는 시종 다급해 보였다. 250원이 아니라 300원을 불러도 구시렁거리 긴 하겠지만 어쨌든 내어 줄 듯한 성마른 떨림과 초조가 느껴 졌다. 당장 마스크를 구하지 못하면 큰일이 날 것처럼 불안해 했다. 마스크… 요즘 그게 돈이 되는 건가? 우리 집에도 장롱 인지 서랍인지 어딘가에 한 움큼씩 굴러다니는 그 마스크가? 황사 심한 날에나 조금씩 나가던 그 애물단지가?

-네, 뭐 알아는 볼게요.

그때 손님이 들어왔다.

"저, KF94 마스크 있나요?"

"네. 있어요. 저쪽에 걸려 있어요."

"저기, 이 약국에 있는 거 전부 다 몇 장인가요?"

"예?"

"있는 거 전부 다 주세요."

대학생쯤 되어 보이는 남자 손님은 두툼한 백팩을 메고 있 었는데 가방의 움직임이 부피에 비해 가벼워 보였다. 설마 저 안에 든 게 다 마스크인가? 문득 경계심이 들었다. 다 팔지는 말아야겠다. 뭔가 이상하다.

"저기 걸려 있는 게 다예요."

선영은 발밑에 있는 마스크 상자를 발로 슥 밀어 감추며 말 했다. 마스크를 사러 왔다는 청년이 매대에 걸려 있던 마스크

스무 장을 쓸어 간 뒤, 선영은 김영만에게 전화를 걸어 마스크 십만 장을 구할 수 있는지 물었다.

　-사모님. 사모님께서 저 힘들 때 과람할 정도로 따뜻하게 대해 주셔서 드리는 말씀입니다. 오만, 십만 장씩 드릴 수는 없어요. 요즘 마스크 달라는 곳이 워낙 많습니다. 이렇게 하시죠. 제가 원래 납품하던 가격이 800원이었잖아요. 제가 천원에 KF94로 이만 장만 빼 드릴게요. 아마 1,500원에 내놔도 금세 팔릴 겁니다. 아, 이만 장을 언제 다 파냐고요? 허허, 사모님도 참. 인터넷에 마스크 카페라고 검색 한번 해 보세요. 사겠다는 사람이 줄을 섰습니다. 그리고 제가 요즘 물량 뽑느라 너무 바빠서 갖다 드릴 수가 없을 것 같습니다. 공장으로 오시면요, 마스크 이만 장을 2천만 원에 넘겨 드리겠습니다. 저희 공장은 청주에 있고요, 자세한 주소는 뭐, 마스크에도 쓰여 있고, 인터넷 검색해도 나오고 그렇습니다. 늦어도 다음 주 초까진 오세요. 그렇지 않으면 이만 장도 없을지도 모르겠습니다. 그럼 이만, 끊겠습니다.

　장당 500원씩 남겨서 이만 장이면, 천만 원이다. 선영이 주식과 코인으로 손실을 본 딱 그 금액. 손실에 대해선 잊어버리자는 다짐을 여러 번 했지만, 선영은 욕심이 났다. 딱 손실을 보전할 만큼의 돈이라는 게 선영을 선동했다. 도박이 아니라는 사실 또한 선영을 흔드는 데 힘을 보탰다. 김영만과 통화를 마친 선영은 그다음 날 아침까지, 꼬박 밤을 새워 마스크 카페를 들락거리며 거기에 있는 글들을 읽었다. 마스크 브로커라는 신조어가 생긴 듯하다. 뭐지 이 사람들? 왜… 이렇게 많지? 원래 이런 일을 해 왔던 사람들인가? 중국은 한국보다 코로나에 대한 공포가 심각한 듯했다. 한국에서 구입해 중국으로 넘기려는 사람들이 많았다. 중국에 팔겠다는 사람에게 넘기든 그냥 일단 사겠다는 사람에게 넘기든 거래는 간결하고 쉬워 보이긴 했으나 금액과 물량이 기이할 정도로 컸다. 당근마켓에 중고 유모차를 내다 파는 듯한 허술한 문투로 [KF94 마스크 이만 장/3천만 원에 팝니다/네고 가능], [KF94 오만 장/7천만 원에 삽니다…]와 같은 글들이 시시로 올라오고 있었다. 선영은 뉴스 기사와 카페 글들을 번갈아 읽으며 돌아가는 상황의 전모를 살피고 켯속을 따져 보았다. 호기심의 박동이 시작되었다. 알전구의 필라멘트가 이어지며 선영의 눈이 번쩍, 빛났고 생각의 속도가 벼락처럼 빨라졌다. 계산이 반복되었다. 이윽고 과열되었다. 코인을 할 때처럼 신열이 올랐다.

　'이거… 되는 일 같다…'

잠깐, 잠깐. 아니지. 조금 급하다. 다시 한번 차분히 생각해 보자. 이거 불법은 아니지? 메르스 때, 회사와 병원의 연구소를 오가며 일을 하던 그때, 병원 사람들로부터 발 빠르게 움직인 마스크와 손세정제 장사꾼들이 돈을 벌었다는 소리를 들었었다. 그때는 관심이 없었지만 아무튼 분명히 그런 말을 듣긴 들었다. 그것도 꽤 여러 번 들었다. 그리고 그들이 잡혀갔다거나 죄인이 되었다는 소리는 듣지 못했다. 인터넷을 검색해 봐도 그런 글은 나오지 않는다.

검산이 끝났다.

마스크 브로커. 이거 된다. 되는 일이다. 많이는 말고, 딱 손실 천만 원을 보전하고, 건우 새 차를 사 주는 데 들어간 돈을 충당하고, 우진이가 좀 더 크면 일 년 정도 해외연수를 다녀올 정도의 돈이면 된다. 많은 건가? 후후. 어쨌든.
다만, 혼자라는 점이 걸렸다. 가게를 함부로 비우기도 어렵고 운전면허도 차도 없는 선영이 이곳저곳을 오가며 거래를 주선하긴 어려웠다. 함께 움직일 사람이 필요했다. 김성오? 절대. 이익만 생각하고 움직인다는 점에서 예측이 편한 놈이지만, 그만큼 또 믿기 어렵다. 그리고 일단 그 끈적한 놈은 그냥 싫거든. 건우에게 말했다가는 당연히 난리가 날 테고. 맘카페? 거기도 됐다. 교양이란 교양은 다 차리는 척하면서도 틈만 나면 온갖 뾰족한 말로 서로 헐뜯고 편 가르기 바쁜 여편네들과 어울렸다가는 어디서든 분명 사달이 나고 말 것이다. 이런 일을 도모해 볼 친구가 이렇게도 없었나. 선영은 일단 힐링크린 사장이 약속한 이만 장만 혼자 거래해 보기로 생각을 굳혔다. 그런데 이만 장을 정말 혼자 다 팔 수 있을까. 비상한 흥분과 달리 딱히 방도는 떠오르지 않아 답답한 숨을 몰아쉬며 선영은 밤을 설쳤다.

7. 2020년 1월 28일

 # 이윤슬

투석을 받는 날이라 퇴근하자마자 엄마를 데리고 병원에 다녀왔다. 엄마가 투석을 받는 동안 옆에서 꾸벅 졸긴 했는데 선잠을 자서 그런지 계속 눈앞이 가물거렸다. 약을 타러 건우 약국에 들렀는데, 어쩐지 들어갈 수가 없었다. 사람들이 잔뜩 모여 약국이 몹시 붐볐다. 간신히 사람들을 비집고 들어가 약국 의자에 눈을 감고 앉아 사람들이 나가길 기다렸다.

"윤슬 씨 왔어요?"

선영 언니가 물었다.

"네? 네 언니. 깜박 졸았네요."

"그러게… 피곤했나 보다. 처방전 이리 줘요."

언니가 약을 꺼내러 간 사이 나는 다시 눈을 감았다.

오늘, 병원에서 기쁜 소식을 전했다. 엄마에게 이식이 가능해 보이는 장기 기증자를 찾았다는 소식이었다. 이야기를 들은 우리 모녀는 손을 맞잡으며 기뻐하고 있었는데 간호사가 다가와 나만 잠시 남아 달라고 했다.

"잘 알고 계시겠지만…."

"네."

"검사를 해 봐야 가능한지 정확히 알 수 있는 거고요, 지금은 그냥 가능성이 높다, 그런 정도예요."

"아… 네…."

"윤슬 씨도 해 보셔서 아시겠지만, 이식 가능 여부 검사비용은 비급여인 것 아시죠? 그리고 장기 기증자 측 검사비는 기증받는 쪽에서 부담하는 것도요."

"네…."

"네, 자세한 건 나중에 정확히 알려 드리겠지만 보통 500만 원 정도 드니까, 준비를 해 두시라고…."

"네… 500만…."

"저기, 윤슬 씨."

…

"윤슬 씨!"

"네?"

"많이 피곤했나 보네. 코까지 골면서 자길래 일부러 안 깨웠어요."

나는 그 말에 퍼뜩 놀라 바지부터 확인했다. 다행히 소변을 지리진 않은 것 같았다. 시계를 보니 오후 세 시였다. 거의 삼십 분을 잠들어 있었다. 어서 돌아가 좀 쉬어야겠다. 아홉 시가 되면 또 출근을 해야 하니까…. 당장 돌아가서 잠이 들어도 여섯 시간도 채 잘 수가 없다. 나는 잠을 못 자는 일에 극도로 예민하다. 기면이 꼭 낮에만 온다는 보장은 없었다.

"저… 윤슬 씨."

"네?"

"저기… 괜찮으면 나랑 이야기 좀 할래요? 한 삼십 분만."

지난번에 공짜로 받은 약도 있고, 오늘도 보아하니 처방에 없는 이런저런 약이나 비타민을 챙겨 봉투에 담아 둔 것 같았다. 몹시 피곤했지만 거절하기 곤란하여 알겠다고 말했다. 언니는 가게 문에 붙은 팻말을 'OPEN'에서 'CLOSED'로 뒤집었다. 가게 문을 잠그고 블라인드까지 내려 내부를 침침하게 만든 뒤 커피를 두 잔 타서 한 잔을 내게 주었다. 무슨 말을 하려고 이렇게 준비가 거창한 거지. 피곤해 죽겠는데…. 이런 패턴이라면 의외로 별 게 아닐 수도 있다.

"윤슬 씨. 저기, 내가 이런 말을 한다고 이상하게 보지 말아요."

『오염』이라는 소설을 썼던 한재원이 자신의 이야기를 고백할 때 저 말로 시작했었다. 왜. 뭔데. 무슨 말을 하려고. 하지만 아직 아무 이야기도 하지 않았으므로 네, 됐습니다, 하고 엉덩이를 털고 일어날 순 없다.

"윤슬 씨. 오늘 뉴스 봤어요?"

"아니요. 집에 티브이도 없고 별로 그런 데 관심이 없어서…"

언니는 보고 있던 노트북을 돌려 내게 보여 주었다.

신종코로나바이러스 감염증인 '우한 폐렴' 확산에 대한 우려가 커지고 있는 가운데 이번 설 연휴 기간 마스크와 손 소독제 등 개인 위생용품 판매가 큰 폭으로 증가한 것으로 나타났다. 특히 중국인 관광객이 많이 찾는 서울 명동 등지에서는 마스크를 대량 구매하는 중국인들을 쉽게 볼 수 있었고 일부 매장에서는 마스크와 손 소독제 등이 품귀현상을 빚기도 했다.

(2020년 1월 28일, 연합뉴스)

"이게 왜요?"

"요즘 코로나바이러스 관련 기사가 많아요."

"네, 뭐 듣기는 했어요. 그런데 그게 왜요?"

"거리에 사람들이 마스크 쓰고 다니는 것 봤어요?"

요즘 부쩍 마스크를 쓴 사람들이 많기는 했다. 나는 겨울이라 추워서 그러려니 생각했다.

"네… 보긴 봤죠."

"마스크가 많이 필요해질 거예요."

"네… 뭐, 그렇겠죠…."

나는 빨리 돌아가고 싶다는 마음을 표현하고자 최대한 심드렁한 말투로 대거리를 했다. 언니가 노트북을 다시 자기 쪽으로 돌려 몇 번 톡톡톡 클릭을 하더니 다른 화면을 보여 주었다.

[KF94 마스크 팝니다. 현금 있는 분만]

-오픈 채팅방: https://open.kakao.com/XXXX

[KF94 십만 장 삽니다. 현금 즉시 지급 가능]

-오픈 채팅방: https://open.kakao.com/XXXXXXX

[마스크 중국 수출 방]

-오픈 채팅방: https://open.kakao.com/XXXXXX

"윤슬 씨. 저 당분간 마스크를 본격적으로 떼다 팔아 보려고 해요. 혹시… 나 좀 도와줄 수 있어요?"

"예? 제가요? 아뇨, 아뇨. 저 이런 거 잘 몰라요. 제가 뭘 도울 수 있다고…."

"그냥, 운전하고 채팅만 몇 번 하면 돼요."

대단히 수상쩍지만 마구 화를 내며 일어나기엔 조금 이르다고 판단해 더 들어 보기로 했다. 언니는 오늘 하루만 해도 마스크를 사러 온 사람 중 이십 명은 돌려보냈다고 했다. 언니는 노트북을 아예 들고 내 옆쪽으로 오더니 소셜커머스라든지 인터넷 쇼핑몰 사이트 같은 곳에 접속해 '마스크'라고 검색어를 넣고 엔터를 쳤다. 지마켓, 쿠팡, 인터파크, 11번가, 너나 할 것 없이 마스크가 품절로 바뀌어 있었다. 언니가 말했다. "품절일 리가 없어요. 가격이 오를 것 같으니 모두 풀지 않고 움켜쥐고 있는 거예요". 언니만 해도 ―고작 이천 장이지만― 팔지 않고 있다고 했다. 이어서 말했다. 언니네 약국에 마스크를 납품하던 힐링크린이라는 회사에서 언니에게 마스크 이만 장을 2천만 원에 넘기겠다고 했는데 언니는 그걸 팔기 위해 마스크 카페를 통해 구매자를 찾고자 한다고 했다.

"그럼 그냥 언니가 찾으시면 되는 거 아니에요? 살 사람 많다면서요."

언니는 혼자 다니기가 무섭기도 하고 운전을 할 줄 몰라서 고민 중이라고 했다. 남편과 아이가 있어 야간에 오픈채팅방 대응을 하기 어려울 것 같다고도 했다. 혼자 다니기가 그냥 무섭다는 말에는 상당한 공감을 할 수 있었다. 언니가 제안한 것은 내게 청주에 함께 가서 마스크를 받아 올 것과 언니가 출자 ―라는 말을 썼다― 한 약 1억 원 상당의 돈을 바탕으로 마스크 장사를 해 보자는 것이었다.

"수익의 20%··· 아니, 30% 줄게요. 윤슬 씨가 오픈채팅방에서 구매자나 판매자 물어 오고, 나는 돈을 대고 힐링크린 쪽 물량 추가로 구해 오고··· 어때요?"

내가 멀뚱히 언니를 쳐다보자 언니는 커피가 식었네, 다시 내려 줄게요, 하며 자리를 피했다. 나는 언니가 내려 준 대충 식은 커피를 한 모금 마신 뒤, 소리가 나지 않도록 살그머니 컵을 내려놓았다. 어쩐지 그래야만 할 것 같았다.

언니가 커피를 내리러 간 동안 나는 언니가 보여 준 마스크 카페를 다시 살펴보았다. 찬찬히 스크롤을 해 가며, 눈에 뜨이는 글들을 하나씩 읽어 보았다. 카페 하나에만 수백 건의 매매 글이 분, 초 단위로 올라오고 있었다. 그런 카페가 열 개도 넘게 있었다. 천 원 정도 하던 KF94 마스크 가격이 벌써 40%, 50% 가까이 오른 것 같았다. 메르스 때의 경험을 근거로 언니는 최대 두 배 정도는 오를 것이라고 예측했다. 그렇다면, 1억을 투자해서 마스크 장사를 성공적으로 해낸다면, 예상 수익은 1억 원. 그중 3천만 원이··· 내 것이라는 말이 된다.

3천만 원. 적다면 적고, 많다면 많은 돈이다. 인생을 걸 만큼의 돈은 아니지만 지금의 내게는, 솔직히 아주 절실한 크기의 금전이다. 그리고 언니는 딱히 인생을 걸어야 할 만큼 위험한 일이 아니라고 했다. 그렇게 보이기도 했다. 언니가 설명한 수익을 내는 과정은 상당히 설득력이 있었다. 어느 날 갑자기 전염병이 돌았어요. 마스크가 필요한데 마스크는 부족하고요. 가격이 오르겠죠? 어머, 이미 올랐네요. 나는 마스크 물주를 확보했고 구매자는 넘쳐 나고. 윤슬 씨가 물어 온 구매자에게 오른 가격으로 팔면, 끝. 3천만 원이면 엄마 검사비와 삼 년 치 나와 엄마의 약값을 하고도 남는 금액이었다. 엄마의 병이 워낙 중하니 말은 안 하고 있었지만, 사실 나도 요즘 허리가 많이 아팠다. 밤이고 낮이고 면도칼로 죽죽 긋는 듯한 통증에 참다못해 병원에 갔는데 척추에 염증이 생겼고 그냥 두면 점차 견디기가 더 힘들어질 거라고 했다. 병원은 시술 비용으로 300만 원을 불렀다. 아, 그렇군요. 나는 1초도 고민하지 못한 채 병원을 나섰다. 삶의 고통이란 '그 일'이나 '그날의 일'처럼 임팩트 있는 사건에서만 비롯되는 게 아니었다. 회를 뜨는 것처럼 아픈 허리와 다리께를 꼬집고 주무르며 잠을 설치면서도 병원비가 아까워 가지 못하고 잠이여 오라, 그저 잠에게 사정이나 해 보는 것밖에 할 수 있는 게 없다는 현실과 다 삭아서 곧 끊어질 듯한 타이밍 벨트를 갈지 못하고 '삼중 추돌 사고로 일가족 및 삼십 대 여성 숨져…' 같은 기사를 상상하며 고속도로를 달리는 일과 매일 밤 열 시에 한 번, 열두 시에 세 번, 새벽 한 시에 일곱 번쯤 '씨발'을 듣는 일과 퇴근을 하자마자 쓰러져 자고 싶은 몸을 이끌고 일주일에 세 번 병원에 가서 엄마가 투석을 받는 동안 웅크려 졸다가 소변을 지리는 일과 버스에 같이 탄 여학생이 나에게서 냄새가 난다는 듯 은근한 동작으로 손부채를 부치며 저들끼리 소곤거리는 걸 모른 척하는 일과 겨울에 가스비로 11만 원을 청구받고 울먹이는 일처럼, 삶의 진짜 고통이란 이처럼 죽지 않을 만한 상처가 집요하게 반복되는 자잘한 일상들을 지긋하게 견뎌 내는 것이었다. 그럭저럭 연약한 삶을 보존할 만큼의 먹을거리와 입을 거리가 주어지기에, 그러하기에 고통스러운 것이었다. 돈이 있으면 상당히 많은 종류의 고통으로부터 해방될 수 있다. 3천만 원. 나에게 얼마간의 해방을 허락할 수 있는 돈이다. 언니의 제안 또한 그럴듯하다. 하지만 아직 몇 가지 의문이 남아 있다.

"그런데 왜 저예요?"

"글쎄요… 솔직히 말하자면, 가난… 돈이 필요해 보여서? 엄마를 부양하는 성실함이 믿을 만하다고 생각해서? 마지막으로… 우리는 서로 모르는 사람이라 깔끔해서."

적절한 답변이었다고 생각했다. 언니가 어설프게 친한 척을 했다면 믿지 않았을 것이다. 낮에 시간이 있고 차가 있으며 돈이 궁한 사람. 오랫동안 지켜봐 왔고 또라이는 아닌 것 같다는 입증이 되었으며, 무엇보다 '모르는' 사람이라는 것. 지인이나 친구에게 사정을 설명하고 시간을 맞추고 어쩌고

230

할 시간이 언니에게는 없었을 것이다. 설사 있다 해도, 나 같아도 지인과는 이런 일을 도모하지 않을 것 같았다. 지인과 돈으로 엮인 적은 없지만 그런 일이 생긴다면 꽤 골치 아플 것이라는 상상 정도는 쉽게 할 수 있었다. 언니는 내게 간단하게라도 수수료에 관한 계약서를 쓰고 일을 하자고 했다. 나도 그러고 싶었다. 깔끔하다.

"그럼 언니 남편은요? 남편이랑 하시면 되잖아요."

언니가 계획하는 일은 전혀 불법이 아니지만, ─언니는 아까부터 불법이 아니라는 말에 강박적인 방점을 찍어서 말했는데, 그게 조금 거슬렸다─ 남편이 식약처에 다니고 있는데 요즘은 불량 마스크 단속 관련 비상이 걸려 마스크 이야기만 꺼내도 예민하게 굴어 말을 꺼낼 수 없다고 했다. 가끔 약국에 찾아와 우리 가게에는 불량 없지? 미허가 업체 물건은 없지? 하며 식약처 행정처분 사이트에서 건우약국에 비치된 마스크들의 제조사명을 하나씩 조회해 보고 간 적도 있다고 했다. 비상이라 바쁘다는 사람이 말이다. 그리고 언니의 남편은 그런 면에 있어선 설득 불가한 꼰대여서 뻔히 돈이 되는 일임에도 절대 안 한다고 난리를 칠 게 뻔하기 때문에 말할 수 없다고도 했다.

"정말… 불법 아니에요?"

"윤슬 씨. 나도 고민도 하고 알아봤는데 아니에요. 저 약사고요, 남편이 식약처 공무원이에요. 이게 불법이면 이걸로 얼마나 팔자를 고친다고 제 인생까지 걸겠어요. 그런 일이면 안해요. 하는 게 손해예요. 지금처럼 사는 게 안전하다고요. 오늘 기사 났잖아요. 마스크 품귀라고. 그런데도 마스크 거래 카페는 계속 생겨나고 있어요. 불법이면 벌써 단속을 했겠지. 물론, KF94 허가를 받지 않은 마스크를 KF94라고 팔면 불법이겠죠. 그런데 힐링크린 물건은 그런 게 아니에요. 아까 말했잖아요, 공사다망한 남편이 굳이 들러 직접 확인하고 갔다고."

언니가 힐링크린이라는 업체로부터 받은 식약처 허가증을 보여 주었다.

"저도 직장을 다니고 있어 시간이 아주 여유롭지는 않을 텐데요…."

"어차피 나도 1억 원어치만 하고 그만둘 거예요. 마스크 품귀가 뭐 오래가겠어요? 나라에서 이런 상황을 그냥 내버려 둘 리가 없지. 아마 두 달도 못 되어 마스크 찬스는 지나가 버릴걸…."

토끼 같은 눈망울의 언니라 그동안 가끔 몇 마디나마 말을 붙일 수 있었던 것인데 그 순간만큼은 심야에 산속을 헤매다 만난 호랑이처럼 빛나는 안광을 번뜩이고 있었다. 그즈음에서야 소변을 지려 뭉클하게 젖은 엉덩이와 기저귀가 생각났다. 오래 두면 습진 생기는데. 그만큼 홀딱 빠져 이야기를 들었나 보다. 홀딱 빠질 만한 이야기였다. 누가 되었든.

"어떻게 생각해요?"

호랑이 언니가 불쑥 어흥, 하고 묻는 바람에 나는 소변을 지린 새앙쥐가 되어 버린 느낌이었다.

8. 2020년 1월 29일

신종코로나바이러스 감염증 확산 우려로 마스크를 찾는 사람들이 많이 늘어나면서 일부 판매업자가 마스크 가격을 크게 올려 논란이 되고 있습니다. (중략) 수요가 늘면 어느 정도 가격이 오르는 것은 당연한 현상이라고 이해하면서도 사람들의 불안 심리를 이용해 지나치게 폭리를 취하는 것은 너무하다는 불만입니다. A 쇼핑몰에 입점한 한 판매자는 평소 개당 110원 정도에 팔던 마스크를 이번 사태 이후 가격을 열두 배 올려 개당 1,398원에 팔기 시작했습니다. 해당 마스크는 바이러스를 차단할 수 있는 KF 기능이 없는 단순 부직포 제품입니다. (중략) 설 연휴 기간 온라인에서 KF94 마스크 오십 장을 2만 900원에 샀던 한 소비자는 배송일을 확인하려 해당 쇼핑몰에 들어갔다가 해당 제품 가격이 6만5천 원으로 뛴 것을 보고 "더 오르기 전에 빨리 사 둬라"라는 글을 올리기도 했습니다.

(2020년 1월 29일, SBS 뉴스)

이윤슬

자꾸만 경련이 이는 눈꺼풀을 부여잡으며 반수면 상태로 간신히 근무를 마치고 퇴근했다. 오늘 회사에 있던 사람들은 실내에서도 마스크를 벗지 않았다. 안경알이 뿌예지는데도, 연신 습습 소리를 내며 가쁜 숨을 몰아쉬면서도 마스크를 벗지 않았다. 평소와 다를 바 없는 하루였고, 다를 바 없는 동료들이었지만 마스크를 쓴 얼굴들은 어쩐지 평소보다 냉정해 보였다. 나는 일을 하는 내내, 그리고 퇴근하는 길에도 마스크, 사재기, 매점매석을 키워드로 뉴스 기사를 검색했다. 불만이 많다고는 하지만 불법이라는 말은 없다. 누가 잡혀갔다는 기사도 없었다. 아주 어릴 적 김일성이 사망했을 때 사람들이 라면이나 참치나 생수를 사려고 아우성이었다는 기사를 봤던 먼 기억을 떠올렸다. 그만큼 사재기나 매점매석은 일생에 걸쳐 떠올려 본 적이 없는 단어라 막막하고 난감했다.

집에 돌아왔다. 엄마는 자고 있었다. 누군가 문 앞에 음식 쓰레기를 버리다 흘린 듯, 말라붙은 더께가 보이길래 물을 묻혀 지웠다. 몬스테라 화분이 비실거리길래 물을 한 컵 부어 주었고 라면 물을 올려놓고는 까맣게 잊고 생라면을 뜯어 먹었다. 누군가 문 앞에 음식 쓰레기 국물을 흘린 듯한 기억이 나서 닦으러 나갔다가 아, 아까 치웠지 혼잣말을 하고 스스로 머리를 꽁하고 쥐어박고 다시 들어와 몬스테라 화분에 물을 부어 주었다. 정신이 혼미했다는 말이다.

　양치를 하고 엄마 옆에 살포시 모로 누워 핸드폰으로 마스크 카페의 글들을 읽다가 눈을 감고 어제 약국 언니가 했던 말을 떠올렸다.

　"그래. 이거 나쁜 거 맞아요. 매점매석. 도덕적이진 않지. 하지만 범죄는 아니야. 근데 돈 번 사람들 다 이렇게 번 거고 세상 원래 다 이렇게 굴러가는 거 아니에요? 나도 주식이랑 코인 했다가 큰돈 날렸어. 따지고 들면 주식과 코인도 비도덕적이지. 아무것도 한 게 없는데, 어떤 가치를 부여하고 뭔가 더 낫게 만들고 그런 일을 전혀 안 했는데 누군가는 돈을 벌었고 누군가는 돈을 잃었어. 그냥 갖고 있다가, 내놓지 않고 있다가, 비싸지면 내놓고 싸지면 사들이는 거야. 주식이나 코인도 매점매석이랑 다를 바가 없지. 근데 불법은 아니잖아. 오히려 나라에서 권장하잖아. 주식투자 시세 차익은 세금도 안 내게 해 주잖아. 반말해서 미안해요. 아무튼, 나 약국 하잖아요. 약도 그래. 아무리 신기술이라지만 독점하는 회사들은 정말이지 터무니없이 비싸게 팔아요. 쥐어짤 수 있을 때까지, 건강을 포기할 수 없는 환자가 포기하기 직전까지 몰아붙인 다음에 거기서부터 흥정을 해. 윤슬 씨도 어머니 카테터 삽입하고 동정맥류 시술하는 데 3천만 원 들었다며. 그 조그만 게 뭐라고 3천이야. 그런 사람들이나 마스크를 미리미리 센스 있게 구해 놨다가 가격 올랐을 때 파는 거랑 뭐가 달라요? 왜 우리 같은 개미들은 만날 당하기만 해야 해? 어쩔 수가 없어요. 세상이 원래 그렇게 돌아가. 나도 주식으로 돈 잃고 지옥 같은 롤러코스터 몇 번을 타 보고 깨달은 거야. 돈 버는 사람들은 다들 그렇게 한 거라고요. 사람들 능력이 다 거기서 거기지 뭐 대단하다고 그런 큰돈 함부로 만져요? 다들 어디선가, 티 나지 않게, 수상한 방법으로 슬금슬금 착취한 거라고. 그런 기회를 잡았을 뿐이라고. 지금, 마스크 이거 무조건 돈 돼요. 센스 없어서 늦는 사람들, 체면 차리느라 손 안 대는 사람들, 평생 빼앗기기만 했던 사람들이 눈치채기 전에 빨리 선수를 쳐야 해요. 얼마를 벌 수 있을진 모르겠지만, 하여간 할 수 있을 때 해야 해요. 일단 1억으로 시작을 하지만, 나도 몰라요. 잘되면 대출을 받아서라도 더 할 거야. 이건 주식이나 코인이나 도박같이 리스크가 있는 게 아니니까. 원래 세상엔 패자부활전 따위는 없는데 전염병에 놀랐는지 잠깐 그런 게 생겼어. 시간이 없어요. 아마 두 달이면 정부가 마스크 구해 놓을걸?"

언니의 말은 쉽기도 했고 어렵기도 했다. 쉬운 걸 어렵게 말한 건지 어려운 걸 쉽게 말한 건지 헷갈렸지만 하여간 맞는 소리 같았다. 왜냐하면, 이미 다 알고 있었지만 떠올리면 속이 쓰려 외면했던 말들이었으니까. 나는 엄마가 깨지 않도록 살그머니 일어나 물을 한 잔 따라 마셨다. 엄마가 깨지 않도록 살그머니 커튼을 걷고 창밖을 바라보았다. 이 건물에서 가장 저렴한 방을 구했기에 창밖으로는 팔을 쭉 뻗으면 거의 닿을 만큼 바짝 달라붙은 옆 건물의 외벽과 빗물받이밖에 보이지 않는다. 창문을 열고 맵싸한 공기라도 들이마시며 복잡한 머릿속을 환기하고 싶었지만 엄마가 깰까 봐 그럴 순 없었다. 3천만 원. 어떻게 생각하면 그저 그런 돈 같기도. 어떻게 생각하면 그 돈으로 할 수 있는 일이 백여 가지는 순식간에 떠오르며 몹시 유용하고 소중하게 느껴진다. 사실 나는 이미 모든 숙고를 마쳤고 결심했다.

하겠다고.

잠들어 있는 엄마를 바라보았다. 돈이야 내가 욕을 먹어 가며 전화를 받든… 마스크 장사를 하든… 어떻게든 벌어 올 테니 엄마가 아프지 않았으면 좋겠다. 신장투석을 받는 환자들은 수명이 많이 짧아진다고 했다. 아무리 기계로 투석을 해도 진짜 신장만은 못하다고 의사가 말했다. 그럴 테지. 점차 걸러지지 못한 노폐물이 몸에 쌓이거나 반대로 필요한 성분들이 투석기에 걸러지거나 하면서 암이라든가 장기부전 같은 게 찾아올 수 있다고 했다. 언제든 큰돈이 필요할 수 있다.

3천만 원. 다시 한번 소리 내어 말해 본다. 아주 큰 돈이라고 볼 순 없다. 조금 부족하다. 일단은 일이 돌아가는 걸 봐 가면서, 진짜 되는 일로 판단이 선다면 아빠의 통장, 그러니까 2억을 꺼내 써야겠다는 생각을 했다. 돈을 잃는 일은 없을 것이다. 거래가 불발이면 불발이지 투자했다가 회수하지 못하는 일은 없어 보였다. 보고, 다시 보고, 또 봐도 채팅창은 대성황이었다. 문득 아빠가 보고 싶었다. 아빠를 볼 수 있는 영상이 있었으면 좋겠는데, 안타깝게도 그런 건 없다. 아빠가 남긴 가장 슬픈 목소리를 다시 꺼내 들었다.

윤슬아… 흡. 아빠가… 으흥. 미안해… 응. 아빠 먼저 가서 정말 미안해… 흡. 으응. 아빠… 너무 힘들어서… 흡. 우리 윤슬이랑 엄마랑… 흡. 우리 윤슬이 학교 마치면… 흡. 뉴질랜드 흡. 아무도 모르는 데 가서 흡. 응응. 거기서 흡. 살려고… 그랬는데… 흡. 아빠가… 죽을 테니까… 흡. 으흥. 우리 윤슬이… 죽지 마… 흡. 아빠가… 흡. 으응. 꼭 귀신이 돼서… 흡. 그 개새끼들이랑 개씨발년이랑… 으흥응. 아이고… 우리 윤슬이랑 여보 불쌍해서 어떡하냐… 응응. 흡. 아빠 갈게….

거대하고 통절한 슬픔을 함부로 삼켜 버린 아빠는 녹음하는 동안 딸꾹질을 많이 했다. '그 일'과 '그날의 일'의 기억은, 대체로 다 잊었고 몇 장면만 남아 있다. 몇 장면만 남아 있어

더욱 깊이 선명하다. 보고 싶은 아빠. 조금만 더 늦게 떠나지. 지금은 아이폰이니 갤럭시니 공짜폰이니 하여간 밭에 차이는 게 카메라고 개나 소나 늙은이나 어린이나 다 녹화를 하는데… 흑. 아빠를 볼 수 있는 영상 하나만 있었으면… 흑.

나는 엄마가 깨지 않도록 살그머니 엄마 옆에 눕는다. 엄마의 몸에서 크레졸 냄새가 난다. 병원에 다녀온 날이면 한동안 크레졸 냄새가 진동했다. 눈을 감고 잠을 청하지만 아빠의 딸꾹질이 자꾸 떠오르는 바람에 나는 잠을 이루지 못하고 소리 죽여 흐느낀다. 엄마가 문득 등을 부드럽게 쓸어내려 준다. 티가 났나. 살금살금 조심했는데 역시나. 나는 엄마가 다시 잠들 수 있도록 코 고는 척을 한다. 엄마가 쓸던 손을 멈추더니 나를 가만 끌어안고 등에 얼굴을 묻었는데 등판이 자꾸만 축축해진다. 나는 묵묵히 코 고는 척을 하며 엄마의 눈물과 크레졸 냄새를 견딘다. 그날 밤 사람들이 현금 인출기에 마스크를 집어넣고 있는 이상한 꿈을 꾸었다. 용도가 본의와 달라진 모든 물건은 위험할 텐데. 이러나저러나 모든 것에 관심 없는 추운 밤은 저 혼자 적요히 깊어 간다.

9. 2020년 1월 31일

이윤슬

언니에게 말했다. 하겠다고. 이미 잔뜩 깨지고 부서지고 마모되는 바람에 정상일 때의 모습이 어땠었는지 기억조차 나지 않는 게 인간 이윤슬의 삶일진대, 마스크 장사를 하다 뭐가 잘못되든 인제 와서 별로 상관도 없을 것 같고, 누군가 내게 윤리에 대해 따진다면 일단 엄마 검사비 500만 원 내놓고 욕을 하든 갈구든 하라며 멱살을 잡고 외치고 싶은 심경이었다. 어찌 되었든 돈이라도 쥐고 있으면 그것만으로도 무조건 나쁘지는 않겠다는 현실적이면서도 어른적인 생각의 현현이 결론의 근거가 되었다.

내가 하겠다는 말을 꺼내자마자 언니는 가게 문을 닫고 블라인드를 내렸다. 블라인드는 안 내려도 될 것 같은데 눈만 침침하게 왜 자꾸 내리는 건지 이해를 할 수가 없었지만, 블라인드 손잡이를 천천히 돌려 내리며 사위를 살피는 언니의 동작이 사뭇 경건하였으므로 말리긴 어려웠다. 언니가 맛없는 커피를 두 잔 타서 테이블에 올려놓더니 노트북을 열었다. 카페 글을 검색한 다음 적당한 오픈채팅방을 골라 들어가 보았다. 그리고 나는 경악하여 말을 잇지 못했다. 채팅방에 입장하자마자 '까똑, 까똑' 하며 말풍선이 악다구니를 질러대는 통에 허둥지둥 무음으로 바꿔 두어야 했다. 잘못한 것도 없이 괜히 은밀한 동작으로, 우리는 고개를 움츠린 채 채팅창의 대화 내용을 찬찬히 읽어 나갔다.

[마스크 수출입 관심 있는 분. 참여자 999+]

└ 중국 정부에서 한국산 마스크 통관 안 해 준다고 방금 공지 났으니 참고 바랍니다. 김○○, 오후 7:15

└ 맞는 뉴스인가요? 뭐하시는 분이길래 중국 정부가 방금 공지한 걸 바로 아시나요? 안○○, 오후 7:15

└ 관세사입니다. 김○○, 오후 7:16

└ 그걸 어떻게 믿죠? 안○○, 오후 7:15

└ 저도 현재 세관 근처에서 일하고 있는 관세사입니다만 그런 소식 들은 바 없습니다. 설○○, 오후 7:15

└ 믿기 싫으면 믿지 마세요. 아무튼 중국 구매자와 직접거래는 조심하시기 바랍니다. 김○○, 오후 7:17

[마스크 매매방 참여자 999+]

└ 성인용, 어린이용 모두 다 삽니다. 조○○ ABB GLOBAL, 오후 7:18

　└ re: KF80도 괜찮으신가요? 성인용 십오만 장, 어린이용 십칠만 장 있습니다. 괜찮으면 가격 협의하시죠. A○○, 오후 7:19

　　└ re: re: 네. 모두 구입하겠습니다. 2월 중순까지 모두 사입 가능합니다. 조○○ ABB GLOBAL, 오후 7:20

　　　└ re: re: re: 장난하세요? 내일 당장 현금 갖고 오지 않으면 안 팝니다. A○○, 오후 7:21

└ 제가 내일 당장 현금 들고 가겠습니다. 가격협의 카톡: z00z00z 양○○, 오후 7:22

'마스크'라는 검색어를 넣자마자 이와 같은 오픈채팅방이 수십 개가 나왔다. 정부가 가뜩이나 모자란 마스크를 중국에 삼백만 장이나 보낸다는 기사가 보도된 이후 더 늘었다. 채팅 방마다 참여자는 999+였다. 본래의 직업이 마스크 장사꾼인 사람이 999+명일 리는 없을 것이다. 그즈음 본질이 호도된 마 스크는 돈 냄새를 풀풀 풍겼고 그걸 맡고 모여든 사람들이 순 식간에 늘어나고 있었다. 그런 사람들이 오픈채팅방에 모였 다. 사람들이 모인 만큼 욕망이 모였다. 일단은 서성이며 관 망한다. 단속적으로 올라오는 글들을 읽기만 한다. 누군가 한 마디 던졌다. 마스크 만 장 삽니다. 이만 장 팝니다. 그 말에 묻은 욕망을 탐식하며 사람들이 말을 보탠다. 말이 많아진다. 빗줄기처럼 많아져 눈으로 따라갈 수 없을 정도가 된다. 빗줄 기와 같은 욕망들이 누적되어 고기압이 되었다. 고기압을 형 성하던 채팅방은 이윽고 바람기둥을 일으켰다. 근처에 서 있 기만 해도 하늘로 올려 주는 바람기둥, 토네이도가 된 것이 다. 토네이도가 굉음을 내며 회전했다. 채팅방 안에 있는 사 람들이 채팅방 밖으로 말을 전파했다. 지금 토네이도가 불고 있다! 사람들이 더욱 모여들었다. 그만큼의 욕망이 배가되었 다. 토네이도는 더욱 거세지고 불길해졌다. 모여든 사람들이 두려움에 떨었다. 주춤거리며 곧바로 뛰어들지는 못한다. 이 거, 잘못 들어갔다간 몸이 그냥 콱 찢어지는 거 아냐? 나도 몰 라요, 당신이 먼저 들어가 봐요. 시… 싫어! 언뜻 보기엔 무서위 보이지만, 이 바람은 하늘로 올려 줄 것이다. 어쩐지 그럴 것 같다. 마침내, 누군가가 몸을 날렸다. 그가 바람기둥을 타고 하늘로 올라가는 걸 사람들이 보았다. 하늘에서 몇백만 원을, 몇천만 원을 벌었다는 소식이 내려왔다. 먼저 뛰어오른 이들이 하늘 너머 구름 위에 올라앉아 껄껄껄 신선처럼 웃었다. 언니, 우리도. 우리도 뛰어들어요. 나도 하늘에 올라 근두운을 타고 싶어요. 제천대성이 반도의 복숭아를 훔쳐 먹듯 우리도 근두운을 타고 널려 있는 돈들을 훔쳐 먹어요.

선영 언니가 문득 내 핸드폰을 뺏더니 채팅창에 무어라 메시지를 입력했다. 나는 바람기둥을 상상하느라 핸드폰을 뺏어 간 것도 모른 채 망연히 허공을 바라보고만 있었다. 언니가 손톱을 잘근 한 번 씹더니 사람들에게 말을 걸었다.

> └ 국산 필터 KF94 마스크 이만 장. 장당 1,800원 매입하실 분? 이윤슬.
>
> 오후 7:25

"뭐? 1,800원? 원래 계획보다 300원이나 비싸잖아요!"
"있어 봐요."

> └ 국산 필터 KF94 마스크 이만 장. 장당 1,800원 매입하실 분? 이윤슬.
>
> 오후 7:25

└ re: 물건 확실하시죠? 제가 살게요. 카톡: 3x9x000 최○○, 오후

7:27

개인 대화방으로 최○○이라는 사람을 초대했다.

└ 현금으로 3천600만 원 준비하셔서 내일 오후 두 시에 청주시 힐링

크린 공장 주차장으로 오세요. 마스크 실어 갈 화물차 가져오셔야

합니다. 이윤슬, 오후 7:30

└ 네. 내일 뵙겠습니다. 최○○, 오후 7:31

팔렸다.

우리는 방금 육 분 만에 1천600만 원을 벌었다.

언니는 1천120만 원을 벌었고 나는 언니가 채팅을 하는 걸 구경하면서 480만 원을 벌었다. 엄마의 신장 이식 가능 검사비 500만 원. 나는 그걸 해결했고, 언니는 생각만 하면 피가 거꾸로 솟을 것 같다는 투자 손실액 천만 원을 그야말로 일순, 단 육 분 만에 만회했다. 언니는 이제 손실이 없다. 다 털어 냈다. 손실 제로. 원상으로의 복귀. 언니가 저지른 일은 이제 ─적어도 수치적으로는─ 없던 일이 된 것이다. 언니가 숨을 몰아쉬고 있었다. 마스크를 쓴 사람들처럼.

"그런데 이만 장은 그분이 주신다고 했으니까 거래는 됐는

데, 나머지 1억 어치 물량은 어떻게 구하시려고요?"

"그게… 오늘 오전에 마스크 공장 사장하고 통화를 했는데, 일단 이만 장은 무조건 준다고 내일 받으러 오래요. 그리고 KF94 백만 장, 한 장당 1,800원. 덴탈 마스크 이백만 장, 한 장당 500원에 매입할 구매자를 알아봐 달라고 하더라고요. 구매자를 데려오는 사람에게 수수료를 5%나 주겠다는데, 나 말고도 여기저기 뿌려 놓았으니 가장 먼저 구매자를 구해 오는 사람에게 넘기겠다고 했어요."

"뭐야 그럼. 가만있어 봐."

나는 손가락에 침을 묻힌 뒤 계산기를 픽픽 두드리며 계산을 시작했다.

"일 십 백 천 만… 30억? 수수료가 5%니까… 1억5천? 돈 한 푼 안 들이고 1억5천? 살 사람만 구해 오면 된다고요? 언니 이게 말이 돼요?"

1억5천. 누군가의 인생을 충분히 바꿀 수 있는 크기의 금전이다. 그걸 잃은 사람은 죽을 수도 있고, 죽을 사람이 그 정도 돈이 있다면 살아날 수도 있다. 1억5천은… 생명의 가치에 준하는 돈인 것이다. 뭘 했다고 우리가 1억5천을, 사람의 목숨값을 가질 수도 있게 되는 걸까. 사실 그건 별로 궁금하진 않고 일단 갖고 나서, 그때 다시 고민을 해 보겠다.

"나도 몰라요… 뭐, 일단 일이 돼야 1억5천이지…."

"근데요, 언니. 구매자는 어떻게 구해요? 여기 오픈채팅방에서? 여기 다 만 장, 이만 장 수준밖에 없던데요. 그 사람들 다 모으려면 시간이 오래 걸릴 텐데… 중국 채팅방에 들어가볼까요?"

"있어요. 살 놈. 전부 다는 아니지만."

선영은 김성오를 떠올렸다.

황규남

규남은 봉고차의 시트를 뒤로 잔뜩 젖힌 채 누워 있었다. 잠깐 잠들었다고 생각했는데 어느덧 날이 밝아 오고 있었다. 창문에 걸쳐 둔 검은색 블라인드를 걷어 내고 차창 밖을 내다보았다. 장애인 주차구역은 전망이 좋아서 거기에 차를 세워 두고 바깥을 내다보면 시야도 훤하고 일하기도 편했다. 포주 형님이 규남을 고용한 이유 중 하나이기도 했다. 장애인 주차증 발급이 가능하다는 것.

간밤에 비가 왔었는지 건물들이며 표지판이며 어제 오후 길바닥에 뿌려 둔 성매매 찌라시들이 먼지를 머금은 검은 물방울을 뚝뚝 떨어뜨리고 있었다. 겨울비는 언제나 구질구질하다. 깊이 눌러쓴 후드 속에 손을 넣어 왼쪽 눈가를 빙글빙글 어루만졌다. 비가 오는 날이면 왼쪽 얼굴이 시큰거렸다.

글로브박스에서 생수병을 꺼내 미지근한 물을 한 모금 마시고 담배를 꺼내 물었다. 이른 새벽에 출근하는 몇몇 양복쟁이들과 경비원들, 길거리를 청소하는 청소부와 건물을 청소하는 아주머니들이 거리를 오갔다. 새카만 밤하늘보다 시리도록 푸른 새벽하늘이 한겨울의 추위를 더 도드라지게 만드는 것 같았다. 규남은 담배를 피우며 얼어붙은 강남의 새벽 거리를 관람했다. 차에서 잠을 잤더니 온몸을 두들겨 맞은 것처럼 사방의 근육들이 아프다고 비명을 질러댔다. 얼굴도 땡땡 부어 눈을 뜨기 힘들었다. 으아아 소리를 내며 몸을 쭉 펴 보지만 별로 효과는 없다.

근래 들어 거의 장사가 되지 않고 있었다. 코로나 확진자 동선으로 밝혀진 지역은 살충제가 지나간 자리에 멍청히 있다가 죽어 버린 장구벌레들처럼 순식간에 사람의 발길이 끊겼고, 아주 오래전에 퇴락한 거리처럼 스산하게 변해 버렸다. 아직 강남구에 확진자가 지나갔다는 소식은 없지만, 아무래도 규남을 찾는 남자들은 여자와 몸을 부대끼고 혀와 침과 체액을 섞으러 오는 것인데 찝찝하지 않을 리 없다. 여자애들도 일하러 나오는 걸 꺼렸다. 포주 형에게 들은 말로는 오피 성매매는 물론이고 룸살롱도 매출이 반 토막이 났다고 들었다. 이달 규남의 월급도 반 토막이 날 것이라고 말했다.

요즘 마스크 거래가 돈이 되는 것 같다며 룸살롱 웨이터 형이 알려 줬다. 형도 그거 하냐고 물어보니 하고는 싶은데 할 줄을 몰라서 안 한다고 했다. 어려운 거냐고 물었더니 그래 보인다고 했다. 마스크 거래 오픈채팅방에 들어가 보았다. 열 몇 개의 방 정도를 훑어보니 가장 싸게 살 수 있는 가격이 한 장에 1,600원. 가장 비싸게 팔 수 있는 가격이 한 장에 1,800원. 규남이 갖고 있는 현금을 전부 동원하면 5천만 원쯤 되었다. 대략 삼만 장을 사서 잘 팔면 600만 원이 남는다. 해 볼까 하는 생각을 했다가 접었다. 보아하니 물건도 없으면서 일단 거래부터 모으고 보는 브로커들이 성행하는 것 같았고 허탕도 많아 보였다. 600만 원을 벌자고 이리저리 뛰어다니며 물건을 확보하고, 화물차를 빌려서 물건을 옮겨 싣고 어쩌고 하기도 번잡스럽고, 화물차 대여비도 들뿐더러 허탕이라도 치게 되면 날려 먹을 시간에, 상심에… 별로 이익이 되는 것 같지도 않았다. 장당 200원씩 남길 수 있다는 보장도 없다. 규남은 역시 세상에 빈틈은 거의 없는 것 같다는 생각을 하며 다시 눈을 붙였다. 다시 번뜩 눈을 뜨더니 윤슬에게 가져다줄 마스크나 사야겠다는 생각으로 마스크 오백 장 삽니다, 라고 글을 남겼다. 곧바로 답장이 왔다.

10. 2020년 2월 1일

1. 국내 마스크 부족 상황 관련

정부는 마스크의 원활한 공급을 위하여 제조업체와 비상대응 체계를 구축하여 하루 천만 개 이상 생산할 계획이며 (중략) 조달에 차질이 없도록 최선을 다할 예정

2. 정부가 마스크 이백만 개 중국에 지원 관련

민간에서 자발적인 모금활동을 통해 마련한 것이며 (중략)

3. 최근 언론 보도되고 있는 사재기, 매점·매석 등 관련

식품의약품안전처, 공정거래위원회, 국세청, 각 지방자치단체 등과 함께 백이십 명으로 구성된 범정부 단속반을 편성하여 불공정 거래 행위 등 시장 질서 교란 행위에 대한 대대적인 단속을 벌이고 특히, 온라인 모니터링 결과 폭리 등 시장 교란 의심업체와 도매상 등에 대해 집중 점검하고 있으며, 이러한 행위로 적발된 경우 이 년 이하 징역, 5천만 원 이하의 벌금으로 엄중히 처벌할 계획임

(2020년 2월 1일, 신종코로나바이러스감염증중앙사고수습본부)

이윤슬

사람들은 정부의 발표를 보란 듯이 비웃었다. 마스크 가격은 꾸준히 올랐고 오픈채팅방 개수도 늘어만 갔다. 하루 천만 개 이상 생산할 계획이라는 기사에 갑자기 없던 원자재나 생산 기계가 솟아나는 것도 아닌데 하루에 천만 개를 어떻게 생산하느냐는 댓글이 달렸다. 최선은 공장이 하는 거지, 공무원들이 공장에 앉아 마스크를 찍는 것도 아닌데 왜 정부가 생색이냐는 댓글이 많이 달렸다. '신종코로나바이러스감염증중앙사고수습본부'라는 이름 지은 사람 수고했다는 댓글에는 조금 웃었다. KF94 마스크 가격은 하루 사이에 200원이 더 올라 기본 시세가 장당 2천 원이라는 말이 오갔다. 마스크 카페나 오픈채팅방도 그 수가 늘어만 갔다.

언니와 함께 청주에 갔다. 대전에서 청주로 넘어가는 길은 언제나 그렇듯 텅텅 비어 있었다. 느리지도 빠르지도 않은 단조로운 속도로 청주를 향해 가는 동안 우리는 말이 없었다. 언니와 좁은 마티즈에 달싹 붙어 있는 게 어색하기도 했고, '거래'라는 단어가 선사하는 압박감에 신경줄이 팽팽히 당겨지는 느낌을 견디느라 나는 말을 하지 못했다. 언니는 마스크를 사러 가는 사람답지 않게 페이즐리 무늬 원피스에 새하얀 코트를 입고 힐을 신고 왔다. 그런 외양으로 창문에 고개를 삐딱하게 기울인 채, 우중충한 표정으로 뭔가를 골똘히 생각하며 미동도 없이 짐짝처럼 운반되었다. 예정 시간보다 한 시간쯤 일찍 도착한 우리는 근처 중국집에서 적당히 허기를 채우기로 했다. 중국집 사장이 불짜장면을 추천했다. 진땀을 쏟으며 불짜장면을 먹던 도중, 중국집에서 탕수육을 안 시키면 왠지 생존을 위해 처먹은 것 같지 않아요?, 라며 난데없이 탕수육을 시키는 언니를 보고 깔깔 웃었다. 오독오독 탕수육을 썹고 후식으로 나온 얼린 리치를 까먹으며 수다를 떨다 보니 점점 긴장이 풀리고 둘 다 잔뜩 쪼그라들었었다는 유대를 확인하게 되었다. 언니에 아주 친숙한 느낌이 들었고 나중에는 팔짱을 꼈다. 밥을 다 먹은 뒤에는 기면증약을 먹었고 화장실에 들러 기저귀를 찼다. 우리는 한 시쯤 공장에 들어섰다.

"세상에…."

황량한 공장 부지에 우리를 마중 나올 김영만 사장을 기대했던 우리는, 우리의 예상이 대단히 빗나갔다는 것을 깨달았다. 마스크를 사려는 사람들이 대거 모여 쪼그려 앉아 진을 치고 있었다. 크기, 종류, 색상이 전혀 통일되지 않은 거대한 화물차와 고급 세단과 쥐방울만 한 경차들이 아무렇게나 주차되어 있었다. 사람들은 아마도 돈이 잔뜩 들어 있을 큼지막한 가방이나 캐리어를 저마다 끌어안고 사장이 나오기를 기다리고 있었다.

"와… 언니. 이거 완전 도떼기시장인데요? 우리 물건 못 받는 거 아니에요?"

나는 걱정이 되어 물었다.

"설마. 전화해 볼게요."

김영만은 전화를 받지 않았다. 불안해진 우리는 발을 동동 구르며, 언니가 준비한 2천200만 원이 든 현금 봉투를 들고 주저앉아 사람들이 아무렇게나 쳐 놓은 방진에 구조를 보냈다.

"나온다!"

누군가 소리치자 사람들이 엉덩이를 털며 일어섰다. 김영만이 직원들의 호위를 받으며 걸어 나오고 있었다.

"자, 자. 조용히 하세요."

소란하던 사람들이 가라앉았다.

"거. 준비한 것 좀 주지."

김영만이 옆에 있던 직원에게 말했다. 직원이 김영만에게 마스크와 칼을 건넸다.

"자. 오늘은 KF94 오십만 장, 덴탈 백만 장만 팝니다. 높은 금액 부른 순서대로 현금 내고 사 가시면 되고요. 그럼 경매 시작하기 전에 물건을 확인시켜 드리겠습니다."

물건 확인?

김영만이 마스크 끄트머리를 조심스레 잡아 들고 사람들

에게 잘 보일 수 있도록, 엉덩이를 뒤로 쭉 빼 가며 좌측과 우측으로 번갈아 내보였다. 나는 어쩐지 자꾸만 웃음이 비어져 나오는 걸 참느라 손바닥이 하얗게 될 정도로 주먹을 꼭 쥐어야 했다. 김영만의 표정이 몹시 완고했으며 사람들도 그에 못지않게 진중하였으므로 웃을 수는 없었다. 언니도 웃음을 참는 중인지 얼굴이 실룩실룩했다. 그 순간 김영만은 어떤 선지자와 닮아 있었다. 방금 십계명을 받아 들고 시내산에서 내려온 모세가 이곳에 있다.

김영만이 마스크 포장을 북— 찢었다. 오오. 사람들이 감탄했다. 직원 한 명이 찢어진 포장지를 두 손으로 받아 들더니 엉덩이가 보이지 않도록 살금살금 걸어 뒤로 빠졌다. 다른 직원이 김영만이 들고 있던 마스크를 받아 들더니 팽팽히 당기며 품질을 과시했다. 김영만이 커터칼을 드르륵 뽑았다. 백마탄 아더왕이 엑스칼리버를 뽑듯이. 경건한 김영만의 품새에 커터칼은 영검한 신물처럼 보였다. 순간 김영만이 세상 용맹한 무사처럼 칼로 마스크를 죽, 거침없이 그었다. 어머 깜짝이야. 그 장면에서는 나도 웃음기를 잃고 움찔했다. 김영만은 관음적으로 벌어진 마스크 속을 뒤지더니 그 안에서 필터를 꺼냈다. 그리고 높이 들고 흔들었다. 오오. 할렐루야. 사람들이 감탄했다. 나는 대학 시절, 교양으로 들었던 경제학 수업을 떠올렸다. 수요와 공급의 법칙. 그래프로만 보던 수요곡

선과 공급곡선이 만나 P점을 이루는 현상을 실물로 영접하고 있는 것이다. 사람들이 둥글게 늘어선 모양이 수요곡선처럼 보였고 김영만이 휘두른 커터칼의 궤적이 공급곡선처럼 보였다. 이제 곧 그 둘은 만나게 된다. P점은 어디일까. 교육은 역시 현장교육이 최고야. 그런데 엄마, 아빠. 보고 싶어. 나 지금 무서워. 웃긴데 좀 무서워.

"자, 이것으로 말할 것 같으면, 중국산 싸구려 필터가 아닌 국산 필터입니다. 돌려들 보시고요. 삼십 분 뒤에 경매를 시작하겠습니다."

사람들이 마스크를 돌아가며 구경했다. 냄새를 맡아 보는 이도 있었다. 그런데 이 사람들 뭘 알고 보는 걸까?

김영만이 말을 마치고 돌아섰다. 직원들이 그를 에워싸 옹위했다. 김영만을 졸졸 쫓아다니는 모습이 왠지 엄마 닭과 병아리 무리 같았다. 나와 언니는 다급히 뛰어가 김영만을 막아섰다. 딱히 손을 잡자는 말을 나눈 건 아니었는데 문득 정신을 차리고 보니 우리는 손을 잡고 있었다. 직원들이 최고등급의 경계태세를 취했다.

"방금 사장님 말씀 못 들으셨어요? 삼십 분 뒤에 한다니까요?"

"사장님! 사장님! 저 건우약국이에요!"

언니가 다급히 말했다. 김영만이 근엄한 표정으로 손을 올리자 직원들이 비켜섰다.

"잠시 비켜 주시겠어요? 이분은 내 은인입니다."

사장님 가라사대, 이분은 내 은인입니다. 언니로부터 사정을 들어 알고 있던 나는 북받쳐 오르는 웃음을 눌러 참느라 혼이 났다. 횡격막이 쿡쿡 쑤시는 게 횡격막이 어디 붙어 있는지 정확히 알 것 같았다. 얼마 전 언니네 가게에 찾아와 마스크를 사 달라며 울었다는 사람이 이렇게 변하다니. 그래, 이게 사람이지. 상황에 따라, 얼마든지 변할 수 있는 게 우리들이지.

거래는 무사히 마쳤다. 최○○은 마스크 이만 장의 부피를 몰라 승용차 한 대와 작은 용달 트럭을 불러와서는 눈앞에 쌓인 마스크 더미를 보더니 울상을 지었지만, 의자를 젖히고 박스를 뜯어 나눠 싣고 비지땀을 흘리며 어찌어찌 욱여넣더니 마침내 싣고 돌아갔다. 언니는 내게 800만 원, 번 돈의 반을 뚝 잘라 주었다.

"엥? 언니. 왜 이렇게 많이 줘요. 제가 뭘 했다고. 따라간 것밖에는 없는데…."

"나도 몰라. 그래, 너 말대로 너 없었어도 할 수 있는 일이었는데, 너 없었으면 나는 아마 못 했을 거야."

예? 그게 무슨 말이에요? 그리고 왜 갑자기 반말을….

최○○이 마스크를 밀어 넣는 동안 우리는 경매를 지켜보았다. 다들 초짜였다. 아무것도 모르는 내가 봐도 초짜였다. 티브이에 나오는 수산시장 경매꾼들처럼, 고요한 가운데 나직하게 수신호를 통해 의사를 표시하는 그런 장면은 없었다. 태어나서 처음 보는 생경한 현장에 다들 허둥댔다. 김영만은 그래도 몇 번 해 봤다고 나름 상황을 정리하는 노하우를 익힌 듯했다.

"자. 1,500원부터 시작합니다. 1,500원!"

모두 손을 들었다. 옆을 보니 언니도 손을 들고 있었다. 언니 지금 돈도 없잖아요! 미안. 나도 모르게 그만.

초짜들의 경매는 엉성하면서도 나름 치열했다. 누군가는 핸드폰을 꺼내 들어 그걸로 계산을 해 가며 손을 들었고 누군가는 얼굴만 한 계산기를 꺼내 거의 퍽퍽 소리가 날 정도로 거칠게 눌러대며 손을 들었다. 어설픈 경매는 아아, 방금 잘못 불렀어요, 라는 부주의를 실토함으로써 낙찰이 취소되기도 했다. 경매 결과, 이런 일과는 도통 어울리지 않아 보이는 심약한 인상의 중년 부부와 등산 점퍼에 얄실한 선글라스를 끼고 온 노인에게 나뉘어 낙찰되었다. 그런데 중년의 부부는 준비한 현금이 약간 모자란 것 같았다. 힐링크린 사장은 대단한 선심을 쓴다는 표정으로 나머지는 입금을 허하되 각서를 쓰고 가라, 는 하명을 중년 부부에게 전했다. 내일 저녁까지 입금하지 않으면 월 10%의 이자를 물린다는 속악한 내용으로.

공장 앞 벌판에서, 십오 분 만에, 14억 원어치의 거래가 감히 이루어졌다. 낙찰을 받지 못한 사람들은 아쉬움에 그대로 바닥에 주저앉았다. 비틀비틀 일어나려 애를 써 보기도, 아쉬움을 이기지 못해 모래를 한 움큼 집어 던지기도, 마스크가 실려 나가는 걸 넋을 놓고 보기도 했다. 사람들이 널브러져 비틀대는 모습은 어떤 전위적인 예술극의 한 장면을 떠올리게 했다. 전위적인 예술극을 본 적은 한 번도 없지만, 분명 지금의 장면과 별반 다르지 않을 것이라 짐작한다. 부부와 노인은 차에서 박스를 꺼내 와 김영만 앞에서 돈을 셌다. 그들은 땅바닥에 주저앉아 14억 원을 한 장 한 장 고전적인 수법으로 헤아렸다. 손에 퉤, 하고 침을 묻히고 한 놈 두시기 석 삼 너구리… 자, 여기 백 장. 500이요. 김영만은 현금을 세 개의 상자에 나눠 담더니 은밀히 돌아갔다. 이때는 직원들을 대동하지 않고 아익씨 힘들어, 쇠잔한 허리를 부여잡고 끙끙 신음을 하면서도 혼자서 모든 작업을 수행했다. 모두가 사라지고 황량한 주차장에는 흙먼지만 날렸다. 수십 대의 자동차가 오가며 남긴 신경질적인 바퀴 자국만이 오늘 이곳에서 14억짜리 광기 어린 역사가 쓰여졌음을 증명하는 것 같았다. 기가 질리는 연속적인 광경들에, 나는 문득 졸음이 올 것만 같았다.

집으로 돌아가는 길에 언니가 말했다.

"윤슬아. 아니 윤슬 씨. 아니, 윤슬아. 내가 어떻게 불렀었지?"

"네. 언니."

"이거 뭔가. 장난이 아닌 것 같다."

"네. 언니."

"야, 정신 차려."

"네. 언니. 정신 차리고 있어요. 근데 머리가 터질 것 같아요."

"머리가 그렇게 쉽게 터지진 않아. 윤슬아, 아니 윤슬 씨. 우리, 진지하게 고민을 좀 해 봐야 할 것 같아."

"뭘요?"

"첫째는, 무슨 수를 써서라도 김영만 사장이 제시한 30억짜리 거래 건. 그거 무조건 메이드 해야겠어. 나도 사실, 처음엔 되면 되는대로 아니면 말고 였는데, 오늘 보니까… 이건 확실히 되는 일이야. 둘째는, 우리도 브로커를 해 보자는 거지. 그러니까, 내가 가진 1억으로 힐링크린에서 사다 파는 것 말고도 돈 있는 사람하고 마스크 갖고 있는 사람을 연결해 주고 수수료를 챙기는 본격적인 브로커. 아무래도 지금 상황은… 아무런 이유도 없이 허공에 뿌려지는 돈을 누가 먼저 낚아채느냐, 뭐 그런 일 같다. 줍지 않으면 바보가 되는 그런 일."

"네. 언니."

"야. 정신 차리라고. 운전 똑바로 하고."

"네. 언니. 정신 차리고 있어요. 그런데 일단 30억 거래 건, 누구 있으세요? 확실히 산대요?"

30억 거래 건… 30억 거래 건…. 도무지 입에 붙지 않는다. 연습을 좀 해 둘 필요가 있을 듯하다. 언니는 대답 대신 어딘 가에 전화를 걸었다. 얼굴은 브이라인 —몸매는 에스라인— 신호 연결음으로 흘러나오는 트로트가 촌스럽고 유난했다. 누굴까. 황혼이 가까웠는지 일그러지며 저물어 가는 햇빛에 눈이 부셨다. 눈을 가릴 게 마땅치 않아 700만 원 뭉치에서 5만 원짜리 두 장을 꺼내 들어 각도를 맞추고, 햇살을 가렸다. 그야말로 눈부신 하루다.

김성오

푸하하. 예끼, 고얀 년. 온갖 고상한 척은 혼자 다 하더니.

우선영으로부터 전화가 왔다. 마스크 삼백만 장 팔 곳 없겠 냐고. 대전 외곽에서 동네 약국을 하는 약사가 마스크 삼백만 장 팔 곳을 물어보고 있다. 책상 위에 거만한 다리를 올리고 눕듯이 앉아 콧구멍을 후벼 파며 예예, 뭐 알아는 볼게요, 선 영과 통화를 마친 김성오는 들고 있던 태블릿을 충전기에 꽂아 놓고 코를 파던 손가락을 그대로 눈꺼풀에 가져가 지그시 눌렀다.

하지만 김성오로서도 고민이었다. 그가 거래하는 병원들로부터 모을 수 있는 마스크 구매량은 KF94 오십만 장 정도, 덴탈은 백만 장이 한계였다. 병원들은 KF94는 2천 원에, 덴탈은 600원에 사 주겠다고 하였으므로 거래가 성립되면 김성오는 2억을 남길 수 있게 된다. 거기에 김성오가 직접 동원할 수 있는 현금이 대출까지 합하여 1억5천만 원. 대략 KF94 팔만 장 정도를 살 수 있다. 우선영이 필요하다고 말한 구매물량보다 많이 모자라다. 하지만 이건 먹어야 한다. 반드시 먹어야 한다. 이만큼이나 되는 마스크를 구할 수 있는 기회는 없을 것이다. 놓치면 그야말로 반병신, 접싯물에 코를 박고 죽어야 한다. 우선영 쪽이 어떻게 되어 가는지 확인을 해 봐야겠다. 채팅방 돌아가는 걸 보고 있자니, 날이 갈수록 물건 구하기가 어려워지는 느낌이다. 낌새를 눈치채고 물건을 쥐고 있는 놈들이 내어놓지 않고 있다. 마스크 가격은 한 시간에 몇십 원씩 오르고 있었다. 현재 공장 도매가가 국산 KF94 필터 기준 1,800원에서 2천 원, 덴탈이 500원에서 600원 수준이다. 하지만 이것도 2월 1일 오후 다섯 시 기준 시세일 뿐, 밤이 되면 또 모른다. 내일이 되면 또 모르고. 마스크 가격은 정부의 발표나 언론 보도에 따라 시시로 요동을 쳤다. 틀린 보도도 많았다. 언론도 미처 경험하지 못한 초유의 사태에 우왕좌왕 헛갈리고 있었다. 정부가 발표대로 마스크를 확보할 수 있을까? 뭐, 당연히 확보는 하겠지. 언젠가는. 시간 싸움이다.

계산을 마치고 시계를 보니 꽤 늦은 시각이었다. 내일 전화할까 하다가 그냥 걸었다. 우선영은 분명 받을 테니까. 아니, 기다리고 있을 테니까.

-누님. 제가 다 알아봤는데요, KF94 오십팔만 장, 덴탈은 백만 장이 한계네요. 어떻게 안 될까요? 시간을 조금 더 주시면….

-아뇨. 성오 씨. 일단 알겠어요.

우선영이 전화를 끊어 버렸다. 말투로 추정컨대 우선영은 지금, 몹시 급하다. 현 상황을 정확히 이해하고 있으며 고무되어 있다. 아마 어떻게든 구매자를 구해 올 것이다. 그래도 안심할 수는 없으므로 계속 구매자 확보를 해야 한다. 상대하기 싫은 우선영이지만, 지금은 공조를 해야 한다. 잘만 하면 인생이 바뀔지도 모른다.

김영만 사장

타라라라라락.

현금 계수기를 샀다. 씨벌, 내 인생에 돈을 못 세서 기계를 사는 일이 생기다니. 원가 500원짜리 KF94를 1,800원에, 원가 150원짜리 덴탈마스크를 500원에 팔고 있다. 순수 재료비만 갖고 계산했을 때 한 장에 고작 300원이 남던 마스크가 1,300원씩 남는다. 창고에 꿍- 하고 들어앉아 도무지 팔릴 생각을 안 하던 재고 녀석들, 이러려고 앉아 있었구나. 하얀 똥 덩어리 같던 마스크가 금방이라도 김영만을 싣고 날아오를 듯 생동 넘치는 흰 날개 같아 보였다. 추가 수익이 하루에 2억 원쯤 되는 것 같다. 연봉이 아니라 일당이 2억이다, 껄껄껄. 열흘 만에 20억을 벌었다. 딱 로또네 그려. 오래전부터 해 오던 해묵은 상상인데, 김영만은 혹시 자신이 로또에 당첨된다면 절대 가족에게는 알리지 않겠다는 다짐을 당첨이 되지도 못했으면서 노상 해 왔다. 가족을 사랑하지 않아서 그런 건 아니고, 버릇 나빠질까 봐. 왠지 모르게 좋은 일이 자꾸만 생긴다는 기분이 들도록 조금씩 조금씩 베풀 생각이었다. 그걸 할 생각을 하니 기분이 날아갈 것 같았다.

문제는, 아니 문제라기보다 중요한 것은, 앞으로 마스크가 더 비싸게 팔릴 것이라는 점이었다. 오늘 경매로 정해진 공장 도매가는 1,850원이었다. 일주일 만에 두 배 가까이 올랐다. 그럼 다음 주는? 그다음 주는? 두 배까지는 아니더라도 장당 2,500원 근처까지는 거뜬하다고 본다.

당분간 출고 조절을 해야겠다. 안 판다는 말이다. 내일 오는 놈들은 그냥 돌려보내야겠다. 아무리 가격을 좋게 쳐 준다고 해도 내가 싫어요, 하면 그만이니까. 물론 내일 누군가가 2,500원을 부른다면 팔 수도 있다. 아마 그런 놈은 없겠지만. 그리고 가격을 얼마 못 불러도 내 마음에 들면 팔아 줄 수도 있다. 지금은 내가 갑이니까. 사람들이 내 앞에 줄을 섰으니까. 마스크를 달라며 엎드렸으니까. 세상이 내게 엎드린 기분이다. 내 조상님들 중에 이런 권세를 누려 본 분이 계실까.

문제들이 좀 있긴 하다. 재료가 떨어져 가는데 재료 구하기가 너무 어려워졌다. 덴탈 마스크 재료들은 어찌어찌 구해지는데 필터 재료를 구하기가 거의 하늘에 별 따기다. 돈을 두 배를 줘도 구하기가 어렵다. 필터 재료를 생산하는 놈들도 마찬가지겠지. 재고를 안 풀고 가격이 오르길 기다리고 있는 것이다. 확보해 놓은 재고를 소진하기 전에 구해야 하는데…. 국산은 거의 틀렸고 중국산을 생각할 수밖에 없다. 하지만 그건… 불법이다. 식약처의 분진포집효율 평가를 안 받았으니까. 들키면 감옥에 가야 하는 불법. 그러니 중국산 필터는 배제하자. 생각하지 말자.

또 한 가지. 포장 속도가 느려서 고민이다. 마스크를 찍어내는 건 하루에 이십만 장도 찍을 수 있는데 포장이 안 돼서 십만 장밖에 생산을 못 하고 있다. 포장은 기계가 못 한다. 하나씩 손으로 담아야 한다. 사람을 더 쓴다 해도 마스크를 밀봉할 실링Sealing 기계가 부족하다. 아아… 시간, 이게 다 돈인데…. 하루에 이십만 장을 찍을 수 있다면 일당이 4억이 되는 건데…. 그리고 임건우놈이 허가를 취소한 KF80 마스크 재고가 백만 장에, 생산 중지를 먹어 놓고 있는 KF80 재료까지 합하면 거의 이백만 장이 그냥 쌓여 있다. 이것도 문제다. 이걸 어떻게 좀 했으면 좋겠는데. 못해도 20억은 받을 텐데. 아니지, 아니지. 이러는 건 아니지. 그걸 파는 건 범죄다. 허가에 탈락한 마스크를 팔 생각을 하다니. 정신 차리자. KF80은 (일단) 배제한다.

30억짜리 거래 건은 누가 먹으려나. 직접 팔아 보려 했지만, 카페나 오픈채팅방놈들을 믿을 수가 없었다. 얼마 전에도 경매에 낙찰된 놈이 돈을 갖고 오겠다며 기다리라더니 그대로 내뺐다. 조금 가격을 못 받더라도 단번에 거래할 수 있는 사람이 필요하다. 그 건우약국 아줌마에게 나름 보은은 할 만큼 했지만, 기왕이면 건우약국 아줌마가 먹었으면 좋겠다. 그때 나는 정말이지 사정없이 힘들었거든. 진짜로 콱 죽어 버릴까 하고 번개탄을 사러 슈퍼마켓까지 기웃거렸는데 그래도 그 아줌마랑 했던 통화 때문에 희망을 가져 본 거거든. 그리고 그 희망이 일당 2억이 되었고. 죽었으면 아까워서 어쩔 뻔했나. 그나저나 건우약국. 이름 진짜 거슬리네.

11. 2020년 2월 3일

신종코로나바이러스 감염증 사태로 위생용품 소비가 늘어나면서 마스크 주문 관련 소비자 피해 상담도 급증하고 있습니다. 마스크 한 장당 가격도 이 년 전보다 2.7배가량 오른 것으로 나타났습니다. (중략) 또 소비자시민모임이 지난달 31일 기준 소셜커머스와 오픈마켓 5곳의 마스크 가격을 조사한 결과, 성인용 KF94 마스크 한 개당 평균 가격은 3,148원, 성인용 KF80 마스크 평균 가격은 2,663원이었습니다. 2018년 4월 가격과 비교하면 KF94는 2.7배, KF80은 2.4배 오른 수치입니다.

(2020년 2월 3일, 경향신문)

황규남

"그 오빠는 마스크 장사나 하지 하필이면 마스크'팩' 장사나…"

김딸기가 마스크를 사기 위해 긴 행렬이 이어지고 있다는 티브이 뉴스를 보며 중얼거렸다.

"뭐?"

"아니, 요즘 만나는 오빠 말이야."

규남은 김딸기와 점심을 먹으러 나온 참이었다. 김딸기는 파리만 날리는 오피는 그만두겠다며 한 달 전쯤 사라지더니 어느 날 눈부시게 하얀 롱 쉬폰 원피스 차림에 청순 메이크업인지 뭔지 행려병자 같은 화장을 하고는 언제나 귀신같이 길러 밥이나 제대로 먹을 수 있을까 싶었던 손톱을 싹둑 잘라 바특하게 정리한 채 귀부인 같은 표정을 서먹하게 지으며 나타나는 바람에 규남을 뜨악하게 했다. 뭐, 뭐야. 왜 이래. 너 어디 아픔? 코로나 걸려서 정신 이상해짐? 김딸기는 얌전하고 정숙한 말투나 고상한 지성미를 풍길 수 있는 제스처 같은 것을 유튜브로 배워 연습한 다음 열심히 소개팅을 다녔다고 했다. 그와 같은 갸륵한 노력들의 결과로, 얼마 전 마스크'팩' 공장을 경영한다는 열다섯 살 많은 오빠와 사귀게 되었다고 했다. 규남은 김딸기의 실제 나이는 몰랐지만 대략 스물너댓 살쯤으로 보았다.

처음엔 화장품 공장을 운영하는 줄 알았는데 마스크팩만 취급한다는 걸 알고는 조금 실망하는 일이 있었지만, 김딸기는 나름 현명했다. 지나치게 허영을 좇는 여자처럼 보이지 않으려 애를 썼고 실제로 그즈음에서 만족했다. 김딸기의 남자 친구는 적당한 선이 있는 김딸기의 허영을 채워 주기에는 부족함이 없는 재력을 갖고 있었다. 다만, 작금의 사태를 접한 뒤로는 왠지 그 오빠가 숫자가 하나만 틀린 로또 같아 보인다며 아쉽다는 투정을 부리는 김딸기였다.

"남자는 어때? 잘해 줘?"

"응. 멍청하고 좋아. 나이가 많아서 그런지 섹스도 짧게 해."

"음. 좋네. 참, 이거 너 써라."

"어머. 어디서 이 귀한 걸."

"나, 마스크 있는 남자야."

어머, 세상 여자들 오빠한테 다 반하겠네. 김딸기가 깔깔대며 웃었다. 규남은 김딸기에게 마스크 오십 장을 주었다. 며칠 전 규남은 윤슬에게 줄 겸해서 한 장에 2,300원을 주고 KF94 마스크 오백 장을 구입했다. 원래는 2천 원에 판다고 해서 나갔는데 대뜸 방금 시세가 올라 2,300원이 되었으니 15만 원을 더 주셔야겠다는 남학생의 말에 한 대 쥐어박으려다가 그냥 현금 인출기에 데려가 15만 원을 더 건네주고 사 버렸다. 한 대 쥐어박으려던 마음은 아이 씨, 눈깔 뻑뻑해, 라고 말하며 의안을 잠시 뺏다가 다시 넣는 모습을 보여 주는 공포를 전하는 것으로 대신했다. 규남은 윤슬에게 전화해 다짜고짜 "나, 마스크 있는 남자야"를 시전했는데 윤슬의 반응이 어쩐지 심드렁해서 실망했다. 윤슬은 "그래?"라며 조금 박정하게 들릴 법한 말투로 말했다. 음, 요즘 유행하는 드립인데 못 알아듣는군. 마스크를 좀 구했기에 누나에게 주고 싶다는 말을 다시 한번 정중히 했는데 윤슬이 컥컥거리며 비웃듯 웃는 바람에 그때는 정말로 조금 삐친 기분이 들었다. 하지만 이내 따스한 목소리로 응, 오랜만에 보고 싶다. 내려와, 라고 말해 줘서 기분이 풀린 규남이었다. 마스크는 가져오지 않아도 된다고 했는데 그냥 가지고 가기로 했다. 주면 누가 쓰든 쓰겠지.

이윤슬

이 주짜리 장기 병가를 냈다. 마스크 장사를 주主로 재편된 일상은 회사와 병행하기가 도무지 힘들었다. 사장은 코로나 때문에 힘들어 죽겠는데 이 주나 쉬면 어떡하냐며 난리를 부렸지만 사실 코로나가 터진 이후 택시를 타는 사람이 급격히 줄었기 때문에 내가 없다고 별일은 없을 테다. 그동안 야간 업무를 안 했던 언니들이 좀 힘들어하겠지. 나는 허리디스크가 심해져 도저히 서 있을 수도, 앉아 있을 수도 없다고 우겨댔다. 병원에서 진단서를 뗀 뒤 막무가내로 휴가원을 올려 버렸다. 나와 언니는 약국에 틀어박혀 사흘 내내 오픈채팅방과 마스크 거래 카페를 누볐다. 그 결과로서, 마침내 우리는 조선족 마스크 브로커를 통해 중국인 바이어 ―라는 표현을 말할 때 우리는 조금 웃었다― 두 명을 찾아냈다.

김성오: KF94 오십팔만 장, 덴탈 백만 장
우선영: KF94 십만 장
이윤슬: KF94 십만 장
중국인 바이어1: KF94 십이만 장, 덴탈 오십만 장
중국인 바이어2: KF94 십만 장, 덴탈 오십만 장
합계: KF94 백만 장, 덴탈 이백만 장

맞췄다.

아슬아슬하긴 했지만 기어이 맞춰 냈다. 막판에 KF94 십만 장을 구매할 사람을 찾지 못했는데, '이윤슬: KF94 십만 장'은 마침내 내가 아빠의 통장을 해지하기로 결심을 세운 결과였다. 언니는 갖고 있던 현금과 마이너스 대출에 약국을 담보로까지 대출을 받아서 1억8천만 원을 만들었다. 시세는 최대 2,500원까지 언급되고 있었다. 수수료 1억5천에 이십만 장을 팔아 남길 수 있는 돈이 1억4천만 원쯤 되었다. 거래에 성공하면 내 몫으로는 1억2천만 원이 남는다. 이런 계산을 하다가 문득 거울에 비친 내 얼굴을 보게 되었는데 어쩐지 교활한 눈

빛을 하고 있어 잠시 놀랐지만, 무시했다. 이런 걸 몇 번만 더 하면 엄마를 데리고 미국에 가서 수술을 받을 수 있을 만큼 큰돈을 모으게 될지도 모른다. 우리는 토네이도에 거의 근접해 있었다. 얍, 하고 도약만 하면 된다.

가급적 한국인 구매자들을 찾아보려 했지만, 금액이 맞지 않는다거나 요구하는 물량이 너무 소량이었다. 결국 중국 수출 채팅방을 뒤졌다. 채팅언어의 절반 정도가 중국어인 바람에 우리는 잠시 마음이 복잡해졌지만, 간간이 한국말을 할 줄 아는 사람들이 있었다. 중국이 난리긴 난리인가 보다. 엔간하면 부르는 대로 오케이였고 요청 물량도 기본이 십만 장 단위였다.

"수고했다… 아니 수고했어요. 윤슬 씨."

"언니. 그냥 말 놓으세요. 왔다 갔다 정신 사나워요. 언니도 수고 많았어요."

우리는 약국 테이블에 엎드려 잠시 말없이 누웠다.

"언니. 저 이거 하나 먹어도 돼요?"

활력 충전 100%라고 쓰여 있는 앰플을 하나 흔들며 말했다.

"응. 먹어. 두 개 먹어."

"언니."

"응."

"김성오 씨 쪽, 조금 불안하지 않아요?"

"그러게… 병원 구매담당자 일곱 명을 모아 온다고 했는데 하나라도 빵꾸 나면 거래 틀어지는데….."

"조선족 애들, 잘하겠죠? 푸하하."

"뭐. 믿어야지. 현금 사진까지 보내왔는데. 그런데 왜 웃니?"

"아니, 제 입에서 '조선족 애들은 잘하겠죠?'라는 말이 나올 거라고는 생각해 본 적이 없거든요. 푸하하."

나는 내가 규남이 없을 때에도 '푸하하' 소리를 내며 웃을 수 있다는 사실에 적잖이 놀라고 있었다.

그즈음 거래 불발이 갈수록 비일비재해지고 있었다. 돈도 물건도 없는 브로커가 돈도 물건도 없는 브로커를 만나는 일이 잦았다. 그런 사연들이 카페에 올라왔다. 아이디 누구누구와 거래하지 마라, 현금을 들고 갔더니 물건이 없더라, 심지어 강도를 당했다는 이야기들.

우리는 채팅방에서 인기가 많았다. 힐링크린 사장이 보내 온 재고 사진과 허가증이 있었다. 심지어 세금계산서 발행도 가능했다. 우리는 정상 제품이었으니까. 우리는 나쁜 일을 하는 사람이 아니었으니까. 얼마든지 국가에 거래를 공개할 수 있었다. 우리 같은 사람을 찾는 정상적인 구매자들로부터 인기가 많았다. 병원이나 회사, 심지어 공공기관에서 문의가 온 경우도 있었다. 군부대 장교로부터 연락을 받았을 때, 우리는 우리가 하는 일이 범죄와는 거리가 멀다는 사실에 대한 견고한 확신을 쌓을 수 있었다.

"슬슬 출발할까?"

"네, 언니."

저녁 여덟 시. 아홉 명의 구매자와 세 명의 브로커, 한 명의 판매자가 청주의 공장에서 만나기로 했다. 쾌청할 것이라는 예보와 달리 구름이 거무스레한 것이 눈이든 비든 뭐라도 내릴 듯 궂은 품이었다. 언니와 나는 방금 전 다시 한번 세어 본 3억6천만 원을 500만 원 단위로 묶은 뒤 비타500 상자 두 개에 나눠 담았다. 크기가 조금 작아 돈다발을 꾹꾹 눌러 담은 뒤 부듯해진 상자를 누런색 박스테이프로 단단히 봉했다. 누런 테이프를 두른 비타500 상자는 내밀하고 단단하게 주물이 완료된 누런 금괴처럼 보였다.

*

"하… 사모님, 사람 참 곤란하게 하시네요. 딱 십 분만 더 기다려 보고, 안 오면 그냥 다른 분께 넘기겠습니다. 지금 1,900원에 전량 구매하겠다는 사람 거절 놓고 오는 길이라니까요?"

시계의 분침이 6을 가리키며 삼십 분이 되었음을 알리고
있었다.

"누님. 이게 어떻게 된 거예요. 아니, 제가 이분들 어떻게 모
셔 왔는데… 이러시면 곤란하죠."

모르긴 몰라도 병원에서 쓸 마스크는 아마 절대적으로 급
한 상황일 것이다. 코로나든 아니든 기본적으로 소모되는 양
이 상당할 텐데 브로커들 때문에 시장에 풀리는 물량은 줄
고 있으니까. 얼마가 되었든 구해 오라는 병원장의 특별 지시
를 받고 마스크를 찾아 눈이 벌게지도록 이리저리 뛰어다녔
을 병원 담당자들이 썩은 생선을 삼킨 것처럼 시뜻한 얼굴을
하고 담배꽁초를 그악스레 짓이기는 것으로 화증을 드러내며
새 담배에 불을 붙이고 있었다. 부러 거친 소리로 가래를 톺
아 내며 눈으로는 시종 김성오를 쪼아댔다.

중국인 바이어2가 오지 않았다. 중국인 바이어2를 소개한
조선족 브로커가 연신 전화를 걸고 있었지만 받지 않고 있었
다.

"올 거예요. 조금만 기다려 봐요. 성오 씨."

"아니… 아이 씨팔 진짜! 오긴 뭘 와! 미치겠네, 정말. 어쩔
거예요? 예? 어쩔 거냐고! 나 여기 이분들한테 뭐라고 말하냐
고! 내 돈까지 투자해서 물량 모아 온 건데! 씨팔 내일 나도

팔 곳이 있다니까! 누님이 내일 거래 틀어지면 돈 물어내세요! 예? 누님 이러고 다니는 거 건우 형님은 알아?"

"뭐? 씨팔? 이 망둑어 같은 새끼가 힘들게 물건 구해 줬더니 뭐 씨이팔?"

김성오가 쌍욕을 섞어 게걸거렸고 선영이 거기에 원색적인 비난으로 맞장구를 치며 이윽고 유치한 다툼을 시작했을 때, 얼다가 만 비인지 녹다가 만 눈인지 끈적한 눈비가 추적추적 내렸다. 언니가 저런 욕도 할 줄 알았구나. 병원 구매담당자라는 사람 중 일부가 그들을 말렸고 나머지는 멀뚱히 서서 언니와 김성오를 쏘아보고 있었다. 나는 죄를 지은 사람처럼 두 손을 모아 우두망찰 서서 울고 있었다. 울고 있는 이유는 평소 내가 예의범절이 바르고 품행이 단정한 편이라 거기 모인 사람들의 시간을 뺏었다는 사실이 송구스러워 그랬던 것은 아니고, 2억9천만 원이 눈앞에서 불태워지는 상상을 했기 때문이었다. 결국 김영만은 거래를 파하려는 듯 사무실 쪽으로 몸을 틀더니 걸어가기 시작했고, 나는 아득한 실망감에 눈물이 뚝뚝 흘렀다. 2억9천만 원. 그중에 내 몫은 1억2천만 원. 그게 없어진다는 생각이 점차 촉감으로 느껴질 만큼 실재적으로 다가올 때쯤, 목 뒤편에서 빠지직하는 느낌이 들더니 이성이 얼마쯤 날아간 상태로 나는 김영만에게 달려가 그 앞에 무릎을 꿇었다.

"잠깐만요! 어… 엄마가 아파요!"

누군가에게 무릎을 꿇은 건 그때가 태어나서 처음이었다. 나는 이 석고대죄가 과연 유효할지 자신이 없었으나 어쨌든 절박해 보여야 한다는 사명으로 점점 젖어 드는 땅에 얼굴을 대고 눌러 비볐다. 고개를 들었을 때 얼굴에 빗물과 흙 부스러기가 섞여 흘러 처절해 보일 수 있도록. 오히려 진눈이 내려서 다행이었다. 진눈이 나를 아주 각별한 효녀로 만들어 주었다. 딱히 치욕스럽진 않았다. 1억2천만 원은, 엎드려 절을 받기에 마땅한 크기의 재물이다. 적어도 나에게는 그렇다. 1억2천은 나와 우리 엄마 정도는 충분히 떠받치고 둥실 떠오를 수 있는 건실한 볼륨을 가진 근두운이다. 절대로 허망하게 날려 보낼 수는 없다는 결의가 몸과 마음을 지배했다. 나는 김영만 앞에 엎드려 빌었다.

"사장님! 엄마 수술비… 수술비가 필요해요! 제발! 잠깐만 저희 이야기를… 일주일… 아니 나흘 안에 나머지 물량 구매할 사람을 찾아올게요! 다, 단가! 단가도 더 올려 올 테니 제발 부탁드립니다!"

김영만이 뜨악하여 한 걸음 물러서며 말했다.

"어어? 아니, 왜 이러세요? 아이고, 무슨 사람을 막 그런 예? 이상한 사람으로 만들고 그래요. 아니… 그러게 처음부터…."

사장이 말을 마치기 전에 김성오와 싸우던 선영 언니가 나의 솔선을 보고는 달려와 가세하였다. 선영 언니를 보고 김성오도 따라와서 무릎을 꿇었다. 중국인 바이어1이 조선족 브로커에게 알아들을 수 없음에도 욕처럼 들리는 거친 말을 하며 등을 팩하고 떠밀자 조선족 브로커가 쪼르르 달려오더니 김영만 사장 앞에 무릎을 꿇었다. 분분히 휘날리는 눈비에 공기는 한층 선득해졌고, 엎드린 사람들은 추위 때문인지 두려움 때문인지 바들바들 떨었다. 우리는 충분히 처량해 보였다.

"사장님. 거, 사정 함 봐 주시오. 마스크가 일단 빨리 시장에 돌아야 사람들이 안전하지 않겠슴까. 내가 모셔 온 분이 장당 100원을 더 쳐준다고 하니, 한 번만 봐 주시오. 여기서 일을 죄 작파해 버리면 너무 아깝지 않겠소."

마스크 주인 앞에 네 명의 남녀가 우르르 무릎을 꿇었다. 마스크가 하나님이고 공장 사장이 선지자다. 선지자여, 은총을 베풀어다오.

"허허. 이거 참. 알겠어요. 알겠으니까, 일어들 나세요."

낭만적인 선지자가 은총을 베풀었다.

12. 2020년 2월 9일

2월 9일자 신종코로나바이러스감염증 국내 발생 현황

의사환자: 2,571명

확진환자- 격리 중: 24명

확진환자- 격리해제: 3명

(2020년 2월 9일, 중앙방역대책본부 총괄팀 보도자료)

이윤슬

그날 이후, 우리는 나흘간 맹렬히 들락거리며 구매자를 찾았다. 전과 같은 일이 있지 않도록 이번엔 사전 미팅을 통해 현금을 확인하겠다고 했다. 두 번의 허탕이 있었다. 사전 미팅에 나오겠다고 하고선 나오지 않은 사람과 미팅을 하던 도중 화장실에 가겠다더니 사라진 사람도 있었다. 허탕을 쳤을 때의 실망이 굉장했지만 마음을 다잡지 않을 수 없었다. 2억9천만 원이었으니까. 2억9천만 원은 아이, 힘들어서 못 해 먹겠네, 라든가 허허 참, 실망스럽군, 쑥스러운 듯 뒤통수를 긁적이며 놓칠 수 있는 성질의 것이 아니었으므로 우리는 그야말로 필사적으로 구매자를 구해야 했다. 그리고 마침내 30억짜리 거래 건을 성공시켰다.

구매자를 구하는 며칠 사이에 가격은 더 올랐고 중국인 바이어2가 나타나지 않아 해결해야 했던 물량은 당초 사장이 요구한 금액보다 훨씬 더 올려 팔 수 있었다. 신이 나서 입이 째진 사장은 우리에게 2억하고도 2천만 원을 수수료로 주었다. 앞으로도 현금 많은 구매자를 잘 구해 오면 우리에게 우선하여 마스크를 공급해 주겠다고도 했다. 사장도 얼마에 사겠다는 둥 말만 우후죽순이지 나타나지 않는 구매자나 브로커들에 신물이 난 듯했다. 그럼, 그럼. 당신은 생산만 해. 우리가 팔아 줄게. 분업을 해야지. 애덤 스미스가 자본주의는 그래야 한댔어. 나도 교양 수업 시간에 배워 뒀다고.

거래가 성공하던 그날. 쪽쪽 곧은 지폐가 빽빽이 묶인 다발을 받아 든 그 순간, 무언가가 몸 안쪽에 사락 스며드는 것 같았다. 해방. 그래, 내 안에 번져 나가는 이 안온한 느낌은 해방감이다. 치료비로부터의 해방. 월세로부터의 해방. '그날' 이후 낙오된 인생에서 영원히 벗어날 수 없을 것만 같았던 눅눅한 예감들로부터의 해방. 더 이상 뭐가 몇만 원이고, 뭐는 몇천 원이고를 생각할 필요가 없어졌다는 사소하지만 실제적인 편의. 일생의 자질구레한 고난들로부터 해방되려면 돈이 필요한 것이었다. 나는 그날 거래의 수수료로 언니로부터 7천만 원을 받았다. 그리고 내게는 지금 언제든 현금으로 바꿀 수 있는 십만 장의 마스크가 있다. 이걸 다 팔고 나면 적어도 몇 년 동안은 치료비나 월세 따위로 걱정하지 않아도 된다. 병원에 갈 때마다 은근히 내 눈치를 보던 엄마가 떠올랐다. 월급이 올랐다고 하든 이직을 했다고 하든, 수입이 늘었으니 아무 걱정하지 말라고 말할 수 있다는 데서 비롯한 뭉클한 해방감에 나는 크게 고양되었다.

우리가 구매한 이십만 장의 마스크는 공장에 두고 가져오지 않았다. 마땅히 둘 장소가 없어 가져올 수도 없었지만, 우리는 이십만 장의 구매자를 곧바로 찾지 않고 당분간 지켜보기로 했다. 마스크 가격이 2,500원대에서 사흘째 멈춰 있었는데 정부가 공급 공세를 펼칠 것이라는 보도가 이어지자 다들 눈치 살피기에 들어간 듯했다. 닷새 정도만 더 지켜보고 더 이상 오르지 않으면 팔기로 했다. 가격이 내려갈 것으로 보이진 않았다. 언니네 약국 앞에서부터 건물을 빙 돌아 줄을 서고 있는 사람들을 보고 있자면, 그런 불안은 순식간에 감쇄되었다.

보름이라는 짧은 시간에 수용하기엔 지나칠 정도로 많은 사건과 상념들이 나를 숨 가쁘게 했지만, 다른 건 모르겠고 하여간 이미 내 손에 들어온 7천만 원과 곧 거머쥘 수 있어 보이는 7천만 원만을 거듭거듭 되뇌며 즐거워했다. 즐겁다기보다는 좀 더 좋은 기분이었던 것 같다. 사실 거의 환장을 할 것 같이 좋았다. 지금은 백화점에서 엄마에게 사 줄 패딩점퍼를 고르는 중이다. 패딩 좀 보여 주세요. 여기 브랜드 있는 데죠? 할인 안 하는 걸로 보여 주세요. 참, 남자 것도 하나 보여 주세요. 오리털 많이 들어간 걸로. 아, 거위 털이 비싼 거예요? 구스 뭐요? 아무튼, 그럼 그걸로.

*

"어, 누나. 여기야 여기."

오후에는 규남을 만났다. 출근 ―건우 약국으로― 을 해야 하기 때문에 두 시간 정도밖에 못 본다고 했는데도 규남은 마스크를 꼭 전해 주고 싶다며 기어코 내려왔다. 규남도 밤이 되면 일을 가야 한다고 해서 그럭저럭 덜 미안해할 수 있었지만, 마스크를 빨리 전해 줘야겠다는 생각 때문에 급히 왔

다는 말에 나는 아주 미안했다. 방금 전 백화점에서 산 꽤 그
럴듯한 패딩점퍼를 선물하는 것으로 고마움과 미안함을 전했
다. 어. 이거 유행 좀 지난 건데… 아 그래? 미안 바꿔서 서울
갈 때 줄게. 농담이야 누나. 이거 요즘 존내 쩌는 브랜드야. 고
마워, 잘 입을게. 응, 근데 이상한 드립 좀 치지 마. 나 그런 거
잘 이해 못 함. 못 함? 오, 누나도 요즘 애들 말투 좀 아네. 응,
너 온다길래 공부 좀 했어. 요즘 명사로 끝나는 말투가 유행
이잖아. 누나, 명사 어쩌고 그런 말 좀 하지 마. 존내 늙어 보
여.

　오랜만에 규남을 만났는데 두 시간밖에 이야기를 나눌 수
없어 아쉬웠지만, 규남이가 워낙에 말을 빠르고 간략하게 잘
해서, 그리고 쓸데없는 안부 따위는 거의 묻지 않아서 우리는
그래도 상당히 많은 이야기를 나눌 수 있었다. 다만, 존내와
씨발을 뺐다면 좀 더 많은 대화를 할 수 있었을 것 같긴 했다.
규남이는 어떤 여자애의 이야기를 들려주었는데, 그녀의 남
자친구가 마스크'팩' 공장을 운영하는데 요즘 들어 딱 한 자
리 숫자만 틀린 로또 같아 보여 속상해한다는 말에 나는 왕창
웃었다. 누나는 왜 마스크가 필요 없냐는 말에는 그냥 "사실
필요한데 너 부담 될까 봐 말을 못 했어"라고 얼버무렸다. 규
남이가 으스대며 마스크 삼백 장을 주었는데 나는 그게 75만
원 상당의 현금이 놓여 있는 몹시 구체적인 상상으로 변환되

어 보이는 바람에 약간 당혹했다. 어쨌든 아주 요란한 호들갑
을 떨며 마스크를 받아 주었더니 규남이 기뻐했다.

김성오

마스크 생산을 병행하는 제약회사의 영업사원들이 귀한
대접을 받았다. 김성오의 회사가 취급하는 제품라인에는, 안
타깝게도 마스크가 없었다. 김성오가 납품하던 약들이 마스
크를 공급할 수 있는 제약회사의 제품들로 교체되었다. 회사
는 영업사원들을 모아 놓고 의미 없는 닦달을 했다. 김성오도
마찬가지로 닦달을 당했는데 별로 개의치는 않았다.

지난주 공장에서 떼 온 마스크를 다 파는 데는 사흘도 안
걸렸다. 힐링크린의 마스크는 특히나 인기가 있었다. '마스크'
라는 이름이 붙었다고 해서 사람들이 무조건 다 사 주는 건
아니었다. 코로나바이러스 입자가 $0.3\mu m$ 내외의 크기라는 사
실 등이 알려지면서, 그리고 연일 확진자가 늘어나면서 사람
들은 방역성능을 따지기 시작했다. 거의 모든 이가 일생에 걸
쳐 관심이 없던 μm(미크론)이라는 단위와 KF94와 KF80에 붙
은 숫자들의 의미에 대한 정보가 쏟아졌다. 방독면에 가까운
마스크 같은 걸 쓰고 다니는 사람들도 있었는데 코로나 이전
사회의 상식이나 세시풍속에 따라 생각해 보자면 그런 사람

들은 괴이, 엽기, 공포, 어쩌면 '지금 이상한 사람이 거리를 활보하고 있습니다'라는 신고의 대상이 될 수도 있었겠지만, 지금은 방역의식이 투철한 모범시민으로서 널리 홍보되었다. 방역성능이 이슈가 되자 KF80은 KF94에 비해 수요가 떨어졌고, 중국산은 그보다 더 인기가 없어졌다. 차라리 반드시 마스크를 제공해야 할 의무가 있는 회사나 단체들이 혹시 모를 감염사고가 발생했을 경우를 대비해, 그러니까 '우리는 우리 회사의 직원들에게 분명하고 확실하게, 마스크를 지급했답니다'라는 면피를 위한 수단으로써 덴탈 마스크의 수요가 은근히 많았다. 그런 시점에 품질 좋은 국산 KF94를 들고 나타난 김성오에게는 문의가 빗발쳤다.

그러거나 말거나 김성오는 며칠째 영업 업무를 하지 않고 있었다. 아, 영업을 하긴 했다. 회사의 영업이 아니라 마스크 영업을 했다. 김성오가 마스크를 병원에 소개하고 남긴 수수료와 자신이 직접 판매해서 거둔 수익은 2억5천만 원이었다.

"욕하지 말걸…."

마스크를 더 구하고 싶었지만, 김성오는 우선영과 크게 다퉈 버리는 바람에 연락을 할 수가 없었다. 2억5천만 원도 결코 적다고 말할 수 있는 금액은 아니지만, 김성오는 4억, 어쩌면 5억으로 갈 수 있는 아득한 오솔길이 눈앞에 펼쳐졌음에도 걸음을 뗄 수 없다는 사실에 크게 좌절하고 있었다. 직접 마스크를 구해 보려 힐링크린에 사장을 찾아가 보았으나 그것도 실패했다. 힐링크린 사장은 우선영으로부터 무슨 대단한 은혜를 입었는지 우선영이 아니면 싫다고 했고, 다른 브로커들처럼 오픈채팅방에서 판매자와 구매자를 연결하여 약속을 잡고 현장에 가 보기도 하였으나 세 번 모두 허탕을 쳤다. 현장에 나가 보니 구매자와 판매자 모두 나타나지 않았고 브로커만 셋이 모여 낭패한 얼굴로 담배를 쭉쭉 빨다가 돌아갔다. 그들이 서 있던 길바닥에는 잗다란 담뱃재와 가래침 덩어리만 낭자했다.

틱톡. 아아. 더 해야 하는데. 틱톡. 이 짓을 할 수 있는 시간이 얼마 남지 않았을 텐데. 틱톡. 오솔길이 점차 좁아지고 있는데. 틱톡. 우선영에게 찾아가서 잘못했다고 싹싹 빌까. 틱톡. 시끄러!

김성오는 애꿎은 벽시계에 성질을 부리며 소리를 빽- 하고 지르더니 건전지를 뽑아 버리고는 침대에 몸을 던졌다. 베개에 얼굴을 묻고 비비적거리며 발버둥을 치다가 문득 핸드폰을 꺼내 어딘가에 전화를 걸었다.

-오늘 영업 하시나요?

-네. 체온 재 보고 정상이면 하실 수 있어요. 기침 같은 거 안 하시죠?

-네. 기침 안 합니다. 혹시 귤이 있나요?

-아… 귤이는 없는데. 다른 애는 어떠세요?

　김성오는 검정색 트레이닝복으로 갈아입은 뒤 수수료로 받은 돈다발에서 몇십 장을 빼내 밖으로 나섰다. 얼마쯤 걸어가더니 별안간 발걸음을 멈추고 집으로 달려가 마스크와 휴대용 손세정제를 챙겨 다시 밖으로 나섰다. 마침내 선릉역 오피스텔에 도착한 김성오는 황규남의 전화를 기다리며 그가 입고 있는 까만 트레이닝복보다 새카만 어둠이 내려앉은 강남의 거리를 정욕에 굶주린 얼굴로 달뜨게 배회했다.

13. 2020년 2월 18일

안녕하십니까. 신천지예수교회입니다.

현재 신천지 대구교회는 18일 오전 교회를 폐쇄하고 역학조사와 방역 조치에 들어갔습니다. (중략) 각자의 처소에서 하나님께 예배 올려 드리고 은혜받으시길 바랍니다.

(출처: 신천지예수교회 홈페이지)

이윤슬

나라에 큰일이 있을 때마다 느끼는 것이지만 대한민국 사람들 정말, 빠르다. 어릴 적 기억이라 가물가물하긴 하지만, IMF로 나라에 난리가 났을 무렵 금모으기 운동을 한다는 뉴스 기사가 몇 주 나오더니, 금세 13조 원어치의 금을 모았다는 걸 기억한다. 나도 돌반지를 보냈다. 내 의지는 아니었지만. 대통령이 국정을 친구에게 맡겨 뒀다는 보도가 나가자마자 매일매일 백만 명의 사람들이 광장에 모였었다. 정치에는 관심이 없었지만 어찌 된 영문인지 나도 거기에 있었다. 코로나로 시끌시끌하더니 마스크가 돈이 된다는 소문이 퍼지자 사람들의 관심은 온통 마스크에 쏠렸다. 어찌 된 영문인지 나도 그 무리 속에 있다.

　대한민국 사람들이 만든 오픈채팅방도 정말, 빠르게 진화했다. 아무렇게나 퍼 날라지는 정보에 휩쓸리던 초반 ─이라기엔 불과 삼 주 전이지만─ 의 혼선이 삽시간에 정리되고 있었다. 마구발방이던 카페와 오픈채팅방이 열 몇 개 정도로 압축되었고 거래방식에도 변화가 생겼다. 돈이 있다거나 마스크가 있다는 말만 믿고 거래 현장에 나가서 허탕을 치는 일들이 빈번하니 얼마 전부터는 현금과 마스크 재고 사진을 보내 줘야 약속이 잡혔다. 화이트리스트와 블랙리스트가 만들어져 살포되었고 시시로 업데이트되었다. 와중에 유치한 사기꾼들도 극성을 부렸다. 물건도 없고, 현금도 없으면서 오픈채팅방에서 돌아다니는 사진을 가져다가 일단 거래부터 트려는 사람들이 생겼다. 이런 일들을 몇 번 당하자 대한민국 사람들은 금세 새로운 인증방식을 고안해 냈다. 이를테면 재고는 휴대전화로 현재 시각이 나오도록 동영상을 찍어 보낼 것이라든가 현금도 마찬가지로 동영상으로 인증하거나, 판매자가 불러 주는 단어나 숫자 ―이른바 제시어― 를 쓴 종이를 덧붙여 현금 사진을 찍어 보낼 것 등이다. 인증방식의 고안과 도입에는 사흘쯤 걸렸던 것 같다.

내게도 노하우들이 쌓여 갔다. 마스크 광풍이 지나가고 나면 영원히 쓸모없는 배움일 것 같긴 하지만 아무튼, 나는 이제 현금을 사진으로만 보아도 대략 얼마인지 알아맞힐 수 있다. 저건 4억6천. 음, 3억은 무슨 이게 어디서 구라를, 저건 2억 7천, 하는 식으로 말이다. 중국 판매 건을 몇 건 다루면서 무역과 관련된 용어나 절차에 대해서도 얼마간 배우게 되었다. 뭐 그런 것까지 알아야 하나 싶겠지만, 손세정제나 마스크와 같은 코로나 관련 물품들의 중국 수출이 까다로워지면서 김영만 사장이 챙기지 못하는 중국 쪽 바이어들이 원하는 서류나 절차들을 알고 챙겨야 했다. 푸하하. 내 입에서 중국 쪽 바이어라는 말이 나오다니. 자꾸 연습해도 적응이 어렵다. 중국 쪽 바이어.

엄마가 잠시 외출을 한 사이 옷장 깊숙이 감춰 두었던 현금을 꺼내 늘어놓았다. 책상 위에 팔을 얹고, 턱을 괴고, 고개를 약간 비틀어 그것들을 바라본다.

파라라라락.

돈들을 쌓아 놓고 모서리를 손끝으로 퉁겨 본다. 파랗고 노란 지폐들이 책상 위에 감히 쌓여 있다. 세상을 돌린다는 이 파랗고 노란 톱니바퀴들이 어디서 날아든 것인지 문득 그 행방이 궁금하다. 팔랑 소리가 세차게 나는 빳빳하고 싱싱한 지폐도 있고 귀퉁이가 닳아 둥글고 보드라운 질감의 낡은 지폐도 있다. 멸치액젓 비스름하게 고단하고 짠 내가 나는 지폐가 있고 화장품 냄새인지 향수 냄새인지가 배어 향긋한 냄새를 풍기는 지폐도 있다. 그간 어떤 사연을 품고 세상을 돌아다녔는지는 모르겠지만, 여하튼 지금은 마스크와 교환되어 내 앞으로 날아온 사연 깊은 편지들이다. 이제는 전부 내 것이다. 내 사연을 덧씌워 세상에 보낼 것이다.

요즘 마스크 가격은 개당 3천 원까지 뛰었다. 요즘이라는 말도 맞지 않는다. 아침 가격과 저녁 가격이 다르다. 가격이 오른다고 해서 우리의 수익도 그만큼 오르는 것은 아니었다. 김영만도 그만큼 올려 받고 있으니까. 아마 브로커들은 다들 비슷한 상황인 것 같았다. 가격이 오르고 있지만 어차피 비싸게 사 와서 비싸게 파는 것일 터, 수익은 고만고만할 것이다. 물론 그 고만고만도 결코 적은 액수는 아니겠지만.

김영만은 그야말로 어마어마한 돈을 벌었을 것이다. 김영만이 번 돈은 대충 계산해도 몇십억은 되어 보였다. 지금쯤 공장 어딘가에서 홍수처럼 범람하는 지폐 더미에 파묻혀 허우적허우적 헤엄을 치고 있을지도 모른다. 2020년 2월, 세상의 주인은 마스크 공장 사장임이 틀림없다. 영국이든 미국이든 중국이든 일본이든 마스크 공장을 하는 사람이 왕이고 주인이다. 북한은 아닐 수도 있지만 어쨌든. 전생이 되었든 현생이 되었든 그들은 아마도 굉장한 선업善業을 쌓은 사람들임이 틀림없을 것이다. 아니, 틀림이 없어야 한다. 그런 행운을 아무런 선업도 없는 사람이 누리고 있는 것이라면 그건 너무 불공평하잖아.

나와 언니는 마스크 장사를 시작한 지 삼 주 만에 2억7천만 원을 벌었다. 5만 원권이 있어서 다행이다. 그렇지 않았으면 돈을 둘 데가 없어 곤란했을 뻔… 푸하하. 돈을 둘 데가 없어 곤란하다는 생각을 하다니.

고작 삼 주 만에, 인생이 바뀐 기분이다. 언제나처럼 음의 방향이 아니라 양의 방향으로. 벡터가 변했다. 언젠가 평론 수업시간에 '감정의 벡터'라는 표현을 쓴 평론가를 욕했던 일을 사과하고 싶다. 요즘 내가 느끼고 있는 감상을 그 평론가가 언급한 '벡터의 전환'이라는 표현보다 더 유효하게 드러낼 수 있는 말이 뭐가 있을까. 학교를 조금 더 다녔으면 알아낼 수 있었으려나. 사는 내내 사나운 일들만 찾아오는 바람에 두꺼운 껍질로 몸을 감싸고 웅크려 있던 내게 처음으로 부드러운 사건이 찾아와 껍질을 콩콩 두드렸다. 껍질 뒤에 숨어 슬며시 고개를 내밀었더니 눈부신 빛이 스며들었다. 빛은 선영 언니로부터 나오고 있었다. 언니가 금가루 같은 빛을 반사해 준 덕분에 나는 밝음과 온기를 얻었다. 그 덕에 껍질을 까부수고 나올 수 있었다. 나는 이제 예전처럼 세상이 두렵지만은 않다. 두툼한 돈뭉치로 만들어진 갑주가 나를 보호하고 있으므로 아늑하다. 혼자였다면 생각도 못 했을 일이다. 흥부처럼 착한 선영 언니가 제비로부터 받아 온 박씨가 자라났고 나는 거기에 슬금슬금 톱질을 도왔을 뿐이다. 이번엔 내가 언니를 위해 박씨를 찾아 주려 한다.

내게 묘안이 있다.

마스크 가격은 천정부지로 오르고 있고 물량은 모자라다. 며칠 전 공장에 들렀을 때 김영만 사장과 이런 대화를 했었다.

"아니, 나도 더 찍고 싶지. 그런데 포장이 안 된다니까요. 포장을 안 하면 지금의 두 배는 더 생산할 수 있지."

"그럼 그냥 포장 안 하고 팔면 안 돼요? 어차피 비닐 껍데기에 불과하잖아요. KF94 필터 들어간 KF94 마스크 맞잖아요."

"안 돼, 안 돼. 포장까지가 허가의 영역이에요. 벌크 판매는 불법이라 하면 안 돼."

"음… 포장만 하면 된다는 거죠? 포장지는 다 있고."

"그렇지."

"그럼 사람을 더 쓰면 되잖아요."

"그렇기는 한데, 사람이 더 있어도 실링Sealing기가 없어서 어차피 안 돼요."

"그럼 마스크랑 포장지를 가져다가 실링 기계가 있는 공장에서 포장을 해 오면 하루에 이십만 장씩 찍을 수 있는 거겠네요?"

"응? 음… 뭐, 네. 그렇죠."

"만약 저희가 포장을 해 오면 그 물량은 저희에게 다 주시는 거 어때요? 가격은 그날 시세의 80%로."

"뭐, 가능만 하다면야."

나는 사장과 대화를 하던 그때, 마스크가 아닌 마스크'팩'이라는 비즈니스를 선택하는 바람에 완결된 로또가 되지 못했다는 규남의 친구 김아영과 그녀의 남자친구를 떠올리고 있었다. 그날 마스크 거래를 마치자마자 규남에게 전화를 걸었다. "누나 지금 궁서체고, 나 사실 요즘 마스크 장사해"라는 말을 시작으로 간략히 자초지종을 설명하려 했는데 그 말을 들자마자 규남의 넋이 잠시 나가는 바람에 돌아올 때까지 기다린 후 아주 긴 통화를 해야 했다. 나는 규남에게 김아영의 남자친구 마스크‘팩’ 업체 사장과 "하루에 십만 장 마스크 포장 의뢰, 한 장당 포장 대행비로 200원씩을 지급하는 건에 관한 미팅을 할 수 있겠느냐"고 물었다. 일이 잘만 되면 규남에게는 마스크 물량을 조금 빼 주고, 김아영에게 따로 500만 원을 지급할 테니 미팅을 꼭 성사시켜 주었으면 한다는 포상도 덧붙였다. 마스크? 마스크‘팩’? 포장? 십만 장? 500만 원? 또 뭐? 규남은 맥락을 이해하느라 한참을 혼자 쑥덕거리더니 문득 손가락을 딱 하고 튕기는 소리를 경쾌하게 내며 알아보겠다고 했다. 그리고 며칠 뒤, 규남과 김아영은 미팅을 만들어 냈다.

엊그제 서울에 가서 그들을 만나고 왔다. 일이 되면 알려 주려고 선영 언니와 김영만 사장에게는 말하지 않았다. 서울에 도착해서 규남을 먼저 만났는데 규남이 남부 이태리 조폭 같은 식스버튼 정장을 빼입고 나타나는 바람에 규남을 보자마자 나는 또 왕창 웃어 버렸다. 나는 그때 뭘 그리 벼르고 있었는지 손톱자국이 날 정도로 주먹을 꽉 쥐고 있었는데 규남이가 엉뚱한 옷을 입고 온 덕에 얼마간 긴장을 놓을 수 있었다.

"아… 누나가 그래서 마스크 필요 없다고 했었구나…."

"응… 너한테는 말해 주려고 했는데, 나도 이거 한 지 얼마 안 돼서… 말 못해서 미안."

"아냐, 아냐. 뭐 그런 거로 미안해해. 나도 뭐 직장 옮길 때마다 누나한테 하나하나 다 보고를 하는 것도 아닌데. 그런데… 누나가 그걸 한다고? 그건 놀랍긴 하다. 누나가 막 흥정도 하고 그래?"

"어… 뭐, 응. 하다 보니 할 만하더라고. 엄마 병원비 때문에 급전이 좀 필요해서 하게 됐어. 자세한 얘기는 나중에 해 줄게. 일단, 출발할까?"

"응. 참, 내 친구 이름 김아영이다? 김딸기라고 하면 절대 안 돼. 알았지?"

"김딸기? 너가 처음부터 김아영이라고 했잖아. 본명이 김딸기야? 이름 참 특이하네… 아무튼, 알았어."

나와 규남은 길 건너에 있는 카페로 이동했다. 아침 일일 드라마 부잣집 시누이처럼 생긴 여자가 가슴께에 거대한 시폰이 달린 블라우스를 입고 다리를 가지런히 모은 채 새초롬하게 앉아 있었고, 그녀의 옆에는 불도그와 닥스훈트가 75:25 정도의 비율로 섞인 믹스견처럼 생긴 아저씨가 스냅백을 앞으로 쓴 채 금빛 찬연한 목걸이를 번쩍이며 스웨그를 자랑하고 있어 혹시 홍대에서 유명하다는 어떤 래퍼가 아닌가 눈을 의심케 했다. 아, 저 사람이 남친? 아아. 그렇구나. 보기 좋네. 살찐 톰 행크스 한국인 버전 같다야. 톰 행크스는 무슨, 그냥 기름진 아저씨구먼. 나와 규남은 들리지 않도록 소곤거리며 그들에게 다가갔다.

"안녕하세요."

"네, 안녕하세요. 오빠. 이분들이야."

"아… 예…."

김아영의 남자친구가 고개를 까딱이며 건성으로 인사를 마치더니 김아영의 귀에 대고 무어라 소곤거렸다. 표정이 좋지 않은 것으로 보아 믿을 수 있는 사람들인가에 관한 질문인 것 같았다. 한쪽 눈이 없고 얼굴은 함몰되었으며 품이 맞지 않는 저급 식스버튼 정장을 껄렁하게 입고 온 남자와 보풀이 잔뜩 일어난 남방에 무릎이 힘껏 나온 청바지를 입은 꾀죄죄한 복색의 여자. 그리고 그들이 제안하는 하루 2천만 원짜리 포장 의뢰 건. 나로서도 믿기 어렵겠다는 생각이 이미 있었으므로 나는 생각을 차단하기 위해 빠르게 본론부터 말했다.

"저희는, 지금 보여 드리는 마스크, '힐링크린'이라는 업체에서 나왔어요. 아시다시피 요즘 마스크 품귀가 심해서 생산을 많이 해야 하는데 포장과 밀봉에 어려움이 좀 있어서 가능하실지 여쭤 보려고 뵙자는 말씀을 드렸습니다. 조건은 미리 말씀드린 대로 저희가 포장지와 마스크를 제공하고 마스크팩 공장에서는 포장과 실링을 하며 금액은 한 장당 200원씩, 의뢰 물량은 하루에 십만 장입니다. 기간은 글쎄요, 적어도 보름 이상은 될 것 같습니다만, 그건 일단 가능하신지의 여부를 확인하고 저희 사장님과도 말씀을 나눠 봐야 할 것 같아요. 검토해 볼 만하다고 생각되시면 정식으로 발주서와 계약서를 준비하겠습니다."

앞서 말했듯, 김영만 사장과도, 선영 언니와도 이야기된 바는 아무것도 없었기에 나는 그야말로 혼신의 힘을 다해 구라를 쳤다. 그다음엔 그들의 표정에 드러난 감정을 채집하고 눈치를 살피는 데 모든 신경을 다 집중 동원했다. 발주서라는 게 어떻게 생긴 종이인지는 태어나서 한 번도 본 적이 없었다. 노련한 척을 하기 위해 인터넷을 뒤져 가며 그럴듯한 말과 말투를 만들었고 집에서 수백 번씩 연습을 했다. 하지만 한 회사를 책임지고 있다는 사장이 뿜어내는 기세와 '사짜'를 걸러 내는 관록적인 안광과 의구가 담긴 시선은 의자를 빼고 앉자마자 나를 주눅 들게 했고, 나는 자꾸만 파문을 일으키는 목소리를 붙들기 위해 미팅하는 내내 아랫배에 힘을 꽉 주고 있어야 했다. 그럼에도, 어쩐지 일이 잘 풀릴 것 같다는, 오늘의 도박에는 손속이 좀 붙을 것 같다는 난데없는 확신이 있었다. 그리고 들켜 봐야 망신밖에 더 당하겠나. 물론, 이 생각은 규남을 배제한 조금 치사한 계산이긴 하다.

"네… 저도 미리 이야기는 들어서 고민은 하고 왔습니다. 계약서는 쓰시는 거죠?"

김아영의 남자친구가 심드렁한 목소리로 대강대강 말했다.

"네. 물론이죠."

"명함 같은 거 있으세요?"

"명함…은 깜빡하고 왔네요."

"아니, 회의하러 오시면서 명함도 안 갖고 다니시나요? 거기 직원은 맞으세요?"

"아… 그게 정식 직원은 아니고… 마스크 품귀로 임시로 일을…."

"아하, 그러니까 명함도 없고, 정규 직원도 아니신 거군요."

김아영 남자친구의 견고한 추궁에 적절히 대답할 만한 조리를 찾을 수 없던 나는 자꾸만 쪼그라들어 가고 있었다. 말을 더듬었고, 상투적인 수식어를 많이 붙였으며, 불필요하고 과장된 손동작이 자꾸만 섞여 나왔다. 신뢰를 잃기 시작했다.

묘한 분위기를 눈치챈 규남이가 김아영에게 눈짓을 했다. 김아영이 신호를 받았다.

"오빠. 뭐 일단 되는지만 말하고 나중에 마스크 공장 사장하고 직접 정리하면 되잖아. 포장 값만으로 하루에 2천만 원이면 엄청 좋은 장사 아냐?"

"어? 어어. 그렇지 뭐. 그러면 좋은 거지."

"응. 그럼 됐네. 이거 포장 가능해?"

"사장님, 조금 더 자세히 말씀드리자면, 뭐 포장이야 손으로 하는 거니까 사람만 쓰면 가능하시겠죠. 사장님네 공장에서 실링이 가능하신지를 여쭙고 싶어요. 자, 요 정도 크기입니다."

코 먹은 소리를 한껏 끌어내며 남자친구를 꾀는 김아영의 지원에 힘입어 나는 대화를 급속히 심화했다. 실링 기계의 규격을 언급하며 마스크를 내밀자 김아영의 남자친구가 호기심 어린 표정으로 이리저리 뒤집어 보았고 김아영이 옆에서 뭐, 이 정도 크기면 되는 거 아니야? 오빠는 안 되는 거 없잖아. 오빠는 안 되는 것도 되게 하는 멋진 남자잖아, 하는 식으로 종알거렸는데 정말이지 고마워서 거의 끌어안을 뻔했다. 500만 원이 전혀 아깝지 않은 솜씨였다. 김아영의 아양에 넘어간 남자친구가 흠, 하고 큰 숨을 몰아쉬더니 표정을 풀고 덤덤한 체 말을 했다.

"그러엄. 아영아. 오빠는 다 가능하지. 저, 이윤슬 씨라고 했지요? 저희는 마스크팩보다 작은 포장지면 다 봉합할 수 있습니다. 그리고 당연한 이야기겠지만, 일반적으로 마스크는 마스크팩보다 작죠. 계약서 보내 주시면 검토하겠습니다."

어머! 된 거야? 됐나 봐! 야호!

김성오

'긴 바지로 갈아입고 나갈까 그냥 나갈까. 에이 귀찮은데 그냥 나가자', 김성오는 반바지에 패딩을 걸치고 담배를 사러 가기 위해 집을 나섰다. 슬리퍼를 직직 끌고 느긋하게 걸어가 더니 금세 후회를 하며 종종걸음을 치며 뛰듯이 걸었다. 어, 추워. 존나 춥네. 긴 바지 입을걸. 낭패한 얼굴로 오들오들 떨 며 걷는 와중에도 핸드폰에 올라오는 글자들은 놓치지 않고 아후, 아후 아깝다…, 구시렁거리며 강박적으로 읽어 나갔다.

까똑.
　└ 한 장에 2,900원 드립니다. 만 장 삽니다. 김○○, 오후 9:16
까똑.
　└ re: 개인 톡으로 연락 주세요. 마스크 재고 동영상으로 확인시켜 드
　　리겠습니다. 카톡: b0988d 오○○, 오후 9:18

마스크를 파는 사람들이 점점 줄고 있었다. 하도 오래 들여다봤더니 엔간한 아이디는 외울 수 있었다. 물주들이 마치 사는 사람인 척 가격을 올려 구매를 희망한다는 말을 던지며 가격이 더 오르도록 부추기고 있었다. 그리고 시세는, 고작 그 정도 수작에 농락당하며 꾸준히 오르고 있었다. 후, 미치겠다, 어후 미치겠네. 시세를 볼 때마다 미칠 것 같았다. 안 되겠다. 일단 빌어 보자. 피우던 담배를 거칠게 비벼 끄고는 바들바들 떨리는 손가락으로 우선영의 번호를 눌렀다. 떨리는 목소리를 연출하기 위해 입고 있던 파카도 벗어젖혔다.

-여보세요?

-저… 안녕하셨어요, 누님. 김성오입니다….

주눅이 든 척 말은 했지만, 김성오는 속으로는 큭큭 웃고 있었다. 어쭈, 전화 받는 거 봐라. 큭큭, 받을 줄 알았지. 알았어. 돈이 좋긴 좋지? 지글지글 끓어오르는 욕망에 언제나 휩쓸리며 고통받아 온 김성오는 그만큼 욕망의 물성에 대해 잘 이해하고 있었다. 욕망은 장구하다. 절대 놓아 주지 않는다. 이런 종류의 마음은 쉽게 끊어 낼 수가 없다. 아무리 숨기려 해도 드러나게 마련이다. 제아무리 콧대 높은 우선영이라 해도, 경멸하는 자신으로부터 씨발 어쩌고 하는 욕을 들었다 해도, 아마 끊어 낼 수 없을 것이다.

-그때는 정말 죄송했습니다, 누님… 노여움 푸세요. 저도

간납업체 영업사원인데 병원 구매담당자들 얼마나 무서워하는지 잘 아시잖아요, 누님. 정말 죄송합니다.

-뭐, 됐어요. 무슨 일이세요?

-저… 마스크 좀 구할 수 있을까요? 현금 2억 있습니다.

-20일 오후 두 시까지 공장으로 오세요. 공장 도매가로는 못 드리고요, 저한테 사셔야 합니다. 가격은 그때 시세대로 알려드릴게요.

우선영은 자기 할 말만 마친 뒤 끊어 버렸다. 기어이 붙어먹는 데 성공한 김성오는 참았던 숨을 후유 하고 몰아쉬며 가슴을 쓸어내렸다. 일단 물량은 구하긴 구했다. 나중에 만나면 더 비굴하게 굴어서 가격을 깎아야지. 반바지만 입고 한참을 서 있었더니 다리가 다 빨개졌다. 김성오는 빨개진 다리를 손바닥으로 문지르며 어떻게 하면 좀 더 비굴해 보이게 굽신거릴 수 있을지에 대해 궁리했다.

14. 2020년 2월 20일

"서울대병원장도 마스크가 없어서 세탁을 해서 써야 하느냐고 말씀하셨어요. 조금 더 신경을 써 주셔야 합니다" (김갑식 서울시 병원협회장) (중략) 김 협회장은 "서울대뿐 아니라 다른 대학병원장도 2~3일분밖에 남지 않았다고 한다"며 목소리를 높였다.

(2020년 2월 20일, 서울경제)

이재명 "코로나19와 전쟁…신천지 전수 조사 실시"

이재명 경기도지사가 '코로나19와의 전쟁'을 선포하고 신천지예수교회 쪽에 전수 조사를 요구했다. 이 지사는 20일 자신의 페이스북에서 "지역사회 감염확산을 막기 위해 신천지 신자들이 활동한 장소를 파악하고 신속한 방역 활동을 전개할 예정"이라며 이같이 밝혔다.

(2020년 2월 20일, 오마이뉴스)

김영만 사장

거짓말이었다.

식약처가 허가한 의약외품이라는 의미는 식약처가 확인한 장소와 공정을 통해 생산된 제품만을 말하며 생산에는 '포장'까지 포함된다. 즉, 청주 힐링크린 공장에서 포장까지 완료된 물건만이 온전한 힐링크린의 KF94라는 말이다. 다른 곳에서 포장을 하면 미허가 제품이 된다.

이윤슬이라는 꼬맹이가 포장이나 실링 작업에 대해 물어봤을 때는 당연히 그런 서툰 꼬맹이의 깜냥으로는 실링 작업 근처에도 가지 못할 것으로 짐작하여 대충 말한 것인데, 고맹랑한 것이 마스크팩 제조업체를 물어 왔다. 잠시 갈등은 했지만, 고Go다. 이슈가 옮겨 가고 있다. 매점매석에서 신천지로. 신천지에 관한 뉴스가 나왔고 불안을 해소하기 위한 정부의 발표가 이어졌다. 김영만에게 신천지 기사는 엔간한 블록버스터 드라마 저리 가라 할만치 시의적절한 히트였다. 전염병을 옮기는 사이비종교 신도들. 정말이지 사람들이 열광할만한 기가 막힌 뉴스다. 마스크 매점매석에 관한 이야기가 단박에 쏙 들어갔다. 몇몇 할 일 없는 놈들이 꾸준히 시비를 털며 매점매석의 비윤리를 지적하고 사람들의 관심을 촉구하는 댓글을 올려댔지만 이미 여론은 옮겨 갔다. 신천지에 관한 진짜든 가짜든 어쨌든 중언부언 가십거리들이 전파를 통해 마구잡이로 살포되고 있었고, 정부의 신경이 그런 쪽에 쏠렸다. 따라서 아마도, 괜찮을 것이다. 코로나가 빚어 준 위험하고도 감미로운 이 술을 홀짝홀짝, 아니 들이다 들이켜며 취해도 별 일 없을 것이다. 뭐, 걸리면 일단 몰랐다고 잡아떼지 뭐. 영업 정지 처분이라도 받으면 다 때려치우고 그간 번 돈으로 애들 한테 아파트 한 채씩 해 주고, 나랑 마누라는 그 앞집 아파트 를 하나 사서 거기서 느긋하게 여생을 보내며 황혼 육아로 고 달프다는 투정으로 자식놈들에게 유세나 떨면서 살면 그만이 다.

우리 공장에서 만드는 건 식약처가 검증한 분명하고도 확 실한 공정을 통해 만들어지는 KF94 마스크다. 품질은 자신 있다. 뭐, KF80은 탈락하긴 했지만 아무튼. 마스크 '팩'이라면 얼굴에 붙이는 물건이니까 당연히 그 공장도 식약처의 관리 를 받고 있을 것이므로, 깨끗한 마스크에 깨끗한 포장. 뭐가 문제인데?

이윤슬이 물어 온 업체를 통해 포장하면 하루 생산량을 이 십만 장까지 늘릴 수 있다. 포장비와 이윤슬 무리에게 지급할 수수료를 공제해도 하루에 추가 수익이 2억이다. 마스크 가격 이 3천 원을 넘겼다. 따라서 무조건 고Go다.

김영만은 직원들이 출근하기 전 새벽, 텅 빈 사무실에 앉 아 늙고 뭉툭한 손가락을 힘겹게 곧추세워 키보드를 토닥이며 더듬더듬 포장 의뢰에 관한 계약서와 발주서를 만들고 있었다. 그런 계약은 처음이라 서식이 없었다. 불을 켜지 않아 모니터가 발하는 허연 빛이 김영만의 얼굴 모양으로 뭉툭한 그림자를 만들었다. 고개를 숙였다 들었다 할 때마다 유령 같은 그림자가 나타났다 사라졌다. 자꾸만 흘러내리는 루뻬 안경을 연신 들어 올리며, 똘똘한 놈을 하나 잡아다 시키려다가 차마 말하지 못하고 직접 만들고 있는 김영만이었다.

이윤슬

언니에게 마스크 포장 건의 전모에 대해 말해 주었더니, 언니는 아득한 얼굴로 듣고 있다가 문득 나를 꽉 끌어안았다. 야. 윤슬아. 이제 우리… 진짜 부자가 되려나 보다. 그냥 돈 좀 번 사람 말고 진짜 부자. 건물 같은 거 하나 깔고 앉아서 임대료 받으며 놀고먹는 그런 사람들. 언니는 그때까지 5억을 벌었고 나는 3억을 벌었다. 아빠의 통장에 있던 원금을 합하면 현재 내 총자산은 5억. 통장에 써 두었던, 엄마와 아빠의 유골과 함께 뉴질랜드에 가기 위해 목표했던 금액과 일치한다. 목표를 수정했다. 엄마의 신장을 미국에서 이식받을 수 있는 비용까지 모아 보는 것으로.

규남은 지난번 '미팅' 이후로 마스크 거래에 지대한 관심을 보였다. 규남이가 대전에 내려오기로 했다. 규남에게 물건을 얼마나 빼 줄 수 있을지 논의하기 위해, 그리고 마스크 포장 대행 건의 성사를 축하하기 위해 나는 선영 언니와 함께 대전역으로 향하고 있었다. 언니에게 오늘은 내 차를 타지 말고 택시를 타고 가자고 했다. 그래, 그러지 뭐. 그런데 굳이 왜? 자동차 수리도 다 했다며. 그냥, 저도 낭비 한번 해 보고 싶어서요. 언니 저 사실 택시회사에서 야간 배차원으로 일하고 있어요. 만날 남들 택시 태워 주기만 했는데 나도 한번 타 보고 싶어서요. 선영 언니는 더 묻지 않고 흔쾌히 그러자고 말했다. 택시비 제가 낼게요. 됐어, 언니가 낼게. 모범택시 타고 가자. 계족산 콜 탈까? 아뇨.

택시를 타고 가면서 차창 밖을 곰곰이 응시했다. 낯설다. 버스나 지하철이 빤히 다니는 대낮에 택시를 탔다는 사실이 낯선 건지, 대전이라는 고장 자체가 낯선 건지 구별이 어려웠다. 생각해 보니 그냥 두 가지 모두 몹시 낯선 것 같다. 대전에 산 지는 벌써 칠 년이 다 되어 가지만, 집 근처와 계족산 콜과 엄마가 다니는 병원 외에는 다녀 본 적이 거의 없었다. 차창 밖으로 획획 지나가는 대전 시가지의 표지판을 유심히 노려보면서 지명을 익혀 두려 애를 썼다. 이제는 나도 엄마와 함께 대전 시내 이곳저곳을 쏘다니며 먹고, 마시고, 사들일 수 있으니까. 그런 생각을 하면서도 미터기가 가파르게 올라갈 때마다 자꾸 초조한 마음이 드는 건 어쩔 수 없었다.

규남이를 만나 성심당에서 튀김 소보루를 몇 개 사고, 커피를 석 잔 사 들고 대전역 앞 벤치에 앉았다. 추운데 꼭 여기서 이렇게 먹어야 해? 맛있는 거 사 준다니깐. 미안, 추위에 떨면서 김이 모락모락 나는 성심당 소보루를 꼭 씹어 보고 싶었어. 어쩐지 납득이 가서 그러자고 했다. 언니는 규남이의 얼굴을 보자마자 흡, 하며 입을 틀어막았는데 그 동작이 대단한 실례라는 사실을 이내 깨닫고는 또 흡, 하며 안절부절못했다. 나와 규남에겐 익숙한 편견이라 나는 차분하게 규남의 얼굴에 대한 사정을 설명했다. 그냥 어릴 때부터 친하게 지내던 동생인데 나를 보호하려다 다치는 바람에 그렇게 되었어요. 언니는 흡, 하는 표정을 거둬들이며 규남을 환대했다. 마스크 포장 건을 주선해 준 공로에 대해서도 확실한 보상을 약속했다. 규남은 돈 같은 건 필요 없고, 마스크를 받았으면 한다고 했다. 언니는 언니가 김영만 사장으로부터 받는 가격 그대로, 하루에 KF94 삼만 장을 약속했다. 잘 팔면 아마 하루에 천만 원 정도는 남길 것이다.

우리는 택시를 타고 다시 건우약국으로 돌아와 내 차를 타고 청주로 이동했다. 나와 언니가 현금 상자를 차에 싣는 걸 보고는 규남의 눈이 휘둥그레졌다.

"누나… 이게 다 누나가 번 돈이야?"

"응? 응. 이제 너도 열심히 해서 돈 많이 벌어."

"어어. 어어어."

*

경매 현장을 본 규남은 입을 다물지 못했다.

"와… 누나 이건… 진짜 존나 찐이네….”

"존나 찐이 뭐야?"

선영 언니가 물었다.

"애들 말 그런 거 있어요."

오늘은 여덟 명의 구매자가 경매를 치렀다. 모두 마스크를
쓴 채 욕망이 가득한 눈알만 형형히 반짝이며 이리저리 굴리
는 바람에 누가 누군지 구별이 어려워 경매를 할 때 가벼운
혼란이 있었다. 그날은 거래 규모가 조금 컸다. KF94 삼십만
장에 덴탈 마스크 백만 장의 거래가 있었다. 경매 결과에 따
라 17억 원의 현금과 마스크가 교환되었다. 거래가 결정되자
김영만이 껄껄 호방하게 웃으며 공터 한가운데에 현금 계수
기를 세워 놓았다. 자, 그럼 시작할까요? 모든 이의 시선이 계
수기로 모아진 가운데 김영만의 계수기가 수줍음을 딛고 현
금들을 최선을 다해 타라락탁 헤아렸다. 계수기를 썼는데도
돈을 세는 데는 꽤 오랜 시간이 걸렸다. 어쩌면 사람들의 시

선이 부끄러워 그날따라 계수기가 헤맸는지도 모른다. 나와 언니는 그날 수수료로 1억6천만 원을 받았다. 규남은 그날 마스크 삼만 장을 장당 2,700원에 샀고 김성오는 낙찰가 그대로, 3천 원에 오만 장을 샀다. 원래 삼만 장만 팔겠다는 걸 김성오가 아이구 아이구, 하며 선영 언니와 김영만에게 거의 드러눕듯 굽신댄 결과로, 정말 개처럼 누워 배라도 까 보일 기세여서 보다 못한 김영만 사장이 그렇게 해 주자고 언니를 설득하여 그리되었다. 언니는 민망해서 보기 싫다는 부분에서 공감했다. 그즈음 오픈채팅방 시세가 3,200원에서 3,300원 정도였으므로 김성오는 장당 300원씩 남기기도 힘들어 보였다. 그래도 가격은 계속 오르고 있으므로 어쩌면 더 남길 수도 있을 것이다. 나와 선영 언니와 김영만 사장은 김아영(김딸기)과 그녀의 남자친구와 포장 대행에 관한 계약을 체결하기 위해 공장의 사무실로 들어갔다.

황규남, 김성오, 김영만 사장

규남은 공장에서 키우는 개를 만지작거리며 윤슬이 나오기를 기다렸고 김성오는 딱히 남아 있을 이유가 없었지만 어쩐지 돌아가지 않고 공터에 남았다. 무심한 척하고 있었지만, 그들은 어색하게 서로를 흘끔거리며 '어떤 말', 그러니까 '이

낯뜨겁고 부담스러운 재회 상황을 타개할 '어떤 말'을 어떻게 꺼내야 할지에 대해 고심하고 있었다. 그들은 생면부지의 관계가 아니었다. 구면이다. 그것도 여러 번 보았다.

"저기…"

"아, 예…"

"오피에서 봤던 건 말하지 않아 주셨으면 해서…"

"아, 예예. 물론이죠. 고객 정보인걸요."

규남이 대답하자 김성오는 그제야 안심한다는 얼굴로 핸드폰을 꺼내 오픈채팅방에 글을 남기기 시작했다.

"저기…"

"예?"

"저도 거기서 일하고 있는 거 말씀하지 않아 주셨으면…"

"아, 예예. 물론이죠…"

말을 마친 두 사람은 종전처럼 서로 다른 방향을 바라보며 하던 일을 마저 했다. 규남은 계속 개를 만졌고, 김성오는 여전히 돌아가지 않은 채 땅바닥을 발로 직직 긁고 있었다. 두 사람은 필요한 용무를 마쳤음에도 서로의 주변을 벗어나지 못하고 객쩍게 빙글빙글 돌며 눈치를 보고 있었는데, 김성오는 윤슬과 친한 규남이 자신에게 도움이 될지도 모른다는 생각에 무어라 말을 더 붙여 볼까 고민을 하느라 자리를 뜨지 못하고 있었고, 규남도 마스크 장사에 대한 좀 더 실제적이고 구체적인 윤곽이나 정보는 윤슬보다 김성오로부터 얻을 수 있을 것 같다는 생각을 하며 김성오를 의식하고 있었다. 규남이 보기에 윤슬은, 너무 싸게 팔고 있다.

"저… 담배 피우실래요?"

규남이 말했다.

"아, 예. 고맙습니다."

"자주 오시나 봐요? 잘되나요? 이거 마스크 장사."

"예 뭐, 그럭저럭 좋은 편이죠."

어색함을 딛고 두 사람이 서로의 냄새를 맡기 시작했다.

"그런데 저쪽 구석에 저 박스들은 좀 오래되어 보이는데 혹시 아세요?"

규남이 물었다.

"아. KF80이라고 쓰여 있는 저 물건들이요?"

"KF80이요? 그건 또 뭔가요?"

"KF94가 분진포집효율… 됐다. 뭐, 쉽게 말하면요, KF94는 방역효율이 센 거고, 80은 그거보다 약한 거예요. 덴탈 마스크가 제일 약한 거고."

"그럼 KF80이 덴탈보다 더 센 거네요? 그런데 덴탈 마스크도 사람들이 많이 찾던데 저거 KF80은 왜 안 팔죠? 아까 보니까 공장 사장님이 생산하는 족족 경매를 하거나 윤슬 누나가 데려온 구매자들한테 전부 팔아 치우는 것 같던데."

"음… 글쎄요. 그러고 보니. 불량인가?"

규남이 KF80 상자들을 보며 눈을 빛냈고 그때 미팅을 마친 사장과 윤슬 무리가 나왔다.

"규남아, 오늘 고생 많았어. 같이 가서 밥이라도 먹자."

"아. 저기, 누나 먼저 들어가. 나 그냥 화물차 불렀어. 오늘 저거 다 실어서 화물차 타고 서울 가려고."

"그래? 미리 말을 하지. 우리가 아는 화물 불렀으면 금방 왔을 텐데. 아무튼, 그럼 먼저 들어갈게. 다음에 누나가 밥 사줄게. 뭐, 어차피 마스크 때문에 조만간 또 보겠네. 조심히 들어가."

윤슬 무리가 돌아간 뒤 규남은 가만히 서서 혼자 무언갈 골똘히 생각하다가 손가락을 딱, 소리가 나도록 튕기더니 김영만의 뒤를 쫓아 사무실로 들어갔다. 김성오는 규남의 뒤를 쫓았다. 김성오는 규남이 화물차 따위는 부르지 않았다는 걸 알고 있었다. 저 녀석 뭔가 꿍꿍이가 있다. 나이는 어리지만 세상이 돌아가는 방식을 꽤나 깊이 있게 체득한 놈으로 보였다. 일그러진 얼굴부터 오피 쪽 일을 하는 것까지. 나이에 비해 쌓아 둔 사연이 두툼하고 수완 또한 상당한 놈 같다고 생각했다. 다만, 그걸 감추는 데는 아직 미숙해 보인다. 김성오는 규남이 드러낸 돈 냄새를 쫓아 뒤를 따랐다. 나눠 먹자. 규남 동생.

규남은 윤슬과 우선영을 배웅한 김영만이 사장실에 들어가는 걸 몰래 따라간 뒤 다섯을 세고 노크했다.

"저… 사장님."

"네. 누구시죠?"

"안녕하세요, 사장님. 아까 마스크 8천만 원어치 구매한 황, 규남이라고 합니다."

"아아. 윤슬 씨 동생. 네, 무슨 일이죠?"

"예. 저… 다름이 아니라요, 저기 창고 입구에 쌓여 있는 KF80 마스크는 팔지 않는 물건인가 해서요."

"네. 저거는 못 팔아요. 분진을 80% 효율로 잡아내야 하는데, 썅, 생각하니까 또 열 받네, 79% 나와서 안 된대요. 그러니까 불량 판정을 받은 거죠. 그런데 그건 왜 물어요?"

"사장님, 저거 전부 몇 장이에요?"

"이백만 장. 그런데 왜 자꾸 물어요, 속 터지게."

"사장님, 제가 저거 전부 다 사면 얼마에 주실 수 있나요?"

"파는 물건이 아니라니까요?"

"그럼 여태까지 왜 안 버리셨어요?"

김영만은 얼굴만 잔뜩 일그러뜨리며 대답하지 않았다. 규남이 문득 일어서더니 사장에게 명함을 두 장 건넸다. 하나는 강남의 룸살롱 실장 황규남. 하나는 오피스텔 성매매 찌라시.

"사장님. 저 이런 쪽에서 일하는 앤데요."

김영만이 명함을 보더니 전염병이 옮아 붙을 물건이라도 만진 마냥 툭 내던졌다.

"저는 이런 데 안 다닙니다."

규남이 명함을 다시 김영만 쪽으로 슥 밀며 말했다.

"아뇨, 아뇨. 여기 놀러 오시라는 게 아니라. 저희가 이쪽 일을 하다 보니 중국이나 러시아, 조선족 여자들을 데려오는 유통망이 좀 있어요. 저거 KF80 저한테 파세요. 저희가 중국이나 러시아에 팔아 볼게요. 제가 거래 이력 안 남게. 예? 깨끗하게 가져갈게요. 아무도 안 보는 새벽에. 조용히. 그냥 폐기하는 것처럼 저한테 버리시고, 제가 사장님한테 버리는 현금 다발 주워 가시고. 예? 어떠세요?"

"아니 저거는 미허가인데… 그리고 가져간다 치더라도 포장은 어떻게 하시려고? 불량 판정받은 마스크를 힐링크린 포장지 씌워서 팔려고? 안 돼, 안 돼. 그냥 가세요."

김영만이 손사래를 치며 고개를 절레절레 흔들었다.

"그건 그냥 저희가 알아서 할게요. 벌크로 팔든, 다른 회사 포장지를 만들든 알아서 하겠습니다. 절대 힐링크린 마스크로 안 팔 거예요. 포장지 없이 마스크만 그냥 저한테 버리시고, 돈 주워 가세요. 저한테 물건 주시면 다 중국이랑 러시아에 팔 거예요. 아니, 우리나라 사람들한테 파는 것도 아닌데 뭘 그러세요. 애국하시죠, 애국. 외화 많이 벌어야죠. 코로나로 경기도 안 좋다는데."

규남의 말을 들은 김영만은 짐짓 강퍅한 표정을 지으면서도 손가락을 은밀하게 꼬물거려 계산기 버튼을 누르고 있었다. 백만 장. 생산 안 한 재료가 또 백만 장. 전부 이백만 장. 포장이 되어 있지 않다는 점과 불량이라 시세대로 받을 수 없다는 점을 감안하여… ―어떻게 감안해야 할지는 모르겠지만― 현재 KF80이 2,400원쯤에 거래되고 있으니 그 반 정도에 넘긴다고 가정해도… 24억. 24억 원이다. 원가를 빼도, 십몇 억은 남는다.

그간 출근할 때마다 속을 쓰리게 하던 KF80 재고들. 그걸 털어 낼 기회가 찾아왔다. 김영만은 황규남의 그럴듯한 난센스에 속아 주고 싶었다. 아니, 벌써 홀라당 속아 버렸는지 있지도 않은 24억을 선연히 본 듯했다. 김영만은 불온한 마음을 받아들이며 '나는 식약처의 행정처분대로 폐기하는 것이고, 정신 나간 누군가가 KF80이 있던 자리에 돈을 버리고 갔으며, 나는 왠지 그 돈을 줍게 될 것 같다', 로 사고를 조작하는 데 성공했다.

"한 장에 1,500원씩만 내고 가져가세요."

"에이, 사장님. 왜 이러실까. 음… 1,200원에 하시죠? 사장님은 그냥 어느 날 갑자기 물건이 없어지고 누가 현금 24억을 놔두고 간 상황이라니까? 어차피 버릴 마스크를 저희가 다 알아서 해 드리겠다는데 그렇게까지는 안 되고요, 저희도 유통비랑 포장비가 또 들어가니까 재료비에 그간 마음고생 하신 수고비 정도 건져 가신다 생각하시고, 1,200원에 저한테 버려 주세요. 자, 어떠세요?"

허허. 윤슬에게 반해 꽁무니나 쫓아다니다가 마스크로 푼돈 좀 벌어 보려는 부잣집 아들내미인 줄 알았는데 뱀 같은 놈이다. 하지만 나는 이미 속았으므로, 고Go다. 한쪽 눈이 없는 도사님이 느닷없이 나타나 쓰레기 더미를 24억으로 변하게 하는 도술을 사뭇 부리고는 껄껄 웃으며 돌아가는 모습을 상상하며 김영만은 마침내 결심했다. 이윤슬과 우선영과 김영만이 정교하게 연주하던 마스크 교향곡에 규남이 변주를 넣었다. 불협이 될지 어우러질지는 알 수 없다. 여하튼 광폭한 클라이맥스를 향해 헐떡이며 치닫고 있었다. 그리고 이 모든 대화를 김성오가 엿듣고 있었다.

대화를 마치고 나온 규남은 택시를 불러 기다리고 있는데 김성오가 뚜벅뚜벅 다가오더니 말을 걸었다.

"저기, 규남 씨라고 했나요?"

"예? 아, 예."

"저랑 어디 가서 소주나 한잔하시죠?"

며칠 전 내렸다가 얼어붙은 눈이 녹아 흐르고 있었다. 기름때와 먼지가 엉겨 붙어 질퍽한 무지갯빛 구정물 웅덩이에 두 사람의 얼굴이 충충하게 고였다. 규남이 돌아가려는데 그새 정이 붙은 개가 규남과 떨어지려 들지 않아 곤란했다. 2020년 2월 20일, 청주에 있는 마스크 공장에서의 일이었다.

15. 2020년 2월 24일

- 코로나19 심각 단계에 국립 박물관·도서관·미술관 휴관
- 국회도 멈췄다…전례 없는 '폐쇄'
- "안전 최우선" 트와이스, '3월 콘서트 취소'
- 현대차, 신입사원 채용 면접 연기…코로나19 '심각' 여파
- '신천지 해체' 국민청원 이틀 만에 오십이만 명 넘어

(2020년 2월 24일, 각종 언론사 헤드라인)

 # 우선영

"자, 여기 6천만 원."

"에? 언니 또 왜 많이 줘요."

"나도 몰라."

"푸하하. 나는 언니가 '나도 몰라', 이렇게 말하는 게 좋아

요.”

“참나. 별게 다. 그나저나 오늘 이야기 잘 돼서 다행이다. 그치?”

“네. 수입이 또 생겼어요. 김영만 사장이 포장 한 건당 수수료로 우리한테 50원씩 줄 줄은 몰랐네요.”

“그러게. 하루에 500만 원씩 그냥 생기는 거다야. 이건 네가 만든 거니까 네가 다 가져.”

“에이, 원래대로 해요. 애초에 언니 아니었으면 여기까지 오지도 못했을 거예요.”

“됐어. 너 다 가져. 나는 물량 십만 장 추가로 생긴 것만으로도 신나서 아주 죽겠다. 진짜로 죽을 지경이야.”

“언니.”

“응?”

“저는 누이도 좋고 매부도 좋은 일 같은 건 없다고 생각하고 살아왔는데, 그런 일이 있긴 있네요?”

“왜?”

“보세요. 저랑 언니는 돈 벌어서 좋죠, 보아하니 김아영 씨 남친네 공장도 코로나 때문에 일이 없어서 팽팽 놀던 것 같던데 거기도 돌아가고 돈 벌어서 좋지요, 김영만 사장도 돈 더 벌어서 좋죠, 사람들은 마스크를 하루에 십만 장씩 더 쓸 수 있어서 좋아요. 모두가 다 좋잖아요.”

"푸하하. 그러게 윤슬아. 우리가 국가 경제와 국민 건강에 뭔가 이바지를 하고 있나 봐. 우리 통해서 시중에 풀린 마스크가 벌써 몇백만 장이니. 우리가 코로나 방역의 영웅이다, 영웅. 나라에서 우리한테 상 줘야 하는데 정치인들은 다 뭐하나 몰라. 그치? 큭."

"무슨 생각을 그렇게 실실 웃으면서 해?"

건우가 선영에게 물었다.

"응? 아니. 그냥 웃긴 일이 생각나서. 오빠는 오늘도 야근이야?"

"응. 그래야 할 것 같아. 코로나 때문에 오늘도가 아니라 당분간 아주 그냥 나는 죽었다. 검사키트 허가에 마스크 허가에… 인생 삭제야 삭제. 미안해. 혼자만 우진이 돌보게 해서."

"아 참. 안 그래도 그것 때문에 할 말 있었는데. 우리 우진이 한 보름 정도만 친정에 맡기자."

"응? 그렇게까지 해야 해? 왜, 선영이 너도 마스크 때문에 많이 바쁘니?"

"응, 뭐 좀 그래. 사람들이 하루 종일 마스크 있냐고 물어보는 통에 우진이 돌볼 틈이 없어. 우진이한테 아이패드 쥐여주고 만날천날 카봇인지 또봇인지 그것만 보게 했더니 자기가 로봇인 줄 알고 자꾸 몸을 웅크리면서 변신을 시도하는데 그것도 좀 그렇고, 나 얼마 전 학회에서 발표를 해 달라는 요청이 들어와서 그것도 좀 준비하려고. 돈 준대."

"음… 그래 뭐, 그러자. 사실 나도 요즘 비상인데 야근하면서 세종까지 출퇴근하기 너무 힘들다. 그럼 우진이 친정에 며칠 맡기고 나는 세종에 동료 공무원 집에서 좀 지낼게. 안 그래도 요즘 장모님이 우진이 보고 싶다고 자주 전화 왔었으니까 그렇게 하지 뭐. 장모님께는 내가 좋은 선물해 드릴게. 아, 용돈이 나오려나?"

선영은 건우가 동료의 집에서 지내겠다는 말에 발꿈치가 번쩍 들렸다. 어머, 어휴, 다행이다. 웃음이 비어져 나오는 걸 참느라 발가락을 배배 꼬았다. 오빠 미안. 내가 집안을 일으키는 중이라 좀 바빠.

김아영(김딸기)

"자기야 뭐해?"

김아영의 남자친구가 말했다.

"응? 아니. 웃겨서. 이거 봐."

└ KF94인데 벌크입니다. 오십 매 1포. 인증서 O. 장당 1,400원에 넘깁니다. 카톡: k47o2x 강○○, 오후 8:02

└ re: KF94인데 벌크입니다. 오십 매 1포. 인증서 X. 무자료. 장당 1,200원에 넘깁니다. 강○○, 오후 8:02

　└ re: re: 벌크 나가세요. 불법인 거 몰라요? 오○○, 오후 8:03

　　└ re: re: re: 알지도 못하면서 왜 방해하시죠? 마스크 자체는 식약처 인증 제품입니다. 포장만 안 돼 있는 거예요. 자꾸 엉뚱한 이야기하시면 법적대응합니다. 허위사실유표죄로 고발하겠습니다. 강○○, 오후 8:05

└ ㅋㅋㅋ 병신. 허위사실유표죄 X 허위사실유포죄 O 그리고 고발이 아니고 고소예요. 알려면 똑바로 아세요. 사기꾼 주제에. 오○○, 오후 8:07

　└ re: 이런 개새끼가. 오○○ 너 어디야? 강○○, 오후 8:08

└ 방장님. 여기 이상한 사람 강퇴 좀 시켜 주세요. 오픈챗방 관리하셔야죠. 오○○, 오후 8:10

"푸하하. 웃기네."

"오빠."

"응?"

"우리 공장 포장 얼마나 더 할 수 있어?"

"글쎄? 실링은 금방 하니까 사람만 더 쓰면 하루에 이십만 장은 더 할 수 있을 것 같은데? 왜? 그 힐링크린 사장이 더 해 달래?"

"아니. 여기 채팅방 보니까, 포장이 안 돼서 못 팔고 있는 벌크 마스크들 많은 거 같은데 우리가 포장해 주고 한 장에 얼마씩 받으면 어떨까 해서."

"에이. 안돼. 우리는 포장지가 없잖아."

김아영은 아쉬운 표정으로 KF94 마스크 포장지를 매만지다가 내려놓았다. 그때 규남으로부터 전화가 왔다. 응, 규남 오빠. 무슨 일?

황규남

규남은 청주에서 있었던 일을 포주 형님에게 보고했다. 가 윗일에 대해서도 딱히 보고의 의무가 있는 관계는 아니었으나 규남의 필요에 의해 보고는 이루어졌다. 규남은 포주 형님으로부터 돈을 빌리고자 했으므로 설명이 필요했다. 그리고 귀신 같은 놈. 역시나 포주 형님은 단박에 상황을 이해했다. 규남의 말을 듣고 오픈채팅방과 인터넷 카페를 몇 번 들락거리더니 30억을 곧바로 인출해 사과 상자에 담았다가 음. 좀 식상한데…, 중얼거리더니 트렁크에 옮겨 담아 주었다. 월 10%라는 법정 최고금리를 훌쩍 넘기는 대출각서를 받아 가긴 했지만 어쨌든 돈은 내어 주었다. 사실 포주 형님에게 그런 종이 쪼가리 각서 따위가 별로 의미 있는 것은 아니다. 그

냥 받아 두는 것이다. 만약 30억을 갚지 못한다면, 포주 형님
은 규남이 현재로서는 상상하기 어려운 모종의 방법을 통해,
아마 어떻게든 확실하고도 신속히 회수해 낼 것이다.

거래조건에 따라, 규남이 포주 형님에게 제공해야 할 것은
'일이 성공하면 3월 말까지 원금을 제외하고 10억을 가져다
줄 것, 실패하면 이자를 포함해 갚을 것'이었다. 형님이 10억
을 더해서 내놓으라고 했을 때 역시 개새끼라고 생각하며 기
함을 했지만, 마스크를 워낙 싸게 구했으므로 10억을 주고도
꽤 남겠다는 계산이 있었다. 네고는 불가했다. 딱히 돈을 구
할 방법도 없어 규남은 수용했다. 포주 형님은 규남에게 자신
이 신뢰한다는 험악하게 생긴 동생과 언제나 함께할 것을 지
시했다. 형님으로부터 중국 쪽 유통망도 소개를 받았다. 조선
족 출신 노래방 도우미들을 공수하던 루트라고 했다. 물론 공
짜는 아니었다. 형님, 노래방 도우미도 납품하셨어요? 응, 젊
을 때 열심히 일해야지. 형님은 필요하면 자신이 데리고 있는
동생들을 언제든 호출할 수 있는 권능도 부여해 주었다. 다
만, 일당으로 한 명당 100만 원, 싸움이 붙으면 한 명당 200만
원씩, 치료비와 후유 보상금 별도 어쩌고 하며 어지간한 생명
보험상품보다 복잡한 조건을 늘어놓았다.

"규남아."

"예, 형님."

"잘하자."

"예, 형님."

"요새 코로나 때문에 손님 뚝 끊겼다. 오피스텔 월세만 한 달에 3천만 원씩 그냥 날아가고 있어."

"예. 형님."

"어. 그래, 너 이번에 잘하면 애들 좀 떼 줄게. 앞으로는 오피 직접 한번 해 봐."

"정말요? 감사합니다, 형님."

*

형님으로부터 돈을 받아 낸 규남은 그다음 행보로, 디자인이 비교적 간단한 KF94 마스크를 서너 개 사 들고 인쇄소 영감을 찾았다.

"영감님. 안녕하셨어요."

"황군 왔어? 뭐야, 찌라시 벌써 다 썼어? 오늘은 몇 장 뽑아 줄까. 요즘 일이 없어서 한가해. 금방 뽑아 줄 수 있어."

"아뇨. 아뇨. 오늘은 그거 말고 다른 거 부탁하러 왔어요."

규남은 준비한 마스크들을 내보였다.

"영감님. 이거 똑같이 인쇄해 주실 수 있으세요?"

인쇄소 영감은 마스크 포장지를 살펴보더니 점차 얼굴이

굳어갔다. 불길한 조커 패를 받아 든 타짜 같은 표정으로 포장지와 규남을 번갈아 훑으며 지난 삼십 년간 강남의 룸살롱이나 성매매 업자들과 거래하면서 지켜보았던 수상한 사건들을 상기했다. 근간의 뉴스 기사들과 거리에서 마주쳤던 약국 앞에 마스크를 사기 위해 길게 늘어선 사람들의 모습이 영감의 머릿속에서 빠르게 교차되었다. 그리고 오늘 황군이 마스크 포장지를 똑같이 만들어 달라는 말을 했다. 감이 잡혔다. 영감이 번뜩이는 눈을 애써 감추며 말했다.

"황군아. 이건 좀 비싼 거 알지?"

"아, 예예. 그렇겠죠. 그래서 얼마에 해 주실 수 있어요?"

영감이 마스크를 조심스레 들고는 이리저리 살펴보았다. 굴러다니는 빈 종이를 하나 주워 들어 이런저런 항목을 볼펜으로 꾹꾹 눌러 적더니 적은 것을 가지고 계산기를 두드렸다.

"음… 재료비랑 판형비랑… 위험수당이랑 포함해서… 한 장에 250원."

"예에? 그렇게나 비싸게요? 말도 안 돼. 이거 마스크 원래 가격이 800원이었는데 어떻게 포장지 인쇄비만 250원이에요. 저 이백만 장 뽑을 건데 좀 낮춰 주세요. 그렇게까지 받으시면 저도 남는 게 없어요. 아니 인쇄비만 5억이잖아요."

영감은 끙끙거리며 고심했다. 지금 영감이 노후한 두뇌를 열심히 풀무질해 가며 고심하고 있는 것은 딱히 원가의 산출이라기보다는, 얼마까지 욕심을 부려 봐도 될지, 얼마를 불러야 황군이 삐쳐서 인쇄소를 박차고 나가 다른 인쇄소로 가 버리지 않을지 황군이라는 인간에 대한 가늠 내지는 모색에 가까운 것으로 영감은 삼 년 전 규남과의 첫 만남부터 현재까지 있었던 일들을 하나씩 반추해 가며 머리를 굴렸다.

"음… 4억5천. 그 이하로는 안 돼. 저기 황군아, 미안한데 싫으면 다른 데로 가 봐. 이건 일이 좀 크다. 나 혼자서 못해. 이백만 장이면 아는 사장들하고 같이 찍어야 한다고. 긴급으로 부탁하려면 다들 뽀찌 좀 챙겨 줘야 한다니까?"

규남이 고심하더니 말했다.

"그러시죠. 얼마나 걸릴까요?"

"이건 비닐인쇄라 프린터로는 안 되고, 동판을 새로 맞춰야 하는데… 동판 만드는 데 아마 일주일은 걸리니까 그 뒤부터 시작 가능할 거 같은데?"

"영감님, 그냥 처음 말씀하신 대로 5억을 드릴 테니까 사흘 안에 동판 만들고 나흘째부터 이십만 장씩 찍어 주세요. 다 찍은 포장지는 여기 주소로 바로 쏴 주시면 돼요. 어때요, 가능?"

"음… 콜."

"헤헤. 콜!"

김아영의 공장이 힐링크린 마스크 포장 외에도 하루에 이십만 장 정도 추가 포장이 가능하다는 것은 진즉에 확인해 두었다. 힐링크린 마스크는 장당 200원에 해 주고 있으면서 김아영은 규남에게 250원을 불렀는데, 50원씩 먹고 싶다는 김아영의 속셈이 지나치게 노골적이었지만 굳이 까발렸다가 일이 틀어질까 봐 그냥 내버려 두었다. 그래- 세세한 사연은 모르지만 오피까지 흘러온 너도 나름 고단한 인생을 살았던 것은 분명할 테니, 그 돈이 네게 약간의 위로가 되기를. 네 남친 덕에 여기까지 올 수 있었던 것도 사실이니까.

규남의 계획은 KF80을 KF94로 '포장 갈이'를 해서 판매한다는 것이었다. 포장 갈이가 범죄라는 건 규남도 알고 있다. 이미 포장 갈이를 하다 적발된 사람들이 뉴스를 통해 여러 번 보도되었다. 하지만 그들은 아예 말도 안 되는 싸구려 면마스크나 덴탈 마스크 따위에 KF94 포장을 씌워 판매한 것이었고 규남은 KF80이긴 하지만 그래도 필터가 들어 있는 제품을 재포장하는 것이었으므로 들키지 않을 것이라 생각했다. 거기에 자신의 인생에서 딱히 범죄를 저지르지 않았던 순간이 있었나 생각해 보니 인제 와서 범죄니 양심이니 어쩌고 생각하는 게 우습기도 하여 그런 것에 관한 생각은 금세 증발시켜 버렸다. 잽싸게 팔고 잽싸게 째면 된다. 어쩌다 잡혀도 뭐 형이 얼마나 나오려고. 사람을 죽인 것도, 누굴 팬 것도, 성매매를 알선한 것도 아닌데. 포장 갈이를 해서 팔면 요즘 시세로 한 장에 3,300원까지 받을 수 있을 테니 그럼 내 수익이… 얼마지? 규남은 인쇄소를 나와 카페에 들어갔다. 음료를 주문하고 종이와 볼펜을 빌려 계산을 시작했다. 김성오가 자신이 아는 병원을 통해 백만 장을 해결해 주는 대가로 5억을 요구했고, 규남은 거기에 방금 전 영감과 흥정한 인쇄비를 더해 계산을 해 보면…,

수입: 66억

마스크 원가(김영만): 24억

포주 형님: 10억

인쇄비: 5억

포장비: 5억

김성오: 5억

조선족 브로커(예상): 5억

황규남… 12억

규남은 '황규남: 12억'이라고 쓰인 부분에 동그라미를 쳤다. 볼펜에 지나치게 힘을 주었는지 종이에 구멍이 뚫려 버렸고 그 바람에 테이블에 볼펜이 묻었다. 침을 묻혀 볼펜 자국을 꾹꾹 눌러 지우며 12억이라는 숫자를 골똘히 탐미했다.

규남은 카페를 나와 천천히 걸었다. 겨울바람이 매섭게 불고 진눈깨비가 흩뿌리는 몹시 추운 날이었지만 규남은 추위를 느낄 수 없었다. 윤슬이 사 준 고가의 구스다운 패딩 때문만은 아니었다. 12억을 생각하니 몸이 뜨거워졌다. '12억'이라는 단어가 혈류를 타고 온몸 구석구석을 휘저으며 몸을 데웠다. 몹시 느릿한 동작으로 걸음을 잇고 있었지만, 지금 규남의 눈에 비친 세상은 쾌속이었다. 바람을 타자. 나도 구름 위에 사는 사람이 될 수 있을지도 몰라. 추위에 창백하게 곱은 손으로 이유 모르게 자꾸만 흐르는 눈물을 닦았다.

16. 2020년 2월 27일

지난 25일 박명수는 KBS 라디오 〈박명수의 라디오쇼〉에서 마스크 품귀 현상에 재사용 가능한 천 마스크를 구매했다는 청취자의 사연을 전했다. (중략) "예전엔 제가 알기로는 쌀 때는 묶음으로 사면 800원, 천 원까지 했는데 지금 하나에 4천 원이다. 네 배가 올랐다"고 운을 뗐다. (중략) 특히 "판매하시는 분들, 유통하시는 분들도 어느 정도 이득을 남겨야겠지만, 국민에게 필요하고 사재기라는 건 있을 수가 없는 상황이니 도와주셨으면 좋겠다"며 "마스크만큼은 편하게 쓰는 시국이 되어야 하지 않을까 싶다"고 말했다.

(2020년 2월 27일, 스포츠 조선)

 # 이윤슬

몇 년쯤 지나고 나면, 나는 근래의 일들을 어떻게 기억하게 될까. '그 일'과 '그날의 일'을 비롯해 사는 내내 초개처럼 농락당했던 시간들을 거쳐 한 달 만에 8억 원이라는 거액을 손에 넣게 된 지금까지, 나는 내가 겪게 될 인생의 최저점과 최고점을 모두 경험했던 것일까? 이제 내 인생은 완만한 파형으로 수렴하고 그리하여 더 이상의 변곡은 없는 걸까? 부디 그랬으면 한다. 지극히 평범하고 소박한 일상을 소망한다. 나는 이제 횡재도 싫고, '그 일' 같은 것도 싫다. 스릴이 싫고 삶의 비의 같은 것도 알기 싫다. 그만 화해하자, 운명아.

엄마의 신장을 교체하고, 뉴질랜드 교외 어딘가에 든든하고 아담한 집을 하나 사서 솜씨 좋은 목수를 불러다 〈리틀 포레스트〉에 나올 법한 아늑한 느낌으로 식탁과 침대를 만들어 넣고, 시동만 걸었다 하면 늙은 조랑말처럼 숨을 헐떡이는 자동차는 그만 보내 주고 뉴질랜드에서 유행하는 디자인의 작고 귀여운 자동차를 한 대 사고. 계절이 바뀔 때마다 백화점에 들러 좋아하는 브랜드의 옷을 몇 벌 사고, 손톱이 자라는 속도에 맞춰 네일샵을 가고. 장난이 심해서 언제나 주의 깊게 살펴야만 하는 방정맞은 강아지를 한 마리 데려다 가족으로 맞이하고 그 녀석과 함께 산책을 나가 하늘과 바람과 별과 짧은 시 한 구절과 천연스레 흐르는 강물과 이름 모를 꽃과 나의 강아지가 싸 놓은 뜨끈한 똥을 줍는 일 같은 것들을 당연하다는 듯 누리는, 나도 그런 완만한 파형의 삶을, 이제는 살수 있을까.

나는 지금 언니와 함께 기부를 하러 가는 길이다. 언니와 네일샵에 들러 손톱 손질을 받다가, 불현듯 복지단체로 출발하게 되었다. 네일샵에서 언니와 이야기를 나누다 서로의 생각을 알게 되었다. 우리는 지나치게, 불길할 만큼 많은 돈을 갖게 되었다는 생각을 하며 조금 두려워하고 있었다. 우리는 한 달 동안 열한 번의 거래를 했고 언니는 14억을 벌었으며 나는 8억을 벌었다. 범죄는 아니지만, 어쨌든 옳지 못한 방법으로 너무 많이 벌었다는 감각을 공유했다. 속죄랄까. 액땜이랄까. 그런 걸 하고 싶은 마음을 말을 에둘러 하며 은근히 서로를 선동했다.

"윤슬아. 우리, 아너 소사이어티 가입할까?"

"에? 그게 뭐예요?"

"1억 원 기부하면 가입시켜 주는 클럽."

"네, 뭐. 좋아요. 그런데 그 아너 소사이어티라는 데에만 기부해야 해요? 저는 기부하고 싶은 곳이 있어서."

"후후, 그냥 기부를 많이 하자는 말이었어. 나도 따로 있어."

"나는 3억 할 거야."

"그럼 나는 1억 원. 언니랑 나는 칠 대 삼이니까."

"푸하하. 숫자가 좀 안 맞기는 하는데, 아무튼. 뭐 그래. 그러자. 기부하자. 말 나온 김에 지금 갈까?"

"지금? 음, 네. 좋아요. 가요."

현금을 상자에 담아 나는 해바라기 센터에, 언니는 동물복지 단체의 문 앞에 놓고는 벨을 누르고 튀었다. 언니가 벨을 누르고 튀다가 자빠지는 바람에 우리는 볼 빨간 사춘기 소녀들처럼 낄낄거리며 한참을 웃었다. 나는 그러다가 또 갑자기 왕창 울었는데, 야이 씨, 왜 갑자기 울고 그래, 나도 눈물 나게- 선영 언니가 나를 따라 펑펑 울기 시작했다. 양심의 가책을 덜어 내기 위해 하는 기부라는 말을 꺼내진 않았지만, 어쨌든 우리는, 우리의 기부가 그다지 순수하지 못하다는 것 정도는 알고 있었다. 하지만 어쩐지 그렇게 해야만 할 것 같은 막연한 도덕감이 있었고 기부를 마치자 신기하게도, 불편한 마음이 얼마간 표백되었다.

2020년 2월 27일, 4억 원의 기부를 마지막으로 우리는 더 이상 마스크 거래에 손을 대지 않았다. 그들은 알지 못했지만, 며칠 동안 일부 오픈채팅방에서 '큰손 윤슬님'이 돌연 사라졌는데 찾을 수 없겠느냐는 가벼운 소동이 있었다. 우리의 기부는 '익명으로 기부한 기부천사 찾아요'라는 제목의 기사로 인터넷에 올랐는데 우리는 그 기사가 우리를 찾는 것인지 알지 못했다.

3부

1. 2020년 3월 6일

앞으로 마스크 판매업자가 마스크를 만 개 이상을 판매해야 하는 경우에는 사전에 식약처의 승인을 받아야 합니다. (중략) 마스크 삼천 개 이상을 공적 판매 외로 판매하는 경우에도 다음날 정오까지 온라인 신고시스템에 신고해야 합니다. 약국에서 팔고 있는 공적 마스크는 한 사람이 일주일 동안 두 개까지 구매할 수 있으며, 9일부터는 출생연도에 따른 요일별 5부제 판매가 시행됩니다.

(2020년 3월 6일, YTN)

황규남

"규남 동생! 내가 동생 처음부터 알아봤잖어!"

"아유, 형님도 오늘 수고 많으셨어요. 헤헤. 야, 앵두야. 빨리 와서 형님 무릎에 앉아. 형님, 우리 앵두가 잠깐 앉았다고

막 예? 막 벌써부터 그러면 안 돼요? 이따가 2차 가서야지? 낄낄낄."

　김성오와 황규남은 그날 12억 원어치의 마스크 거래를 성공적으로 마무리하고, 이를 기념하기 위해 규남이 실장으로 일하는 룸살롱에서 정서적으로 하자가 있어 보이는 음담을 배설하며 난봉 중이었다. 그들은 그날의 거래를 마지막으로 힐링크린으로부터 구매한, 아니 주워 온 KF80을 다 팔았다. 가격은 계속 올라 4천 원을 찍더니 서서히 내려갈 조짐을 보였다. 마스크를 만 개 이상 판매할 경우 신고를 해야 한다는 기사가 보도된 이후 병원이나 약국들이 브로커나 개인 구매자와의 거래를 꺼렸다. 규남과 김성오는 마스크 파동의 막차를 탔다. 타고야 말았다. 지불해야 할 돈을 모두 지불하고 나니 규남에게는 14억 원이라는 금전이, 의젓하게 남았다.

　14억.

　단 한 번도 내게 가까웠던 적 없는 이 막돼먹은 숫자!

　이 씨발 14억! 씨바알! 으아악!

　규남이 마이크에 대고 악을 질렀다.

*

　그날의 거래는 아슬아슬했다. 그래, 정말로 위태로웠다.

마스크 광풍이 분 지 한 달 반. 횡행하는 사기에 구매자들은 몹시 지쳐 갔다. 마스크 동영상을 찍어 보내도, 마스크 필터를 보여 줘도 믿지 못했다. 거래 현장에선 상당히 면밀한 확인이 이루어졌다. 세관검사원들이 수출입품 검사를 하듯, 무작위로 박스를 뜯어 보고 수십 장의 마스크를 찢어 필터가 있는지를 검사했다. 규남의 물건들은 모두 필터가 ―비록 KF80이긴 했지만― 장착되어 있었으므로 별로 문제가 된 적이 없었지만, 오늘 만난 놈은 달랐다. 김성오가 데려온 놈이었다.

일단 그놈은, 규남이 모시는 형님들과 풍류가 비슷해 보이는 사람들을 대동하고 왔다. 다섯 명 정도. 그놈 뒤에 다섯의 형님들이 일렬로 서서 규남과 김성오를 노려보는데 규남은 어쩐지 영화에서 보던 마약 거래 현장이 떠올라 피식 웃고 말았다. 웃어? 웃겨? 아뇨, 아뇨. 물건은? 여기요. 그놈이 포장지를 뜯고 마스크를 칼로 찢더니 돋보기를 들어 살펴보았다. 돋보기로 보면 뭐가 보이는지는 모르겠다만, 하여튼 놈들은 머리를 맞대고 구시렁구시렁하며 마스크를 한참 동안 살펴보았다. 그다음엔 마스크 포장지를 비볐다. 응? 포장지를? 그건 왜? 사소한 이변이라 생각했으나 그가 마스크 포장지를 세차게 비벼대자 인쇄된 글자들이 후두둑 벗겨지기 시작하면서 이변은 사소하지 않게 되었고 규남의 불안은 급속히 고조되었다. 규남도 그렇게 될 수 있는 줄은 몰랐다. 아이 씨, 인쇄소 영감탱이. 잘 좀 하지.

마스크에서 글자가 떨어져 나가자 그놈이 소리를 쳤다. 씨벌 이거 짝퉁이야. 개새끼들 잡어, 라고 하자 다섯 명이 있는 한껏 사나운 얼굴로 규남과 김성오를 에워쌌다. 어어, 아니에요. 급하게 생산돼서 그래요, 외쳐 보았으나 무용했다. 규남을 따라다니던 포주 형님의 동생은 혼자 열댓 명은 상대 가능할 것처럼 언제나 성난 얼굴로 자신의 흉악을 과시하더니 어느새 자취를 감춰 버렸다. 규남의 얼굴이 잿빛이 되었다.

그때 김성오가 꾀를 내었다.

"저, 선생님들. 진정하시고요. 저희 물건 병원에서도 쓰고 있어요. 제가 직접 병원 직원분하고 확인시켜 드릴게요. 여기서 가까우니까 저랑 같이 다녀오시죠. 아아. 다 갈 필요는 없고 여기 대표 사장님하고 저하고 둘이서만. 괜히 병원에서 일하시는 분들 방해하면 안 되니깐."

김성오는 평소 제약 영업을 하던 근처 병원에 들러 구매담당자와 자신의 친분을 보여 주었다. 리베이트를 먹여 놓은 놈이라 김성오를 보자마자 몹시 반가워했다. 또 돈을 주러 온 줄 아는 모양이었다. 병원 직원은 아무런 말이나 해도 맞다고, 성오 씨의 말이 다 맞다고 해 주었다. 김성오가 구매담당자의 손에 슬며시 50만 원을 쥐여 주었다. 그놈은 병원 직원의 말을 듣고 고개를 끄덕였다. 현장으로 돌아와 마스크를 가져갔고 돈을 놓고 갔다. 이로써 크고 작은 모든 거래가 성사되었다.

얼굴은 브이라인 ―몸매는 에스라인― 김성오가 무릎에 앉은 앵두라는 접대부를 향해 무자비한 고함을 질렀다. 앵두는 눈을 질끈 감으며 그간 경험해 보지 못한 새로운 종류의 가학을 견뎠다.

김영만 사장

우지끈, 쿵.

"아익! 씨벌. 아야… 아파라…."

모두가 퇴근한 새벽, 김영만은 사장실 천장의 판넬을 뜯어 현금을 밀어 넣고 있었다. 사과 상자 열 개 분량의 5만 원권. 60억이었다. 나름 이리저리 퍼뜨린다고 밀대 걸레를 들고 쑤셔 보았지만, 이윽고 무게를 견디지 못한 석고보드가 부러지면서 먼지와 돈을 우수수 쏟아 내었다.

연 매출 30억에 순이익으로 2억을 남기던 그가 이번 일로 한 달 만에 60억을 남겼다. 매출이 아니라 순이익이 60억. 그는 벌어들인 현금을 은행에 입금하지 못했다. 잔고가 갑자기

늘면 괜한 의심을 받을까 봐. 식약처나 공정위 공무원들이 마스크 회사들을 수시로 들쑤시고 다닌다는 이야기를 들었다. 세무서가 움직이고 있다는 소문도 있었다. 그들은 아직 힐링크린에는 오지 않았지만 대비를 해야 했다. 며칠째 밤을 새워가며 재료 구매 장부와 생산 장부를 조작했다. 경매를 할 때까지만 해도 크게 걱정을 하지 않았는데 KF80을 황규남에게 넘긴 뒤로는 영 찜찜해서 조심하던 차였다. 김영만은 그동안 사장실에 쌓아 둔 돈을 지켜야 하는 까닭으로 모든 집안 대소사를 외면하고 거의 한 달째 공장에서 숙식을 해결하는 중이었다.

"하… 돈을 어디다 숨기지……."

돈이 너무 많아도 고민이다.

 # 우선영

여보! 이야아! 우리 로또 당첨됐어!

여보… 어떡해… 나 로또 됐어… 흑.

그러할 때, 선영도 비슷한 고민을 하고 있었다. 로또 당첨자 연기 연습을 하고 있었다. 일생에 해 본 적 없는 연기가 잘될 리는 없었으나 어쨌든 열심히 연습했다. 해야만 했다. 암만 생각해도 로또 말고는 11억의 출처를 소명할 조리가 없었으므로. 선영은 배 상자 두 개에 돈을 넣고 몇 주째 쌓아 두고 있었는데 얼마 전 건우가 '저거 배야? 오, 겨울 배. 맛있겠다. 나 하나 들고 가면서 먹어도 돼?'라고 말을 했을 땐, 정말이지 으갸갸 소리를 지르며 까무러칠 뻔했었다. 하루빨리 연기 연습을 해서 11억 원을 건우에게 소개해야 했다.

선영이 연기 연습을 그만두더니 장갑을 끼고 조제실 구석을 뒤적거려 백을 하나 꺼냈다. 얼마 전 샤넬 백을 하나 구입했다. 결제를 위해 현금 1천200만 원을 꺼냈을 때 당혹했던 직원들의 얼굴이 떠올랐다. 뭐지, 부자들 사이에서 요즘 유행하는 건가. 그런 표정을 지으며 자꾸 갸웃거리길래 선영은 자신을 담당했던 직원에게 팁으로 10만 원을 줬더니 집으로 돌아가는 택시를 잡아 문까지 열어 주는 퍼포먼스를 보였다.

샤넬이다, 샤넬. 코코 샤넬. 어디 긁힌 데 없지? 어이구 예뻐라. 이 퀼팅의 오돌토돌함은 계산된 부피겠지? 그러니까, 패션학적으로 가장 날렵한 맵시가 나는, 딱 그 수준의 오돌토돌함으로. 맘카페 아줌마들이 들고 다니는 걸 봤을 때 내심, 솔직히 무지막지하게 부러웠었다. 자신보다 공부도 못하던 것들이, 능력도 없는 것들이, 남편을 잘 만났는지 어쩌다 졸부가 되었는지 하여간 에르메스니 샤넬이니 하는 걸 들고 다니는 걸 볼 때마다 공연히 배알이 뒤틀렸었다. 마침내 선영도 그걸 갖게 되었지만 한 번도 밖에 들고 나가지 못하고 약국 구석에 숨어 잘 있는지 간혹 살펴볼 따름이었다. 건우는 가방 브랜드 같은 것에 대한 지식이 전무할 테니 그냥 하고 다닐까, 짝퉁이라고 거짓말을 할까, 이리저리 고민해봤지만 모두 궁색하고 마뜩잖아 고개를 젓고 마는 선영이었다. 아무리 이런 물건에 무지한 건우라도 샤넬은 알아챌지도 모른다.

가방을 다시 숨겨 두고 이번엔 상자를 열어 현금다발의 개수를 세고 또 세며 감미했다. 볼 때마다 흐뭇하긴 한데… 대체 이걸 어떻게 하면 좋을까. 로또 당첨 연기가 과연 통할까? 필요할 때마다 5만 원씩 써서 없애려면 얼마나 걸릴까. 선영은 입고된 약품 박스들 중에 해골 마크가 그려진 상자를 찾아 현금을 옮겨 넣기로 했다. 돈이 든 상자를 활짝 열자, 흡, 11억이 뿜어내는 정념과 향취가 힘껏 뿜어져 나온다. 선영은 한껏 들이켠 뒤 옮겨 담기 시작했다. 3월이라지만 한겨울과 진배없는 찬바람에 기온이 뚝 떨어진 날이었지만 땀이 뻘뻘 솟았다. 한창 작업을 하고 있는데 우진이로부터 전화가 왔다.

－엄마. 언제 와?

－응, 우진아. 엄마 끝났어. 곧 갈게. 할머니랑 놀고 있어. 또봇 보고 있어.

땀을 훔치며 통화를 마쳤다. 에취. 먼지 때문에 재채기가 나왔다. 요즘 재채기하면 사람들이 이상하게 쳐다본다는데 조심해야지. 돈이 너무 많아도 고민이다.

이윤슬

엊그제 새로 산 에어팟을 귀에서 꺼내 케이스에 집어넣었다. 인체공학적 설계, 노이즈 캔슬링, 흔들어도 떨어지지 않는 맞춤형핏 어쩌고 하길래 삼십몇만 원씩 주고 샀는데 금세 귓바퀴가 아릿해서 조금 불만이다. 그래도 오랜만에 노래를 들으니 좋은 기분이 든다. '그날의 일'이 있던 날 이후로는 음악 감상 같은 느긋한 일은 해 본 적이 없다. 요즘 유행하는 노래 중에는 우울한 가사의 힙합이 많아 좋다. 옛날에는 마구 소리를 지르는 남자 발라더나 쿵짝쿵짝 하는 테크노 비트의 정신 없는 노래가 너무 많았다.

'생이란 이 얼마나 허무하고 아름다운가. 왜 우린, 우리 자체로 행복할 수 없는가. 우린 어디서와 어디로 가는 중인가. 원해. 이 모든 걸 하나로 아울러 주는 답.'

(김하온, 〈고등래퍼 2〉 「싸이퍼」 中에서)

이 래퍼는 그 답을 자기도 몰라 여행을 하는 중이라고 했다. 안다고 했으면 별로였을 뻔했다. 에어팟을 가방에 넣기

전에 슥 한번 쓰다듬어 보았다. 부가세 포함 329,000원. 이어 폰 치고는 많이 비싼 감이 있었지만 나도 이제 이런 물건 정도는 가볍게 사도 괜찮은 사람이라는 것을 확인하는 기분이 그럴듯했다. 적어도 기술과 디자인을 독점한 대기업의 전방위적 횡포나 착취와 같은 과격한 단어가 먼저 떠오른다거나 속이 배배 꼬이는 일은 없었다.

회사는 그만두었다. 마지막 퇴근길에 계족산 콜 사옥의 부엉이 눈이 나오도록 셀카를 찍었다. 늦은 새벽마다 내려앉는, 흰 것도 검은 것도 아니어서 오묘하고 그윽한 계족산 콜의 안개를 다시 볼 수 없다는 사실이 조금 아쉬워 기록을 남겼다. 물론, 그런 마음이 조금 들었다고 해서 다시 계족산 콜로 돌아가고 싶다는 건 당연히 아니다. 사진 속의 나는 안개 같은 표정을 짓고 있다.

벌어들인 돈은 당분간 비트코인으로 바꿔 두기로 했다. 비트코인, 그러니까 암호화폐는 당사자 말고는 아무도 꺼낼 수 없는 거라고 들었다. 국가도 어찌할 수 없는 금고라고 들었다. 현금을 갖고 있거나 은행에 넣어 두는 게 불안했다. 범죄는 아니라고 했지만, 연일 보도되는 마스크 관련 범죄자들의 구속, 체포 소식에 잔고가 많아 보이면 안 되겠다는 경고에 가까운 예감이 들었다.

그들이 왜 구속되었는지, 나와 어떤 차이가 있었던 것인지에 대한 탐구 시도는 해 봤지만, 약사법이나 물가안정법의 위반 구조와 뉴스 기사의 맥락에 대해 대략이라도 알아먹는 일은 생각보다 꽤 고도의 능력이 필요한 것이어서 나는 제대로 이해할 수 없었다. 코로나 이후 코인들의 가치가 요동을 치고 있다는 게 좀 불안했지만, 가격이 얼마간 떨어지더라도 확실한 금고에 넣어 두는 게 낫겠다는 직감의 명령에 순종하여 그리했다. 나는 순종적인 편이다. 그간 8억을 벌었고 그에 더하여 아빠의 돈이 2억 원. 그중에 1억을 기부하고 남은 현금은 9억 원. 8억은 비트코인으로. 현금 1억은 나와 엄마만 찾을 수 있는 장소에 숨겨 둘 것이다.

고민이 한 가지 더 있다. 언젠가는 엄마에게 아빠의 유산을 제외한 7억 원의 출처를 설명해야만 하는 날이 올 텐데…. 이 고민을 한 지는 꽤 오래되었지만, 오래 고민했다고 뾰족한 수가 떠오르진 않는다. 그래도 다시 고민을 해 본다. 자꾸 하다 보면 좋은 생각이 날지도 모르니까. 그냥 그동안 사실은 돈을 많이 벌어 뒀는데 비밀로 했었다고 할까. 그러기엔 돈이 없어서 절절매는 모습을 너무 많이 보였다. 언니처럼 로또에 당첨자 연기 연습을 해서 촬영을 한번 해 보았는데 과연 발연기란 무엇인가-그에 관한 정의만 명확히 하고 말았다. 나는 장수원 배우보다도 연기에 재능이 없었다. 회사에서 굉장한 성과를 내서 슈퍼 스페셜 인센티브를 받았다고 할까. 퇴직금으로 몇억은… 이치에 맞지 않는다. 물론 슈퍼 스페셜 인센티브도 말이 되지 않는다. 아무리 세상 물정 모르는 엄마라 해도 오, 그러니? 인센티브로 수억 원을 받아 오다니 장하다. 잘했다, 우리 딸… 이라고 해 주지는 않을 것 같다. 그냥 마스크 장사를 했다고 해야 하나. 나는 왜 합법적인 '사업'을 했음에도 엄마에게 똑바로 말을 하지 못하는 걸까. 왜 시대를 잘 읽은 똘똘한 사람이었다고 말하지 못하는 걸까. 나는 물건이 나오는 대로 필요한 사람에게 찾아 주었을 따름인데 왜 이렇게 불편한 마음인 걸까. 왜 자꾸 누군가의 돈을 훔친 기분이 드는 걸까. 왜 엄마가 실망할 것 같다는 생각에 불안한 걸까.

돈이 너무 많아도 고민이다.

임건우

불량 마스크가 날이 갈수록 기승을 부리고 있다. 언론에서 '불량 마스크 유통 일당 구속' 같은 기사가 나올 때마다 국장이 과를 돌며 푸닥거리를 했다. 야이 씨 너네, 어? 처장님 청와대 또 불려 갔어, 알아? 사무실에 있지 말고 현장 단속을 나가란 말이야! 라는 말에는 '단, 내가 주문한 보고서는 완성해 놓고'라는 말이 생략 처리되어 있으므로 욕을 먹을지언정 선불리 외근을 나가선 아니 되었다.

건우의 책상에는 '포장 갈이' 의심 마스크가 통일되지 못한 색색의 바구니에 아무렇게나 담겨 쌓여 있었다. 불량 마스크나 사기 관련 보도가 이어지면서 별다른 의심이나 이유 없이 '그냥' 확인을 요구하는 민원이 크게 늘었다. 마스크 확인 때문에 밀린 다른 업무들도 수북했다. 전부 확인하기에는 시간이 절대로 부족했다. 며칠째 보지 못한 우진이와 선영이 보고 싶었다. 그때 못 먹은 겨울 배 생각을 하면 입에 침이 고인다.

피로에 절어 붙은 얼굴을 그악스럽게 손바닥으로 비비고는 다시 마스크에 눈을 돌렸다. 가짜인 것 같다는 민원이 들어온 마스크들은 막상 확인해 보면 대체로, 아니 거의 정상품이었다. 한 달 내내 마스크에만 매달리다시피 한 건우에게도 노하우가 쌓였다. 마스크를 바로 시험실에 가져가지 않고 그간의 경험에 의지하여, 먼저 마스크를 주물주물 만져 보았다. 덴탈이나 보건용 천 마스크를 KF94로 포장 갈이를 했다면 만져 보면 금세 알 수 있었다. 필터가 만져지지 않는다면 굳이 검사기기를 통해 확인할 것도 없이 가짜다. 그 외에도 포장지를 유심히 살펴보면 인쇄 상태가 조악한 것들이 있었다. 같은 회사의 제품인데도 포장지나 인쇄의 질감이 다르다. 마스크를 뜯어 보면 확연히 차이가 났다. 보통은 허가내용과 다른 중국산 필터를 넣어 만든 제품이거나, 아예 필터가 없거나, 벌크 KF94를 구입해 포장만 따로 한 것들이었다.

마스크를 하나하나 만져 보던 중, 건우는 낯이 익은 마스크를 보았다. '크린힐' 마스크. 건우가 허가한 업체가 아닌지 낯선 업체명이었지만 마스크 모양이 어쩐지 익숙했다. 어디서 본 것 같은데…. 건우는 크린힐 마스크를 비롯한 의심이 가는 몇 개의 마스크를 손에 쥐고 시험검사실로 향했다. 비상시국이었으므로 별다른 절차 없이 테스트를 해 볼 수 있었다. 결과는 곧바로 나왔다.

분진포집효율: 79%

건우는 시험결과지를 들고 크린힐이라는 업체에 전화를 걸었다. 업체 사장은 펄쩍 뛰며 사진을 보내 달라고 했다. 사진을 보더니 포장지는 맞는데 마스크는 자신들의 제품이 아니라고, 지금 바로 자신들이 생산한 제품을 가지고 찾아오겠다고 했다. 한 시간쯤 지나자 크린힐 사장이 헐떡거리며 사무실로 달려왔다.

"보세요, 저희 제품이랑 모양이 다르다니까요? 어떤 미친 새끼가 감히 우리 포장지를 따라 해? 꼭 좀 잡아 주세요."

전형적인 '포장 갈이'였다. 건우는 이 제품을 확인해 달라는 민원을 제기한 사람의 정보와 포장 갈이 마스크의 시험결과지를 경찰에 넘겼다.

2. 2020년 3월 16일

폐기해야 할 불량 마스크를 KF94 마스크라고 둔갑시켜 되판 업자들이 경찰에 붙잡혔다. 송파경찰서는 불량 마스크 오만 장을 시중에 유통해 10억 원이 넘는 부당이득을 취한 사십 대 남성 A씨 등 여덟 명을 사기와 폐기물관리법 위반, 약사법 위반 혐의로 입건했다고 밝혔다. (중략) 이중 범죄에 가담한 사십 대 남성 C씨는 당초 마스크 제조업체로부터 불량 제품을 받아 폐기하는 폐기물업체 사장으로 알려졌다. 이들은 폐기 대상인 불량품을 정상 제품인 것처럼 재포장한 뒤 식약처 인증을 받은 정상적인 KF94 마스크인 것처럼 피해자들을 속여 납품했다.

(2020년 3월 16일, 한국 경제)

김성오

오후가 거의 다 되어서야 느지막이 출근한 김성오는 사무실 책상에 한 손으로 턱을 괸 채 삐딱하게 앉아 나머지 한 손으로는 키보드를 토닥거렸다. 성의 없는 손짓에 키보드에서 듣기 싫은 소리가 났다. 어이, 김 과장. 자세가 그게 뭐야. 똑바로 앉아서 일 안 해? 사장이 면박을 주며 지나갔다.

김성오는 지금, 그간의 삶을 후회하는 중이었다. 나는 무얼 바라 그리 비굴하게 살아왔나. 어이가 없네. 어이, 김 과장. 고객 안 만나? 자네 지금 두 달 연속 실적 꼴등인 거 알아? 꼴등이 아니라 그냥 아예 실적이 없다고! 아무것도 안 팔고 있다고! 네네. 자알 알고 있습니다. 신경 쓰지 마세요, 우리 회사 철저히 실적에 따른 인센티브제잖아요. 까짓 인센티브 안 받으면 그만이지. 꼴 보기 싫으면 자르시던가.

그즈음 사장도 김성오를 포기한 지 오래였다. 사장은 이미 근무 태만에 관한 증거들을 수집하여 김성오의 해고를 노무사에게 상담하고 있었고 김성오도 그 사실을 알고 있었다. 그는 진즉에 퇴사 결심을 했지만, 잘리고 싶어서 버티는 중이었다. 잘리면 실업급여를 받을 수 있으니까. 7억을 벌었어도 실업급여를 탐내는 김성오였다. 삐딱한 자세를 반대로 삐딱하게 고쳐 앉더니 은행 사이트에 접속하여 통장 잔고를 확인했다. 2월엔 2억1천만 원. 3월엔… 7억3천만 원. 나는 그동안 뭐 하러 그토록 힘들게 의사놈들 비위를 맞춰 주며 살았을까. 이제는 내가 의사놈들보다 돈이 많아.

하하하.

하하하하하.

시시해.

    은행 창을 닫고 주식거래 사이트와 코인 거래 사이트를 열었다. 대한민국이, 아니 전 세계가 미쳐 돌아가고 있었다. 시세가 그야말로 곤두질을 치고 있었다. 가벼운 전염병이 그저 하나 돌았을 뿐인데 왜 이리들 난리를 부릴까. 코로나 치사율이 얼마라고? 2%? 3%? 하, 노인이 감기에 걸려서 사망할 확률이 그것보단 높겠다. 주가와 코인 가격은 반드시 다시 오를 것이다. 코로나로 죽는 사람은 거의 없을 거고 세상이 변할 일도 없을 것이다. 별것도 아닌 일인데 다들 쫄보라 내다 팔고 있을 뿐이다. 그래 떨어져라. 더 떨어져라. 나는 지금 돈이 있어. 내가 다 사 줄게. 떡상하면 얼마가 될까. 10억? 15억? 설마 20억? 그 돈이 생기면 건물 하나 사야지. 포르쉐도 사야지. 구찌에 가서 구찌 로고가 가득가득 새겨진 정장이나 한 벌 뽑을까? 그걸 입고 포르쉐를 타고 강남 클럽을 쏘다녀야지. 포르쉐 마크 잘 보이게 사진을 찍어서 인스타그램에 몇 장 올리면 나도 존나 예쁜 여자들을 만날 수 있겠지. 춥지도 않은지 사계절 내내 수영장에서 노는 여자들. 풍만한 사진을 인스타그램에 올리며 요염을 과시하는 여자들. 거기에 '좋아요'가 이천 개, 삼천 개씩 찍히는 그런 여자들.

김성오는 주식 창을 닫고 포르쉐 홈페이지에 접속했다. 파나메라 색상 옵션이 뭐가 있더라. 빨강? 노랑은 너무 쨍한가? 이리저리 바꿔 보고 있던 도중 갑자기 김성오 주변에 그늘이 드리워졌다.

"김성오 씨. 지금 하던 일 멈추시고 잠깐 사장님 방으로 가시죠."

"예? 아, 예에. 이사님, 그런데 왜 갑자기 존대를 하고 그러세요?"

영업 이사가 찾아와 김성오를 호출했다. 퇴사가 결정되었나 보다. 그런가 보지 뭐. 김성오는 휘파람을 부르며 사장실로 향했다.

"이사님, 저 지금 오줌보가 터질 것 같은데 잠깐 화장실 좀 갔다가 가도 될까요?"

"아…. 예예. 뭐, 그러세요."

그나저나 이제 슬슬 주식이랑 비트코인 들어가야 할 것 같은데 뭘 사지? 이더리움? 도지? 김성오는 느긋하게 소변을 본 뒤 한참을 걸려 손을 벅벅 씻고는 화장실에서 나왔다. 김성오의 느긋한 모습에 영업 이사는 짜증이 가득한 표정을 지었다. 엘리베이터를 기다리는 동안, 김성오가 영업 이사에게 말을 걸었다.

"이사님. 혹시 비트코인 하세요?"

"예? 아뇨. 저는 뭐 그런 데 관심이 없어서."

"에이, 요즘 같은 시대에 언제 월급 받아서 집을 사요. 집값이 자고 일어나면 달라지는데. 개미처럼 일해 봤자 여왕개미 알 까는데 다 들어가지 뭐 있나요? 열심히 일해 봤자 사장 좋은 일이지 뭐. 이사님도 한번 해 보세요. 혹시 모르잖아요? 요즘같이 바닥일 때 들어가면 떡상할지. 헤헤."

"저기, 김성오 씨."

"예."

"조용히 좀 가시죠. 지금 김성오 씨 헤헤거릴 때가 아닌 것 같은데."

"왜요? 아, 뭐 해고 때문에?"

"아뇨. 일단 가 보세요."

뭐? 아니라고? 엘리베이터가 멈췄다. 사장실에 들어서자 회사원처럼은 보이지 않는 운동화를 신은 낯선 사람 몇이 탁자에 앉아 있었다. 그들 중 한 명이 뒷짐을 지고 조용히 일어나 다가오더니 김성오의 손에 수갑을 채우며 말했다.

"김성오 씨. 저희가 지금 배려하는 거거든요. 창피당하지 않으려면 조용히 하시고요. 자, 김성오 씨를 약사법 위반 및 사기, 물가안정법 위반, 에… 또… 성매매특별법 위반 혐의로 긴급 체포합니다. 어떻게, 수건으로 수갑은 가려 드릴까?"

*

최초 신고한 사람은 황규남이 만든 가짜 KF94 마스크를 인터넷 카페에서 구매한 유튜버였다. 그즈음 마스크 품질 리뷰 관련 콘텐츠가 한창 유행이었고 다종 다량의 마스크를 구입한 그 유튜버는 같은 '크린힐' 제품을 리뷰한 다른 유튜버의 마스크와 자기 것의 모양이 다른 것을 보고 식약처에 확인 민원을 넣었다. 이를 시작으로 그에게 판매한 브로커, 그 브로커에게 판매한 또 다른 브로커가 나왔고 그즈음 김성오의 아이디가 드러났다. 지능범죄수사팀은 김성오를 추적하는 데 상당히 애를 먹었다. 나름 주도면밀하게, 다크웹에서 구입한 도용 개인정보로 카카오톡에 가입한 뒤, 한 번도 유심칩을 꽂은 적이 없는 태블릿으로 공유 와이파이만을 통해 접속하여 채팅방을 드나들었기 때문이었다. 지능범죄수사팀은 김성오의 아이디가 접속되었던 IP주소들을 찾아갔지만 흔적을 찾을 순 없었다.

김성오는 그런 면에서는 주도면밀한 편이었지만 그의 인생에서 언제나 그랬던 것처럼, 한 번도 이성의 사랑을 받지 못했다는 트라우마로 주도면밀함을 잃고 실수를 저질렀다. 그는 룸살롱에 드나들며 돈 자랑을 했는데, 어떻게 벌었는지 알려 달라는 접대부의 꼬임에 넘어가 술에 취해 비틀거리는 혓바닥을 붙들고 시시콜콜 다 털어놓고 말았다. 마스크? 그걸로 어떻게 벌었는데 오빠? 아유 그건 비밀. 접대부는 그를 호텔로 데려갔다. 김성오 앞에서 속옷을 입었다 벗었다 하며 감질을 내다가 별안간 마스크로 어떻게 돈을 벌었는지 말 안 해 주면 그냥 돌아가 버리겠다고 했다. 술기운은 견뎌도 음욕 앞에서라면 언제나 성마른 김성오였기에 오픈채팅방에서 '마스크갓'이라고 하면 돈을 들고 줄을 선다며 큰소리를 쳤다. '마스크갓'의 이름과 인증 코드를 적은 사진을 특정 오픈채팅방에 띄우면 구매자와 판매자를 쉽게 구할 수 있다고 말해 버렸다. 그 말을 들은 접대부는 오픈채팅방에 접속해 '마스크갓' 김성오 행세를 하며 거래를 모았다. 그녀는 경찰의 미끼인 줄 모르고 현장에 나갔다가 잠복 중이던 형사들에게 잡혔다. 접대부는 경찰서에서 김성오의 무시무시한 혐의 4종 세트를 듣고는 울며불며 룸살롱에서 자신이 들은 이야기와 함께 김성오와 있었던 시간, 심지어 룸 번호까지 세세히 특정해 주었다. 이에 김성오의 꼬리가 잡혔고 그는 물가안정법 위반, 사기, 약사법 위반, 성매매특별법 위반 혐의로 체포된 것이다.

　김성오는 조사를 받는 내내 말을 하지 않았다. 김성오가 말을 하지 않고 버틴 이유는, 당연히, 규남을 비롯해 우선영, 이 윤슬, 김영만에 대한 각별한 의리에서 비롯한 것은 아니었다. 언젠가 규남은 김성오에게 우리 중 누군가 잡혔을 때 자신의 이름을 입 밖에 낸다면 자기가 모시는 포주 형님에게 '이런 짓'을 당하게 될 것이라고 협박했다. 규남은 '이런 짓'이라는 말에 유난히 힘을 꾹 눌러 담으며 자신의 의안을 빼 김성오의 눈앞에서 흔들고는 다시 눈에 넣었다. 형님, 이 상처가요, 어 디서 다친 게 아니고요. 제가 이런 쪽 일을 하는 형님들과 일 을 하다가 뭘 잘못하는 바람에 혼이 난 건데요. 그러니까 이 게 칼처럼 예리한 걸로 도려낸 게 아니라 아주 차근차근, 숟 가락으로 슬금슬금 파서 생긴 거예요. 예예, 그렇다고요. 어 유— 당연히 되게 아팠죠. 형님, 그러니까 우리 잘하자고요. 잡 히지 말고. 잡혀도 말하지 말고. 알았죠? 김성오는 규남의 말 을 침을 꼴깍 삼켜 가며 들었었다.

　결국, 담당 검사는 김성오의 구속영장을 받아 왔다. 검사 는 김성오는 구치소 생활이 이 주일쯤 지날 때까지 내버려 두 었다. 김성오가 감옥 생활의 고난에 대해 차츰 깨달아 가며 정신이 어느 정도 너절해졌으리라 판단했을 즈음 나타나 형 량 네고를 제안했다. 김성오가 구치소에서 무슨 일을 당했는 지는 알 수 없지만, 그의 정신은 구치소 생활 이 주 만에 확실 하게 노그라졌다. 김성오의 심란한 속사정이야 어찌 되었든 검사는 몇 개의 뉴스 기사와 대통령 특별 담화, 매점매석 범죄 근절 및 강력 대응에 관한 청와대 지시 문건 등을 보여 주며 말했다. 요즘 사회 분위기를 봐서 잘 아시겠지만, 판사님께서도 검사의 구형을 그대로 받아 주실 것으로 보이고… 뭐, 김성오 님이 계속 협조를 하지 않으신다면, 아마 김성오 님은…, 검사가 김성오 앞에 큼지막한 계산기를 놓고는 슈퍼마켓 주인이 라면 몇 봉지와 우유 두세 통을 계산하듯, 약사법 위반 이 년에… 사기 삼 년에… 물가안정법 이 년에… 성매매 이 년에…. 혹시 성매매 파 봤는데 미성년자 나오면 아시죠? 아유, 만약 그러면 정말 끝장인데. 아무튼, 자신 있으신 거죠? 김성오 피의자님. 제가요, 최소 칠 년, 아니 팔 년은 해내겠습니다! 집행유예는 없도록, 최선을 다하겠습니다! 라고 말하며 벙글거리며 웃던 순간, 김성오는 이와 같은 상황에서 거드름과 비굴 중 어떤 가면을 꺼내 써야 좋을지 그의 생을 돌아보며 고심했다. 거드름을 피우다가는 인생이 정말이지 끝장날 수도 있다는 공포를 이내 깨닫고 태세를 전환했다. '헤헤'거리며 묻지도 않은 전모까지 홀홀 불고 말았다.

그에 따라, 김성오를 제외한 김영만, 황규남, 우선영, 이윤슬, 김아영의 남자친구가 지능범죄수사팀과 마약수사대에 의해 일시에 체포되었다.

이윤슬

"이윤슬 씨. 이윤슬 씨를 사기 교사, 약사법 위반 교사 혐의로 체포합니다."

드라마와 비슷했다. 영화와도 같았다. 엄마가 갈치구이가 먹고 싶다고 해서 시장에 들렀다 오는 길이었다. 낙조가 내리며 하늘이 약간씩 붉어지고 있었고, 차가운 바람 속으로 훈훈한 봄바람이 살그머니 섞여 불고 있었다. 귀에는 에어팟을 꽂고 있었고 여느 때와 마찬가지로 돈의 출처를 엄마에게 어찌 설명하면 좋을지 곰곰이 생각하며 걷고 있었다. 그때 교복을 입은 애들이 자전거를 쌩하고 나를 스치며 지나갔다. 나는 펄떡 놀라는 바람에 갈치가 든 봉투를 떨어뜨릴 뻔했다. 야! 너네 조심히 다녀!

애들이 나를 스치듯 위험하게 지나간 이유가 있었다. 통행에 방해될 만큼 엉망으로 주차한 검은색 스타렉스가 한 대 서 있었다. 뭐야 이 차는. 주차단속 요원은 뭐하는 거야. 구시렁거리며 차를 비켜 돌아가는데 홀연히 차 문이 열리더니 거기서 정장에 런닝화라는 조화롭지 못한 복장의 남자 두 명이 내렸다. 그들이 다가와 전혀 알아볼 수 없는 속도로 신분증을 눈앞에 스쳐 보이고는 드르륵, 나의 손목에 빈틈없이 수갑을 조였다. 사람들이 어머머 잡혀가나 봐, 소리를 내며 모여들었고, 누군가는 핸드폰을 꺼내 들어 동영상 같은 걸 찍으려 들었다. 그 남자들에게 이런 일은 몹시 익숙하고 심지어 단조로운 잡무에 불과한 편이었는지 사람들이 호주머니를 뒤져 핸드폰을 꺼내고 촬영 앱을 켜는 십수 초의 시간이 흐르기도 전에 아주 신속한 동작으로 나를 스타렉스에 착착 접어 넣고는 횡허케 떠나 버렸다. 눈을 잠시 감았다 뜬 것 같은데 나는 생선가게 앞에서 경찰서로 이동해 있었다. 맞다, 갈치는 어쨌더라. 제주산 생물이라 비싸게 주고 샀는데. 밟혀 터졌을까? 제주산 생물 갈치가 길바닥에서 밟혀 터졌다면 그것은 조금 아까운 일이다. 제주에서 예까지 오느라 수고로운 갈치에게도 미안한 일이고. 형사들에게 붙들려 가는 동안 나는 죄가 없다고, 죄를 짓지 않은 사람이니 문제없을 것이라고 굳게 믿으면서도 돈을 비트코인으로 바꿔 둬서 다행이라는 생각을 했다.

*

"약사법 위반 교사에 사기 교사라뇨. 그게 무슨 말이에요. 약사법 위반 교사가 무슨 말인지도 모르는 제가 무슨 수로 약사법 위반 교사를 했다는 말이에요!"

"이윤슬 씨. 저희도 다 알아보고 체포하고 조사하는 거니까요, 그렇게 무조건 소리 지르지 마시고…. 자, 식약처 허가라는 게 생산부터 포장, 보관까지 해당이 된다는 거 모르셨어요?"

 "네. 몰랐는데요. 아니, 그런 걸 누가 알아요. 형사님은 아셨나요?"

 "허, 참. 어쨌든 법이 그렇고요. 김영만에게 박성천(김아영의 남자친구)을 소개하여 KF94 마스크 포장을 하면 된다고 교사, 그러니까 부추긴 적이 있지요?"

 "아니, 무슨 말이 그래요. 부추기다뇨. 그냥 포장이 느리다 길래 알려 준 거죠···."

 "네, 그래요. 그걸 교사라고 하니까 알아 두시고요. 이윤슬 씨는 힐링크린 공장에서 생산, 포장, 보관되어야 허가 제품으로 인정되는 마스크를 벌크 상태에서 김영만이 박성천에게 보내 포장하도록 지시··· 는 좀 그렇고 교사한 혐의를 받고 있습니다. 인정하시나요?"

 "인정 못 해요. 변호사 불러 주세요. 국선변호인 뭐 그런 거. 나라에서 붙여 준다고 들었어요."

 "네, 이윤슬 씨. 법정 드라마 많이 보셨네요. 하지만 조금 더 보셔야겠어요. 국선변호인의 조력을 받을 수 있는 건 체포가 아니라 구속 이후입니다. 그러니까 검사가 구속영장을 신청하여 영장실질심사를 받는 시점부터니까요. 지금은 이윤슬 씨 돈으로 부르시던지 뭐 마음대로 하세요. 자, 그럼 사기 교사로 넘어가 볼게요오."

돈이 있다는 사실을 들키지 않기 위해 변호사를 부르지 않았다. 실제로 돈이 없었다. 숨겨 둔 현금 1억을 제외하고 모두 코인으로 바꿔 두었다. 섣불리 현금화했다가는 다 털릴지도 모른다. 그리고 구속될 거라는 생각도 하지 않았다. 나는 정말 범죄를 의도하지는 않았는걸. 나는 마스크를 갖고 있었을 뿐이고, 저들끼리 가격을 올려놓고 사겠다고 해서 팔았을 뿐인데 내가 왜 죄인이야. 나를 취조하는 형사는, 살금살금 약을 올리며 지분거리는 게 노하우였는지 묘한 말투로 나를 차츰 궁지로 몰아갔다. 이럴 때 기면이 한번 와 줘야 하는데 또 기가 막히게 잠은 오지 않았다. 돈이 많아지니 병도 저절로 고쳐진 건가. 쇼핑으로 우울증을 고친 사람이 있다던데 그런 건가. 아무튼, 언젠가 봤던 법정 드라마의 장면들을 떠올리며 대답하지 않겠다, 와 인정하지 않는다, 라는 말만을 반복했다.

"이윤슬 씨의 약사법 위반 교사에 의해 김영만과 박성천이 약사법을 위반한 마스크를 만들었죠? 그럼 만들어진 그 마스크들은 어떻게 되었나요?"

"팔렸죠. 국민들에게. 코로나로부터 국민들을 지키기 위해 제가 열심히 시장에 돌렸죠."

"네에, 팔렸죠? 약사법을 위반한 미인증 마스크가 국민들에게 갔죠? 그런데 어떻게 팔렸나요? 김영만이 직접 국민들께 팔았나요?"

"네. 저는 수수료만 받았어요."

"네, 그렇죠. 그러니까 이윤슬 씨가 중간에서 브로커 역할을 하면서 미인증 마스크를 구매자에게는 사라고, 김영만에게는 팔라고 종용했죠? 인증 마스크라고 거짓말을 하면서? 그게 사기 교사입니다."

"아니, 왜 그게 거짓말이에요? 미인증 마스크인 줄 알고도 인증이라고 말한 게 아닌데."

"네, 뭐 알겠습니다. 보통은 여기 오면, 다 범죄인 줄 몰랐다고 하시더라고요. 그럼 검사님, 판사님께 잘 말씀하시고요. 지금 밤 열두 시 다 되어 가니까 내일 오전에 다시 조사 이어 갈게요. 푹 쉬세요. 유치장에서. 저기, 조 순경님. 이윤슬 씨 유치장까지 잘 모셔다드려."

나는 담요 두 개와 베개를 하나 받아 들고 유치장에 들어갔다. 눕지 못하고 벽에 기대앉은 채로 밤을 새웠다. 새벽까지 훌쩍거리다가 겨우 잠이 들었는데, 조식이 왔다는 소란에 잠이 깼다. 평소에도 먹지 않는 조식이 유치장 안이라고 먹힐 리 없었다. 주어진 도시락 뚜껑을 열었다가 형편없는 찬을 보고 그대로 뚜껑을 덮었다. 마약수사대에 의해 잡혀 온 나는 마약사범들과 같은 유치장에 있었는데 니, 구치소 가면 똥구멍 검사해야 하는 거 아냐? 모리제? 라며 낄낄 웃던 여자는 뭇국에 밥을 말아 픽픽 잘도 먹었다. 그녀는 만성적으로 여길

드나드는지 이곳의 모든 것에 어쩐지 익숙해 보였다. 같이 있
는 사십팔 시간 동안 한 번도 화장실을 가지 않았는데 그녀의
입속으로 선선히 사라진 뭇국과 밥알들의 행방이 문득 궁금
했다.

3. 2020년 3월 18일과 그 이후

"자, 여기 어떤 상점이 있다 합시다. 그런데 마침 주인도 없고 사환도 없고 온통 비었을 적에 우연히 그 앞을 지나가던 신사가 ―그 신사는 재산도 있고 명망도 있는 점잖은 사람인데― 빈 상점을 들여다보고 혹은 이렇게 생각할 수도 있지 않아요? 통 비었으니깐 도적놈이라도 넉넉히 들어갈 게다. 들어가서 훔치면 아무도 모를 테다, 집을 왜 이렇게 비워 둔담…. 이런 생각 끝에 혹은 그, 그 뭐랄까 그 돌발적 변태 심리로써 조그만 물건 하나(변변치도 않고 욕심도 안 나는)를 집어서 주머니에 넣는 경우가 있을지도 모르지 않겠습니까?"

(중략)

"있어요. 좌우간 있다 가정하고 그러한 경우에는 그 책임은 어디 있습니까?"

(중략)

"말하자면 죄는 '기회'에 있는데 '기회'라는 무형물은 벌은 할 수가 없으니깐 그 신사를 가해자로 인정할 수밖에는 지금은 없지요."

"그렇습니다."

(김동인, 『광염 소나타』 中에서)

이윤슬

"변호인. 변론하세요."

"네. 피의자 이윤슬은 고등학교 시절 성폭행을 당하고 그 충격으로 아버지가 돌아가시는 등 불우한 어린 시절을 보냈습니다. 그로 인해 쉽게 돈을 벌 수 있다는 유혹에 넘어가기가 쉬운 상황이었으며 자신이 저지른 일이 범죄행위임을 인식하지 못했다는 정황과 진술이 있습니다. 현재는 모든 죄를 인정하고 뉘우치고 있으니 부디 혜량하여 선처하여 주시기 바랍니다. 또한, 이윤슬은 우선영과 김영만 사이에서 이용을 당한 것으로 보입니다. 그러니까, 그⋯ 어디 갔더라. 아, 여기 있네. 그⋯ 제출 드린 서면을 보시면⋯."

이 변호사 양반은 나이가 많아 그런지 처음 마주할 때부터 나의 싸움을 대리할 만한 날 선 예리함이나 사나운 모습 같은 건 전혀 없어 보였고 변론을 준비할 때도 그게, 어디 갔더라 이런 말을 자꾸만 하는 바람에 미덥지 못했지만, 세월이 훔쳐 간 예리함 대신 따뜻하고 푸근한 말투로 날 안심시키려 애써 주는 마음이 고마워 내가 많이 의지했다. 이런 변호사님이라면 어쩐지 믿어 보고 싶다는 생각에 혐의 대부분을 인정하고 선처를 바라는 전략으로 가자는 그의 말을 따르기로 했다. 마음속으로 변호사님 파이팅을 한 번 외쳐 주고 '불우한 어린 시절을 보낸 피의자는⋯'으로 시작하는 나이 든 국선변호인의 관성적인 말을 흘려들으며 나는 무아몽중 다른 생각을 했다. 반성문을 어떻게 해야 좀 더 비극적으로 쓸 수 있을지에 대해, 문예창작과에서 배운 작문 기법들을 곰곰이 떠올리느라 머릿속이 사뭇 바빴다.

*

그리하여, 관련 없는 생을 살다 전염병을 계기로 우연히 만나 잠시나마 한배를 탔던 우리는 전원 구속이라는 형태로 마침내 침몰하였다. 다만 김아영의 남자친구는 구속되지 않았다. 범법 사실을 모르고 포장만 대행한 것이 인정되어 국세청 조사만 예정되었다고 들었다.

구속이 결정되고, 엄마가 면회를 다녀갔다. 결국 알리지 않을 수 없었다. 나는 내가 왜 여기에 있는지 설명할 수 있는 마땅한 말을 찾지 못해 진땀을 흘렸다. 누굴 죽였어요. 뭘 훔쳤어요. 나는 그런 게 아니었으니까. 좀 복잡했으니까. 우리는 유리 벽을 사이에 두고 전화기를 붙든 채 울기만 했다. 나는 정신을 가다듬고, 엄마 걱정하지 마. 아마 집행유예나 벌금 나올 거야. 징역 나와도 오래는 안 나올 거야. 나중에 다 말해줄게. 그리고 아빠 유골함 근처 잘 찾아봐. 그걸로 일단 생활해. 그렇게 말하고 엄마를 돌려보냈다. 의연하고 어쩌면 명랑

해 보일 수도 있는, 꾸며 낸 말투를 유지하기 위해 애를 썼다. 거기서 엄마가 어떤 위무나 안도를 얻었는지는 알 수 없지만 어쨌든 최선을 다해 그렇게 말했다. 차라리 후련하다. 돈의 정체에 대해서는 이제 그냥 말하면 된다. 구태여 구질한 변명을 창조하지 않아도 된다.

우리들의 사건은 하나로 병합되어 있었으므로 변호사는 다른 사람들의 서면을 읽어 볼 수 있었는데, 변호사가 그들의 이야기를 가끔 전해 주었다. 일단… 이걸 기뻐해야 할지는 모르겠지만, 나를 제외한 사람들은 현금을 집이나 일터에 두었다가 모두 압수를 당했다. 규남이도 돈을 다 털렸구나. 나는 구치소에 있는 두 달 동안, 매일같이 길고도 간곡한 반성문을 썼다. 엄마는 나를 위해서 백 장이 넘는 탄원서를 써서 제출했다. 내 인생에 백 장을 쓸 수 있을 만큼 미쁜 일이 있다고는 생각하지 못했는데.

*

5월이 되었고, 첫 재판이 열렸다. 일곱 명의 피고들이 굴비 두름처럼 줄줄이 입장했다. 한자리에 모두 모이는 것은 두 달 만이었다. 재판장에 설치된 냉방 공조 장치의 성능이 과도하게 좋았던 것인지, 이곳에서 인생의 향방이 결정된 사람들의 부정한 감정이 적체되어 그랬던 것인지 모르겠지만, 재판장의 공기는 무겁고 선득했고 나는 거기에 눌려 잠시 숨이 막혔으나 심각한 건 아니었다. 수의를 입고 재판장에 섰던 그 날의 감상에 대해 말하자면, 딱히 슬픈 것도, 억울한 것도, 허무한 것도, 두렵거나 무서운 것도 아니었는데 음, 설명이 쉽진 않지만 그나마 흡사한 비유를 찾아 들어 보자면… 어떤 작품을 완성한 도공의 기분이 들었다고 할까. 황폐했던 초년의 비극과 분노와 억울함과 하여간 짧고 굵었던 생의 모든 오욕칠정을 다 태우고, 그 불길을 원천으로 찬란하게 구워진 청자와 재 부스러기를 지긋하게 바라보는 듯한 느낌. 뭐, 사실 비유 따위야 어찌 되었든 상관없다. 중요한 것은 청자가 남았다는 것이다. 청자를 품고 나니 모든 게 우습게 느껴진다. 아, 한 가지 더. 5월 재판일 현재 비트코인이 내가 샀을 당시인 한 닢당 1천100만 원보다 두 배가 올랐다고 들었다. 고로 나의 청자는 이제 8억이 아니라 16억짜리가 되었다.

선영 언니는 나와 두 칸 정도 떨어진 위치에 섰다. 오랜만에 보게 된 언니가 반가웠다. 언니를 보자 처음 마스크 장사를 말하던 그날이 떠올랐다. 가까운 기억이라 생생하다. 푸르스름한 저녁이었고, 세균이나 바이러스들이 싫어할 법한 약국다운 냄새가 많이 났다. 곰 모양의 비타민 젤리는 맛있어 보였고, 언니가 내려 준 커피는 시큼하고 맛이 없어서 그냥 물을 떠다 마신 기억이다. 언니네 가족사진이 테이블에 놓여 있었고, 노트북은 엘지제품이었다. 문득 언니가 내게 "나도 몰라"라고 말하며 몇백만 원씩을 뚝뚝 잘라 주던 게 생각나며 웃음이 나왔는데 꾹 눌러 참았다. 형사재판을 앞두고 판사 앞에서 웃음을 보이는 미련한 짓을 해서는 아니 될 것이다. 나이 많은 변호사님이 두툼한 종이들을 책상 위에 잔뜩 올려놓았다. 모든 걸 인정하고 선처를 바라기로 했다면서 뭐가 저리 많이 필요한 것인지 알 수가 없었다. 술렁이던 분위기가 서서히 정돈되어 가는 것이, 곧 시작할 낌새였다. 선영 언니와 말을 하고 싶었다. 교도관에게 부탁해 잠시만 이야기를 나눌 수 있게 해 달라고 공손히 사정했더니 자리를 바꿔 주었다.

"언니. 잘 지냈어요? 언니 있는 곳은 있을 만해요?"
언니는 대답이 없었다. 너무 작게 말했나?
"판사님 입정하십니다. 모두 정숙하시고, 자리에서 일어나 주십시오."
나는 조금 목소리를 키워 다시 말을 건넸다.
"언니 곧 시작한대요. 언니, 잘 지냈죠?"

"입 다쳐, 이 씨발년아. 니가 나한테 다 이용당한 거라고 했다며?"

그녀가 나에게 함부로 방사해 버린 *"입 닥쳐, 이 씨발년아"*라는 광폭한 말은, 그걸 듣거나 읽는 사람에게 상당한 불쾌감을 줄 수 있다는 사실을 나도 알고 있다. 하지만 그대로 전하고 싶다. 그래야 '마음을 여는 것은 언제나 좋은 결과를 가져다줘'라는 말이, 그 사상이 얼마나 잘못된 것인지에 대해 무구한 당신이 알아챌 수 있을 테니까.

작/가/의/ 말

독서 토론 모임에서 이런 주제로 대화를 나눈 적이 있었다. 누군가를 잔인하게 난자하여 살해한 살인자와 다수의 사람에 게 사기를 쳐서 재산을 편취하고, 그로 인해 피해자 중 몇몇 이 자살까지 하게 만든 사기꾼 중에 누가 더 악인인가.

나는 사기꾼이 더 악하다는 쪽을 지지했다. 살인자보다 훨 씬 더 많은 사람과 가정을 파괴했고, 자살에 이르기까지의 과 정 또한 단번에 살해당하는 것보다 훨씬 길고 고통스러웠을 것이며, 사기를 당했다는 사실에 비관해 죽은 사람이 더 많으 니 사기꾼이 더 악한 것 아니냐는 주장이었다. 내 말을 들은 사람들은 수긍은 가지만 아무래도 사람의 목숨을 직접 끊어 낼 수 있는 자가 더 악해 보인다는 의견이 지배적이었다. 투 표결과도 살인자가 더 악인인 것 같다는 쪽이 압도적으로 많 았다. 우리 사회에서 적용하고 있는 양형기준 또한 사기꾼보 다 살인자에게 더 많은 형량이 주어지는 것으로 알고 있다.

그러나 나는 여전히 사기꾼이 더 악하다고 생각한다. 이러 한 논쟁을 할 때, 보통은 자신이 지지하는 바를 선택하는 데 있어 옳고 그름의 객관적 근거보다는 그 사람의 주관과 경험이 많이 작용한다고 믿는 편이다. 나는 어린 시절 지독히 가난했었고, 얼마의 돈을 만드는 데 나의 부모님이 얼마의 수고를 기울여야 하는지도 너무나 잘 알고 있으므로, 살인자보다 사기꾼이 더 악인이라고 아무래도 생각하게 되는 것 같다.

마스크 가격이 4천 원까지 치솟았던 2020년 봄은, 누군가에게는 어— 마스크가 4천 원이면 너무 비싼데, 하지만 어쩔 수 없지, 라는 정도의 감상으로 보낸 시기였을지도 모른다. 하지만 또 다른 누군가에게는 —일을 하는 동안 땀이 차서 하루에 두 장 이상의 마스크가 필요했지만, 그 가격이 부담되어 결국 일을 그만두고 생존만 겨우 가능한 수준으로 긴축하며 버틴 나의 어머니처럼— 아주 고통스러운 시기였던 것으로 알고 있다.

마스크를 사재기했다가 되팔거나 가짜 마스크를 유통해 수십 억을 챙겼다는 기사를 보았다. 나는 그 행위가 특히 나쁘다고 생각했다. 어쩌면 살인자보다도 더. 나는 각각 입은 피해의 정도보다 피해의 총합을 따지는 편이니까. 또한 앞선 예처럼 형편이 어려운 사람일수록 피해가 크다는 점과 인과를 따지기 어려워 드러나진 않았지만 노약자가 코로나 독성이 강했던 초기에 마스크를 구하지 못해 실제로 감염되어 죽었을 수도 있겠다는 그럴듯한 상상과 세상에 위기가 찾아왔을 때 그렇지 않아도 고통스러운 그 시기를 악용했다는 점들 때문에 그렇게 생각했다. 그래서 마스크 대란 사건을 보고 이 소설을 구상하게 되었다. 미미하게나마 그러한 일들에 대해 경종을 울리고 싶었다. 설정부터 조사까지 쓰는 내내 몹시 힘 겨웠는데 그만한 가치가 있길 빈다.

취재를 한답시고 귀찮게 굴었음에도 기꺼이 인터뷰에 응해 주신 분들과 정제되지 않은 소설을 미리 읽어 보고 잘 다듬을 수 있도록 도와주신 분들께 고맙다는 말을 전하고 싶다. 이 소설이 세상에 나올 수 있도록 도와주신 렛츠북 관계자분들과 편집자님께도 감사드린다.